상처

한 상 륜
장편소설

영혼에 깊은 상처를 안고 살아가는
남녀의 변증법적 사랑이야기

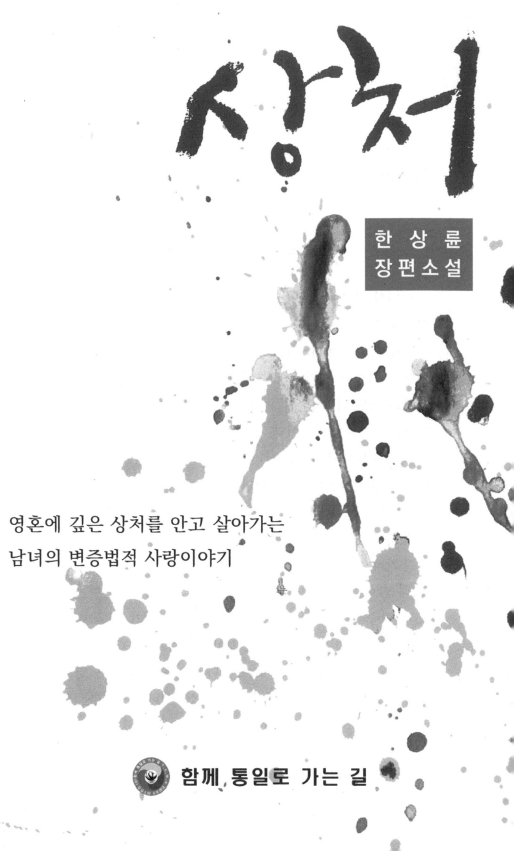

함께, 통일로 가는 길

머리말

남녀의 사랑이란 무엇인가? 이 물음은 인류가 시작된 이래로 끊임없이 던져온 질문이었지만 아직도 우리는 사랑에 대해서 뚜렷하게 '이것이다' 라고 정의를 내릴 수는 없다. 그 이유는 사랑은 하늘이 인간에게 부여한 가장 고상한 속성이지만 그 사랑은 일종의 하늘의 별같이 우리가 가지기가 불가능한 것인지도 모르기 때문이다.

특히나 남녀의 사랑은 남녀가 근본적으로 가지고 있는 속성의 차이로 인해 사실상 이루어지기 불가능한 것인지도 모른다. 물론 육체적으로 남녀간의 합일은 양자가 합의한다면 분명히 이루어질 수 있다. 그러나 남녀가 영육(靈肉)이 일치되는 사랑을 한다는 것은 거의 기적에 다름이 아니다. 생각해보라 70억 인구 중에 남과 여가 50 대 50 이라 하더라도 나와 영육이 일치하는 짝을 찾는다는 것은 35억 명중의 하나를 찾는 것과 다를 바가 없기 때문이다. 즉 확률적으로 35억 분의 1일이라는 것이다. 이것은 해운대 백사장에서 바늘을 찾는 것과 다름이 아니다. 그래서 우리는 영원한 시간과 공간의 흐름 가운데 그저 스쳐지나가는 숱한 인간

군상들 중에서 누군가를 자신의 짝이라고 여기고 사랑이라는 착각에 빠져 자기 스스로 최면을 걸고 거기에다 자기 존재의 의의와 삶의 양식을 일치시켜려고 갖은 노력을 다하다가 후손이라는 이름의 자기복제품을 이 땅에 남겨놓고 떠나는 것이 바로 인생인 것이다.

이 책의 주인공들은 자신들이 사랑한다고 생각하는 사람들과 영육이 일치되는 사랑을 추구했지만 근본적으로 그들의 사랑은 평행선을 달리는 두 열차일 뿐이었다. 김혜남 박사는 《나는 정말로 너를 사랑하는 걸까》라는 남녀의 사랑을 정신분석학적으로 분석한 에세이에서 인간은 본질적으로 자기애에 빠진 가련한 존재라고 말하고 있다.

그렇다면 우리는 이런 영원히 불가능할 듯한 사랑을 포기하고 그저 자기애에 빠져 혼자 궁상을 떨며 살아야 할까? 우리는 영원한 사랑을 추구할 권리를 포기해야 하는 것일까?

이 소설은 이런 남녀의 사랑의 본질을 파헤치면서 남녀의 진정한 사랑은 어떻게 이루어질 수 있는 지를 보여주고 있다.

이 작품속의 주인공들은 치유될 수 없는 깊은 상처를 안고 살아가면서 그저 자신들의 방법으로 이것을 해결하려고 온갖 시도를 다 해 보지만 결국은 죽음에 이르는 길이 고작이었다. 이 작품 속의 주인공들이 보이는 변증법적인 남녀간의 파행적인 사랑이나 가족관계에서 오는 파탄 등은 오늘날 우리의 모습이며 이 작품의 주인공들은 모두 저자의 창작이라기보다 현실 속에서 겪었던 숱한 인간 군상의 모습들이다.

나는 남녀의 이런 평행선 같은 사랑이 어떻게 진정한 사랑으로 승화될 수 있는지를 정신분석학과 심리학 및 생물학과 철학과 신학 등의 제반 학문의 이론을 토대로 이 소설을 썼다. 아무쪼록 진정한 남녀의 사랑을 추구하는 모든 사람들에게 이 책의 일독을 권하고자 한다.

2022. 1. 25

갈현동 우거에서

저자 한 상 륜 씀

차 례

제1장 위험한 유혹

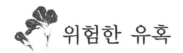 위험한 유혹

"지금 와서 어쩌란 말인가요? 난 이제 당신을 완전히 잊었고 당신은 젊은 여자와 그토록 달콤한 사랑을 했잖아요? 이제 그만 가세요."

가연은 차갑게 그를 외면하고 고개를 돌린다.

"당신은 처음부터 오해하고 있었어요. 하지만 당신이 날 이제 영원히 버리겠다면 난 죽을 수밖에 없어요."

규석은 품에서 작은 권총을 꺼내 자신의 관자놀이에 겨눈다. 이때 가연이 훙! 하며 뒤도 돌아보지 않고 호텔 방을 나서자마자 꽝 하는 총성이 호텔 유리창을 뒤흔든다. 가연은 황급히 방 안으로 달려 들어가고 머리에 피가 흥건한 규석은 숨을 헐떡이며 가연을 멍하니 응시한다. 가연은 울음을 쏟으며 그에게 달려가 그의 피범벅이 된 머리를 가슴에 안는다. 규석은 그녀의 눈에 나타난 사랑과 비탄의 모습을 망막에 담으며 한 줄기 미소를 띠고 가연의 품에서 조용히 숨을 거둔다.

가연은 대성통곡하며 미쳐 발광하듯 소리 지른다.

"이 바보야! 그렇게 사랑하면서 왜 날 버린 거야?"

서서히 무대의 막이 내려지고 배우들은 무대 뒤로 사라졌다. 관객들은 멍한 상태로 앉아 있다가 이윽고 정신을 차린 후 자리에서 일어나 배우들에게 기립 박수를 보냈다. 잠시 뒤 다시 무대에 나타난 연극 〈평행선〉의 주연 배우 손민지와 김혁 등은 환호하는 관객들에게 공손히 답례를 하였다.

분장실로 돌아온 민지가 분장을 막 지우려고 하는데 30대의 젊은 남자 한 사람이 화려한 꽃바구니를 들고 그녀의 앞에 섰다. 그 꽃은 방금 화원에서 딴 듯 붉은색 장미들과 청초한 백합화 및 안개꽃 등이 어우러져 그야말로 꽃이 빚어내는 아름다움의 절정이었다. 꽃바구니를 힐끗 쳐다보는 배우들은 그 플라워리스트의 기막힌 솜씨에 감탄하였다. 그들은 그 꽃바구니가 민지와 절묘하게 잘 어울린다고 생각하면서 속으로 그녀를 몹시 부러워하였다.

"손민지 님 맞으시죠?"

"그런데요."

"대학로 플라워숍에서 꽃배달 왔습니다."

"누가 보낸건가요?"

"김민형이라는 분이 보냈는데요?"

"전 그런 사람 알지 못하니 도로 가져가세요."

민지는 쌀쌀맞게 돌아서서 다시 분장을 지우기 시작했다.

"저, 그분이 이 꽃을 전하면서 이 봉투를 전해 드리라고 하셨는데요."

그는 민지의 테이블 앞에서 파란 한지 봉투를 내밀었다. 민지는 천천히 그 봉투를 열어보았다. 거기에는 다음과 같은 글귀가 한글의 양재샤넬체로 쓰여 있었다.

"꽃보다 화려한 연인이여! 숨 막히는 마지막 장면이 나의 운명인가? -김민형"

민지는 터져 나오는 웃음을 참으며 꽃바구니를 놓고 가라고 배달 온 사람에게 손사래를 쳤다. 그는 안심한 듯 얼굴이 밝아지며 분장실을 나갔다.

민지는 그간 팬들로부터 가끔 꽃 선물을 받아왔지만 이런 희한한 글귀를 써서 보낸 사람은 없었다. 잠시 뒤 화장을 끝낸 그녀는 그 꽃바구니를 보낸 사람은 틀림없이 맛이 살짝 간 사람일 거라고 생각하며 꽃 중에서 가장 깨끗한 백합 한 송이를 꺼내 손에 들고 엠파이어 극장을 나섰다.

동료 김혁이 극장 입구에서 BMW 차로 대기하고 있다가 그녀를 불렀다.

"민지 씨! 댁까지 모셔다 드릴 테니 타시죠?"

"그냥 택시 타고 갈게요."

"타세요. 오늘은 좀 피곤해 보이시는군요. 요즘 하루 3회 공연을 강행하니 얼마나 피곤하시겠어요. 남자인 나도 힘들어 죽겠는데요. 데이트하자고 안 할 테니 부담 갖지 마시고 타세요."

"김혁 씨가 데이트하자면 여자들이 줄을 설 텐데요."

"하지만 민지 씨와 한 번 드라이브 하는 게 제 꿈입니다."

"꿈씩이나요? 그럼 한 번 같이 타드려야 하겠네요. 그 대신 집

근처까지만 태워다 주시고 데이트 운운 하시면 바로 내릴 겁니다."

"내가 바봅니까? 민지 씨가 내 차에 탔다는 사실만으로도 내일 극장 안이 온통 그 얘기일 겁니다. 자, 걱정 마시고 타세요."

민지는 마지못해 그의 차에 올라탔다. 차는 대학로를 지나 남산으로 향했다. 민지의 집은 남산타워 근처 해방촌에 있었는데 그녀는 12평짜리 원룸에서 혼자 생활하고 있었다. 밤 10시가 넘어서인지 차가 남산에 진입하는 데 도로가 별로 막히지는 않았다. 김혁은 계속 혼자 떠들어댔고 민지는 그저 조용히 미소 지으며 그의 이야기를 듣고 있었다. 사실 민지는 조금 전 꽃을 보낸 그 인간에 대해 생각하고 있었다. 연극의 마지막 장면이 자신의 운명이라고? 그 인간 완전히 또라이 아닌가? 하지만 왠지 느낌이 안 좋아. 또 꽃을 보내면 그 자리에서 거절하여 다시는 못 보내게 해야지.

차는 어느덧 남산식물원 근처를 지나 해방촌의 어두운 골목길로 내려가고 있었다. 인적이 거의 없는 골목이었는데 가로등의 희미한 불빛만이 을씨년스레 비치고 있었다. 그때 갑자기 끼익! 하면서 차가 급정거했다. 뒤에서 달려오던 검은색 에쿠스가 그들을 추월하며 길을 막았기 때문이다.

갑자기 어둑어둑한 밤길에 웬 검은 정장의 깍두기들 대여섯 명이 그들의 차를 둘러쌌다. 그러더니 땅딸막한 키의 젊은 깍두기 하나가 그들이 탄 차의 앞 유리창을 알루미늄 야구방망이로 마구 때려 부수기 시작했다. 유리창 깨지는 소리가 귀에 몹시 거슬리면서 민지의 뇌신경을 자극했고, 유리 파편들이 그들 좌석으로 날아오자 민지는 두려워지기 시작했다.

"민지 씨, 잠깐 내리시죠."

차에서 내린 김혁이 뒷좌석의 민지에게 심각하게 말했다.

"무슨 일이죠?"

"글쎄, 잠시면 될 것 같습니다. 내리세요."

민지는 김혁의 강경한 말투에 기분이 나빴으나 서둘러 차에서 내렸다. 그녀가 차에서 막 내렸을 때 갑자기 한 깍두기가 야구방망이를 휘둘러 김혁의 뒤통수를 퍽하고 후려쳤고 김혁은 그 자리에서 쓰러졌다. 민지는 공포에 질린 눈으로 그들의 그 야수 같은 눈을 바라보았다.

"씨발년아 뭘 봐? 야, 이년을 숲으로 끌고 가서 돌림빵을 해버려."

민지는 사태 파악을 하자마자 도저히 안 되겠다는 생각이 들었다. 그녀는 무조건 이 자리에서 도망가는 게 상책이라고 생각하고 막 발걸음을 옮기려고 하는데 갑자기 뒤에 있던 놈이 장갑 낀 우악스러운 손으로 민지의 입과 코를 틀어막았다. 민지는 순간 의식을 잃고 쓰러졌다.

그녀가 의식을 찾은 것은 그로부터 2-3분이 지난 뒤 남산의 인적 끊긴 어느 숲속에서였다. 그녀의 입에는 재갈이 물려 있었으며 손발은 하얀 포승으로 묶여 있었고, 눈에는 검은 안대가 씌워져 있었다. 젖무덤 부분과 하반신은 거의 벗겨져 나신의 상태나 마찬가지로 숲속에 눕혀져 있음을 그녀는 알았다.

"자, 누구부터 저년을 홍콩 보낼 거냐?"

두목인 듯한 20대 후반의 사각턱이 일행을 둘러보며 말했다.

"형님부터 하시죠. 찬 물도 위아래가 있는데요."

"씨발놈, 좆나 예절은 발라요. 난 그년 밥맛 없으니 너네들이나 즐겨라. 야, 삼식이 너부터 해봐."

"알겠습니다요, 형님."

삼식이란 자가 침을 질질 흘리며 아랫도리를 벗고 민지에게 다가섰다. 다른 놈들은 부러운 눈초리로 삼식이의 일거수일투족을 지켜보고 있었다. 삼식이가 막 그녀의 젖무덤을 만지려고 하는 데 갑자기 어디서 돌멩이가 날아와 그의 뒤통수를 후려쳤다. 삼식은 비명을 지르고 피를 흘리며 뒤로 물러섰다.

"어떤 씨뱅이냐?"

그러자 갑자기 그들 여섯 명의 머리통을 향해 돌멩이들이 연속적으로 날아왔다. 그들은 안 되겠다 싶어 야구방망이, 곤봉, 쇠사슬, 생선회칼, 자전거 체인 등을 들고 한 손으로는 이마에 흐르는 피를 연신 닦아내며 전투 대형으로 섰다. 민지는 사태를 파악하기 위해 소리가 나는 쪽으로 온 신경을 집중하여 귀를 기울이고 있었다.

이때 웬 젊은 사나이의 약간 높은 미성(美聲)이 그녀의 고막을 울려댔다.

"짐승 같은 놈들. 오늘 너희들 손 좀 봐야겠다."

"이런 싸가지 새끼가. 왜 남의 청춘사업을 방해하는 거야. 꺼져 씨발놈아. 좆나 맞고 뒈지지나 말고. 저년이 네 애인이라도 되냐?"

"그래, 내 목숨 같은 애인이다. 너희들은 오늘 내 손에 죽은 목숨이다. 자, 한꺼번에 덤벼봐라."

"개새끼, 주둥이만 살아가지고. 야, 저 새끼 보내버려."

깍두기 일행은 그 사나이를 향해 흉포한 자세로 한 걸음 한 걸음 다가섰다. 그 사나이는 눈에 약간 공포의 빛을 드러냈지만 무언가 결연한 결심을 한 듯 입을 꽉 다물고 그들을 노려봤다. 깍두기

하나가 그의 어깻죽지를 야구방망이로 후려쳤다. 그러나 그 사나이는 몸을 잽싸게 피하면서 그의 복부를 익숙한 태권도 발차기로 걷어찼다. 그 깍두기가 억하고 몸을 꺾자 다른 깍두기가 자전거 체인을 휘두르며 그 사나이에게 다가섰다. 그가 휘두르는 자전거 체인은 이상한 금속성을 내며 그 사나이에게 공포를 주고 있었다. 사나이는 그 자전거 체인을 이리저리 피했지만 필경은 그 체인에 세게 맞아 어깨가 찢어지는 고통을 겪어야 했다. 그러자 깍두기 두목이 자신감을 회복한 듯 찢어진 눈에 가득 비웃음을 담고 입술에는 야릇한 미소를 띠며 말했다.

"야, 저리들 비켜. 이 새끼는 내가 한 방에 보내마."

그는 목을 한두 번 좌우로 비틀고 오른 손목을 왼손으로 붙잡고 위 아래로 꺾더니 그 사나이를 향해 한 발자국 한 발자국 다가섰다. 그 사나이는 여전히 어깨에 통증을 느끼며 다가오는 깍두기 두목을 응시하였다. 두목의 오른손 주먹이 사나이의 명치 급소를 향했고, 사나이는 잽싸게 피하며 두목의 정강이를 힘껏 발로 걷어찼다. 이후 두 사람은 전심전력을 다해 손과 발 그리고 팔꿈치 및 무릎에 각을 세워 상대방을 쳤고 결국은 사나이가 두목의 면상을 강하게 주먹으로 내질러 그의 눈두덩이가 부어오르고 코피가 터지게 되었다.

그러자 두목이 화가 나서 깍두기들에게 일제히 공격하라고 명령하였다. 그 사나이는 약 5분간을 그들에게 온 힘을 다해 대항했지만 결국 얼마 가지 못해 그들의 주먹과 발 그리고 야구방망이와 자전거 체인에 죽도로 얻어맞고, 채이고, 짓밟히고 심지어는 시퍼런 생선회칼에 여기저기를 베이고 찔려 온 몸에 피가 낭자하였다.

이때 갑자기 경찰차가 삐뽀 삐뽀 소리를 내며 달려왔고 깍두기들은 바람같이 사라져버렸다. 경찰 둘이 경찰차에서 급히 나와 쓰러져 있는 그 사나이를 어깨에 메고 얼른 뒷좌석에 실었다. 그리고 그들은 땅바닥에 쓰러져 있는 민지를 바라보더니 야릇한 미소를 띠며 그녀에게 다가갔다.

"아가씨, 괜찮습니까?"

괜찮냐고? 도대체 이 상황에서 그런 형편없는 질문을 해대는 경관에게 '네가 보기에는 내가 지금 괜찮은 것 같냐?'고 한마디 내뱉고 싶었지만 입에 재갈이 물려 있어 어쩔 수 없이 가만히 있었다. 경관 하나가 그녀의 입에서 재갈을 풀고 눈에서 검은 안대를 떼면서 그녀와 눈이 마주치자 은근히 그녀에게 친근한 미소를 지어보였다.

"제 옷부터 찾아주세요."

"아 예, 잠깐만 기다리십시오. 그런데 이놈들이 옷을 어디다 치웠나? 이 경장, 빨리 이 주변을 뒤져봐. 이 아가씨 옷부터 찾아야지 이거 어디 눈이 부셔서 견딜 수가 있나."

그는 민지의 묶인 손발에서 포승을 풀어내며 차 앞에서 그 사나이에게 무언가를 묻고 있는 젊은 경관에게 명령조로 말했다.

"김 경위님, 이 야밤에 어떻게 옷을 찾습니까? 그냥 아무 옷으로나 그 아가씨 중요한 데만 가리고 파출소로 데리고 가죠."

"아따, 이 상태에서 어떻게 이 아가씨를 그냥 데리고 가나? 도저히 거시기해서 안 되겠으니 빨랑 찾아봐."

"이 사람 출혈이 심해 빨리 병원에 가야 합니다. 지금 위험합니다. 의식도 잃은 것 같습니다. 정말 어떤 놈들이 이런 짓을 한 거야,

망할 놈의 새끼들."

이때 땅바닥에 쓰러져 있던 김혁이 의식을 회복한 듯 흙을 털며 일어났다. 그러자 경관들이 그의 존재가 갑자기 이상한 듯 그에게 물어봤다.

"아따 당신은 또 뭐야? 당신도 그자들에게 얻어맞았소?"

경관들은 본능적으로 김혁에게서 수상한 낌새를 챘다. 그들은 웬 사나이에게서 112로 긴급 출동 요청을 하는 다급한 전화를 받았을 때 귀찮아서 한참을 뭉그적거리다가 거의 20분이 지나 현장에 왔더니 그야말로 말도 안 되는 상황을 목도하게 되었다. 그런데 어둠속에서 유령같이 또 한 사나이가 갑자기 나타났으니 경찰의 본능적인 감각으로 그의 존재가 아무래도 의심스러운 바가 있었다.

김혁은 민지에게 다가가 자신의 겉옷을 벗어 그녀의 하얀 나신을 가려주면서 그녀에게 부드러운 말로 위로하였다.

"민지 씨, 큰일 나실 뻔했습니다. 얼마나 놀라셨습니까?"

민지는 김혁에게서 왠지 역겨운 느낌을 받았지만 그의 친절한 태도에 한결 마음이 놓이면서 그의 부축을 받아가며 그의 차로 향했다. 그러자 김 경위가 그들에게 갑자기 엄숙하게 말했다.

"두 분도 함께 경찰서로 갑시다. 좀 알아봐야 할 게 있으니."

"아니, 이 숙녀분이 이런 상황인데 나중에 가면 안 됩니까?"

김혁이 눈을 부라리며 항의조로 말했다.

"아 글쎄, 조금 뭔가가 이상하니 함께 갑시다."

"저 다친 분부터 병원에 보내시고 저는 내일이라도 경찰서에 갈게요."

민지가 부드럽게 말했다.

"안 됩니다. 지금 저 사람을 저렇게 만든 자를 찾으려면 함께 가셔서 진술하셔야 합니다. 그리고 저 사람을 위해 가족에게 연락도 해야 하고 하니 빨리 경찰차에 타세요. 이건 공무집행상 긴급 상황입니다."

김 경위의 완강한 태도에 그들은 할 수 없이 경찰차에 탔고, 차는 용산 중앙대 부속병원을 향해 요란한 사이렌을 울리며 전속력으로 달렸다. 김혁은 나신을 살짝 가린 민지의 옆에서 흥분감을 느끼는 동시에 그 사나이에게서 나는 진한 피비린내에 역겨움을 느끼고 있었으며, 경관들은 백미러로 두 사람을 힐끗힐끗 쳐다봤다.

병원 응급실은 갑자기 바빠지기 시작했고, 간호사들은 한참 애인과 휴대폰으로 킬킬대고 있던 30대 초의 당직 의사를 긴급 호출하여 그 사나이의 응급 치료를 맡겼다. 경관들은 갑자기 차에 있던 두 사람이 생각나서 그의 치료를 당직 의사에게 맡기고 차로 내려갔다.

그날 밤 경관들은 그날따라 술에 취해 경찰서 수사과 안을 휘젓고 기물을 때려 부수는 한 30대 중반의 취객을 진압해 가면서 두 사람에게 피해자 진술 조서를 꼼꼼히 받았다. 김혁은 가끔 강력하게 항의했지만 김 경위의 태도는 매우 단호하고 완강했다. 그는 이 사건을 반드시 해결하고야 말겠다는 불퇴전의 자세로 김혁에게 온갖 예리한 질문을 던졌으며, 나중에는 손민지를 얼마나 사랑하고 있느냐는 식으로 사태의 본질에 접근하고 있었다.

그는 김혁의 청부자작극으로 이 사건의 결론을 내고 있었지만, 부상당한 그 사나이가 도대체 누구이며 왜 하필 그 시간에 그들 차를 미행하였는지 의심이 들었고, 게다가 왜 자신이 죽을 정도로 얻어터지면서까지 손민지를 보호하였는지, 게다가 손민지는 전혀 그를 모르고 있다는 것에 당황하기까지 하였다.

그날 밤 김 경위에게서 온갖 질문으로 괴롭힘을 받은 김혁은 민지를 데리고 이태원 옷가게에 가서 급한 대로 여성용 내의와 겉옷 등을 사 주었다. 민지는 차 안에서 혼자 그 옷들을 갈아입은 후 김혁과 함께 해방촌의 집으로 향하였다. 차 안에서 민지는 김혁에게 고맙다는 인사 한 마디도 하지 않고 멍하니 앞만 바라다보고 있었다. 깨진 차 앞창에서 바람이 좀 차갑게 불어왔다.

집 앞에 도착한 그녀는 차 문을 꽝 닫더니 뒤도 안 돌아보고 집으로 발걸음을 옮겼다. 그러자 김혁이 집에 잠깐 들어갈 수 없느냐고 말했다. 그녀가 단호하게 거절한 뒤 혼자만의 공간으로 들어가려고 막 발걸음을 내딛었는데 김혁이 불쑥 말을 내던졌다

"민지 씨, 오늘 정말 큰일 날 뻔하셨습니다. 아무래도 이제는 누군가와 함께 다니셔야 할 것 같군요."

민지는 퍼뜩 이상한 생각이 들었다. 그녀는 고개를 들어 희미한 가로등 아래서 비로소 그의 준수한 얼굴과 운동으로 다져진 다부진 체격을 보았다. 날씬한 주윤발이라고 할까. 장동건보다 더 잘 생긴 그에게 그녀는 순간 호감을 가졌다. 하지만 그에게는 왠지 가까이 다가갈 수 없게 만드는 무엇인가가 있다고 민지는 생각했다.

김혁이 갑자기 그녀에게 다가섰다. 민지는 한 발자국 뒤로 물러나서 얼른 집으로 뛰어 올라갔다. 머쓱해진 김혁은 차를 타고 어두운 밤길 속으로 서서히 사라져갔다.

민지는 방 안에서 한참이나 공황 상태를 경험하며 오늘 밤의 일을 곰곰이 생각해 보았다. 이때 갑자기 민지의 휴대폰이 울려댔다.

민지는 받을까 말까 망설였다. 하지만 웬일인지 다친 그 사나이 때문에 온 전화라는 느낌이 들었다. 민지는 전화를 받았다. 그 전화는 용산경찰서의 김 경위에게서 온 것이다. 누군가 다친 사나이의 보호자가 필요한데 보호자에게 연락할 길이 없으니 구해 준 의리를 생각해서 민지가 그 사나이의 보호자로 병원에 가서 임시로 말해 달라는 내용이었다. 민지는 김 경위가 상당히 인간적인 면이 있는 사람이라는 생각이 들었고, 그의 부탁을 거절할 명분도 없었다. 게다가 그 다친 사내의 이름이 김민형이라는 김 경위의 말에 민지는 너무도 당황하였다.

그자가 김민형이라고? 그 꽃바구니를 보낸 또라이라고? 민지는 멍한 상태에서 한참 그 자리에 서 있다가 천천히 자기 방으로 발걸음을 옮겼다. 오늘 일은 마치 삼류 영화에서처럼 김민형이 나에게 작업을 걸기 위해 조작한 것이 아닐까? 아니면 김혁의 농간일까? 수년간 집적거려도 눈 하나 까딱 않는 자신에게 작업을 걸려고 깡패들과 짜고 저지른 짓이 아닐까? 그렇다면 어떻게 김민형이 그 시각에 나타난 것일까?

민지는 민형이 자신의 주변을 오랫동안 맴돌아왔다는 생각에 갑자기 등골이 오싹했다. 마치 그가 자신의 일거수일투족을 환히 들여다보고 있었을지도 모른다는 생각에 갑자기 그가 역겨워지기 시작했다. 민지는 자신의 나신이 그 더러운 놈들에게 다 드러난 채 돌림빵을 당할 뻔했던 기억에 소름이 끼쳤다. 그녀는 우우 하고 울음을 터뜨렸다. 자신의 나신을 그 어떤 남성에게도(정신병자인 아버지와 죽은 쌍둥이 오빠가 그녀의 어린 시절의 나신은 봤겠지만) 드러내 보인 적이 없는 그녀였기에 오늘 밤의 사건은 그녀의 영혼에 너무도 깊은 상혼을 남겼다. 그녀는 백조 털로 만든 큰 베개에 얼굴을 파묻은 채 한참을 하염없이 울었다. 자신을 윤간하려던 자들의 그 만행도 용서할 수 없었지만 정말 젠틀하게 자신을 지켜주고 보호해 준 김민형마저 자신의 나신을 훔쳐봤을 생각을 하니 그마저 그 자리에 있었다면 갈기갈기 찢어죽이고 싶었다. 더러운 놈들, 이 세상 남자 놈들은 다 더럽다 못해 악마 같은 놈들이야. 민지는 소리를 죽여 가며 울고 또 울었다.

몇 분을 그렇게 자기연민에 빠져 끝없이 울던 민지는 갑자기 김혁이 사준 옷들을 다 벗어 던졌다. 그리고는 큰 가위를 가져다가 그것들을 갈기갈기 잘라버렸다. 그러고 나서 욕실로 들어가 자신의 몸에서 그 더러운 놈들의 흔적을 지우려는 듯 수차례 비누칠을 하면서 전신을 씻고 또 씻었다. 나중에 온 몸이 빨갛게 되자 민지는 정신을 차리고 씻기를 멈추었다. 그리고 샤워를 한 후 욕실을 나와 전신을 큰 타월로 가린 채 냉장고 홈바에서 고급 포도주를 꺼내 한 잔 두 잔 연거푸 들이켜기 시작했다.

그때 또 휴대폰 벨이 요란하게 울려댔다. 찍힌 전화번호를 보니 전혀 모르는 번호였다. 민지는 김민형 건일 거라고 짐작하면서 전화를 받았다. 용산 중앙대 부속병원의 응급실 간호사가 건 전화였다. 보호자인 민지가 빨리 와서 입원 수속을 해야 한다는 것이다. 환자가 출혈이 너무 심한데다 오른쪽 어깻죽지에 심한 상처를 입었고 복부와 등 부위에 칼로 찔린 상처가 심해 최소한 수술 후 12주는 입원 치료를 받아야 하며 아직도 환자가 의식을 회복 못 했으니 누군가 보호자가 곁에 있어야 한다는 것이었다.

민지는 갑자기 자기 안으로 밀고 들어온 김민형이라는 존재가 궁금해지기 시작했다. 뭔가 잘못되간다는 불길한 느낌이 들면서 그녀는 어쩔 수 없이 자신의 옷장에서 검은 색 원피스를 꺼내 입고 용산 중앙대 병원으로 갈 준비를 했다. 민지는 거울속의 자신을 들여다보며 오늘따라 화장을 더욱 정성들여 하는 자신에게 비웃음을 던졌다. 알지도 못하는 사람을 간호하러 가야 하는 자신이 정말 우스운 상황에 처했다고 생각했다.

10여 분 뒤 그녀는 택시를 타고 용산 중대 병원에 도착해서 자신의 신용카드로 김민형의 입원 수속을 밟았고 이후 아직도 의식이 없는 그의 곁을 지켜야 했다. 입원실의 벽시계는 밤 11시 30분을 지나가고 있었다. 입원실은 4명이 한 방을 쓰는 좀 싼 곳이었는데, 한 침대는 비어 있고 두 자리는 우락부락하게 생긴 50대 초로의 남자와 삶에 지친 모습의 70대 할머니가 차지하고 있었다.

두 사람과 그 가족들이 그녀를 매우 살갑게 대해 주었다. 아마 민형과 민지가 부부라고 생각하는 듯하였다. 70대 할머니가 민지의 손을 잡고 위로하면서 충고의 말을 하였다.

"워매 , 요로콤 이쁜 각시를 생각해서 빨리 일어나야 하는디, 워디서 저렇게 맞았댜? 맞은 데는 그저 똥물이 최고인디. 이런 병원에서는 그저 주사 몇 대 놓고 몇 달 입원시켜 바가지를 씌운다니께."

그러자 우락부락한 50대 초로의 남자가 말을 받았다.

"아따 할마씨도, 더러운 똥물을 워찌 마신다요? 맞은 데는 그저 개고기가 최고여. 젊은 사람이고 게다가 몸도 다부징께 아마 곧 깨어날 것이구만. 맞긴 참 징하게 맞아부렸구만 잉."

민지는 그들의 남도 사투리가 참 친근하게 느껴졌다. 멀리 전남 해남의 두륜산 밑자락에 있는 고향집이 생각났다. 그렇게 멍하니 있던 그녀가 응급조치를 받느라고 머리와 어깨 및 복부에 붕대를 칭칭 감고 누워 있는 민형의 얼굴로 시선을 돌렸다. 왠지 모를 불길한 인연의 실이 그와 함께 얽혀 있음을 느끼며 그녀는 자기 안에 숨겨진 운명에 끌려다니고 있다고 생각했다.

새벽 3시경 침대 옆 의자에 앉아 졸다가 깨어난 그녀는 자신을 물끄러미 바라보고 있는 낯선 민형의 시선을 느끼며 당황하여 얼른 고개를 돌렸다. 주변 사람들이 모두 잠에 빠져 입원실 주위는 정적이 감돌았다. 민형이 작은 목소리로 말했다.

"민지 씨가 이렇게 제 곁을 지키셨습니까? 그냥 집에서 주무셔도 되는데 뭐 하러 이 고생을 하셨어요. 여하튼 감사합니다."

민지는 민형의 정중한 인사말에 왠지 어색함을 느끼며 그를 다시 한 번 바라봤다. 약간 희고 갸름한 얼굴에 이목구비는 단정하지만 왠지 외로운 사람 같아 보였다. 평범한 얼굴이지만 강하고 집요한 성격의 소유자 같았다. 특히 그의 짙은 갈색 눈은 인생의 깊은 비밀을 퍽이나 많이 간직하고 있는 듯 우수에 찬 빛을 띠고 있었다.

"어떻게 저를 아세요? 그리고 왜 저를 그렇게 목숨 걸고 지켜주셨나요?"

"5년 전 대학로 실험극장에 혼자서 연극을 보러 갔다가 단역으로 나왔던 민지 씨를 보았지요. 지금까지 민지 씨 연극은 한 편도 빼놓지 않고 다 보았습니다."

민지는 민형의 목소리가 약간 떨리고 있다는 것을 느꼈다.

"그럼 어젯밤엔 제 차를 미행하셨나요?"

"네. 저는 민지 씨가 연극이 끝난 후 집에 들어가시는 것을 보고 항상 집으로 돌아갑니다."

그는 수줍은 듯 민지의 강렬한 눈길을 외면하며 말했다. 민지는 그동안 자신이 그에게 감시되어 왔다는 사실이 무척 불쾌하기도 하고 그의 그 집요함이 좀 무섭기도 했다.

"어젯밤에는 어떻게 된 일이죠? 경찰에는 그럼……"

"네, 제가 제 차 안에서 망원경으로 상황을 보고 있다가 바로 112에 신고를 했는데 그들이 도무지 오지 않아서 부득이 제가……"

민형은 말을 끊고 힘이 드는지 숨을 헐떡였다. 이때 옆에서 잠을 자고 있던 70대 할머니가 잠에서 깨어 두 사람의 대화에 끼어들었다.

"아니, 시방 두 사람이 부부가 아니당가?"

"네, 전혀 모르는 사인데 이분이 저를 깡패들에게서 구하려다가 이렇게 다쳤어요."

"아따, 마누라도 아닌디 자기 목숨을 걸어부러? 젊은이, 이 각시를 엄청 사랑하는가 보구만 잉?"

할머니의 톤 높은 목소리에 입원실 전체가 깨어 버렸고 그들은 두 사람의 이상한 상황에 대하여 흥미를 느끼며 집요하게 질문을 던지기 시작했다. 하지만 어떻게 알았는지 담당 간호사가 와서는 환자들이 이렇게 새벽부터 깨어 잡담들을 하면 건강에 해로우니 빨리들 다시 자라고 엄명을 하여 그들은 부득이 간호사가 방을 나갈 때까지 잠을 자는 척하였다.

그날 오전 민지는 민형이 수술에 들어가는 것을 보고 난 후 연극 무대에 오를 준비를 위해 부득이 집으로 들어가야 했고, 민형은 혼자서 찢어지고 터지고 찔리고 베인 상처를 꿰매는 고통을 겪어야 했다. 그러나 그가 더욱 괴로운 것은 그녀가 과연 자신을 만나고 난 후 다시 와줄지 확신이 없는 것이었다.

그녀가 집 앞에 도착해 보니 김혁이 차 안에 앉아 자신을 기다리고 있었다. 민지는 몹시 부담스러움을 느꼈다. 이제 드디어 김혁이 자신의 집을 알았으니 집요하게 쫓아다닐 것이 뻔했다.

"어디 다녀오시는가 봅니다."

김혁의 목소리는 약간 빈정대는 듯했다.

"이른 시각에 웬일이세요? 저 지금 갈 준비를 해야 하니 이만 실례할게요."

민지가 쌀쌀맞게 말한 것이 김혁의 마음을 좀 무겁게 했다. 하지만 그는 쉽게 물러서지 않았다.

"당분간 제가 모시고 다닐 테니 걱정 마시고 준비하고 나오세요. 제가 여기에서 기다리겠습니다."

그의 말투에는 단호한 결심이 서려 있었다.

민지는 코웃음을 치며 욕실로 들어가 천천히 샤워를 하기 시작했다. 어젯밤 와인을 제법 많이 마셨는데도 마치 날아갈 듯이 심신이 편안하게 느껴졌다. 그 50년 된 프랑스산 보르도 와인은 프랑스 파리로 유학을 갔던 고교 동창 신규희가 사다 준 선물이었다. 술을 별로 좋아하지 않던 민지도 한 잔 두 잔 들다 보니 그 맛과 향기에 반하게 되었고, 이제는 아주 그 와인의 팬이 되어 있었다.

그녀는 어젯밤의 악몽을 기억 속에서 하얗게 지우기로 했다. 그리고 다시 오늘의 화려한 무대로 돌아가서 자신의 역에 대한 새로운 해석과 불사르는 혼신의 연기를 자신을 사랑하는 관객들에게 보여주기로 했다. 그녀는 오후 1시 반에 있는 첫 공연을 생각하고 벽에 걸려 있는 시계를 보았다. 겨우 한 시간의 여유가 있을 뿐이었다. 화사한 하얀 원피스에 챙이 넓은 모자를 쓰고, 화려한 꽃무늬 양산을 든 그녀는 기분이 매우 좋아져 있었다. 그녀가 김혁의 차를 못본 척하고 그 앞을 지나가려고 하자 짙은 감청색의 정장 차림을 하고 재킷 윗주머니에 최고급 손수건까지 꽂은, 다부진 체격과 준수한 용모를 가진 김혁이 그녀의 앞길을 막았다.

"민지 씨, 이 차를 타고 출근하시죠."

"아니, 내가 왜 김혁 씨 차를 타죠? 난 그럴 필요없으니 댁은 그냥 혼자 가세요."

"안 됩니다. 이제 손민지 씨는 이 지역 건달들에게 표적이 되어 위험합니다. 이 차로 극장까지 모셔다 드리겠습니다."

"이것 봐요. 위험해도 내가 위험한 거고 당해도 내가 당하니 그만 돌아가세요. 난 택시 타고 가도 됩니다."

민지가 완강하게 자신을 막고 있는 김혁을 밀치고 앞으로 나가려고 할 때 갑자기 그녀의 핸드백에서 휴대폰이 요란스럽게 울려댔다. 그녀는 핸드백을 열고 휴대폰을 꺼냈다. 발신자를 알 수 없는 번호였다. 그녀는 누군가 하고 궁금해하며 전화를 받았다.

"손민지 씨, 용산경찰서 김 경위입니다. 오늘 밤 시간이 되시면 김혁 씨와 함께 경찰서로 좀 나오시죠. 어젯밤 일로 해서 조금 더 피해자 신문조서를 받아야 할 것 같습니다."

김 경위의 유들유들한 목소리가 민지의 귀를 울리자 김혁이 긴장한 표정으로 그녀를 바라보았다.

"옆에 김혁 씨가 있으니 그분에게 말씀하시죠."

민지가 전화기를 김혁에게 건네자 그가 부담스러운 표정으로 전화를 받았다.

"아니, 어젯밤 그렇게 조사를 했는데 오늘 또 조사를 받아야 합니까? 우린 엄청나게 바쁩니다. 우리도 연극 후에 좀 쉬어야 한다고요."

김혁은 짜증나는 목소리로 전화를 받았다.

"아따, 짜증을 내시면 안 되지요. 김혁 씨는 지금 피해자이시지만 동시에 쪼깨 혐의가 있다 이 말입니다. 댁은 좀 미안하지만 알리바이가 성립이 안 된다 이 말입니다, 아시겠소? 오늘 밤 안 오시면 체포영장을 발부해서라도 잡으러 갈 테니 그리 아쇼?"

김 경위의 말은 김혁이 범인일지도 모르니 잔말 말고 와서 다시 조사를 받으라는 말투였다. 김혁은 파랗게 질린 표정으로 전화기를 민지에게 주고 자신의 차로 돌아갔다.

그는 운전석에 앉아 민지에게 소리를 질러댔다.

"민지씨 빨리 타세요. 어차피 이따 함께 경찰서에 출두해야 하니까요."

민지는 김혁의 말에 상당히 기분이 상했다. 마치 둘이서 무슨 범죄를 저지르고 난 후 책임을 함께 져야 한다는 투였다. 어젯밤 자신이 얼마나 여자로서 수치를 당했는지는 전혀 무시하고 있는 느낌이었다.

"아니, 내가 김혁 씨와 무슨 관계라고 이런 유치한 짓을 하시는 거죠? 도대체 언제까지 제 주변을 맴도실 겁니까?"

"하하, 사실 민지 씨는 제 운명입니다. 벌써 5년 전부터 민지 씨를 짝사랑해 왔습니다. 이제는 민지 씨와 거의 한 영혼이 된 듯한 느낌입니다."

"완전히 스토커군요. 난 댁 같은 인간 밥맛 없으니 더 이상 날 괴롭히지 마세요."

"하하, 전 얼마든지 민지 씨에게 상처를 받을 마음가짐이 되어 있습니다. 하지만 민지 씨는 푸시케 같아서 세상 남자들이 가만 놔 두지 않을 것입니다. 어젯밤 같은 일을 또 당하실 우려가 있으니 그 만 고집부리시고 제 차로 가시고 올 때도 반드시 제 차로 오십시오."

"댁은 완전히 카사노바 같군요. 세상 여자들을 그렇게 번드르르 한 말솜씨와 여왕처럼 대접하여 많이도 울렸겠군요."

"무슨 그런 말씀을……전 세상에 태어나서 아무도 사랑해 본 적 이 없는 사람입니다. 무얼 보고 저를 그렇게 생각하시는지 모르지 만 전 민지 씨를 그저 운명적으로 사랑하게 된 겁니다. 연극배우로 서가 아니라 한 인간으로서, 한 여자로서 제 전 생애를 걸고 사랑하 는 겁니다. 다시는 어젯밤 같은 일이 일어나서는 안 됩니다. 그러니 제 차를 타고 가십시오. 민지 씨의 털끝 하나라도 다치면 난 몹시도 고통스러워 견딜 수 없을 겁니다. 밤새 민지 씨의 고통을 느끼며 한 잠도 자지 못했습니다. 제발 저는 괴롭히더라도 민지 씨 자신은 괴 롭히지 마십시오."

민지는 그가 자신의 고통을 느끼고 한잠도 못 잤다는 말에 마음 이 흔들렸다. 단순한 립 서비스는 아니라는 생각이 들었다. 그녀는 말없이 그 차에 올라탔다.

김혁은 화색을 띠며 시동을 걸었다. 그는 흥분을 가라앉히지 못 하고 연방 헛기침을 하더니 천천히 차를 몰기 시작했다. 뒷좌석에 앉은 민지는 차가운 표정으로 그저 밖을 내다보고 있었다. 뭔가 수 렁으로 빠져드는 느낌이었다. 하지만 그녀는 자신의 운명 저편에서 뭔가 야릇한 것이 자신을 서서히 감싸 들어오고 있음 또한 느꼈다. 김민형! 그의 이름을 떠올리자 그의 모습이 차창에 나타나는 것 같아 민지는 소스라치게 놀랐다.

차가 남산 제3호 터널을 빠져나와 신세계 백화점 근처에 왔을 때 민지는 비로소 김혁과 대화를 나누기 시작했다. 그들의 대화의 주제는 오늘 무대에서 상연될 〈평행선〉에서 어떻게 감정을 표현해야 할지에 대해서였다. 대화를 하면서 민지가 알게 된 사실은 김혁이 어려서부터 문화 예술에 조예가 깊어 영화, 연극, 뮤지컬, 오페라 중에서 유명한 작품은 하나도 빠지지 않고 다 봐 왔으며, 어려서부터 이상하게도 여자에게는 전혀 관심을 보이지 않다가 손민지가 단역으로 나오는 연극을 처음 본 순간부터 손민지를 자신의 운명의 여자로 생각하고 연극계에 발을 디뎠다는 것이다. 그는 그녀에 대해 모든 것을 다 알고 있다는 것이다.

"호호, 어젯밤 그 남자와 거의 비슷한 스토리이군요."

"그게 무슨 말씀입니까? 제 말은 하나도 거짓이 아닙니다. 사실 저는 민지 씨의 상대역이라기보다는 최고 팬일 겁니다."

"저에 대해 무얼 알고 계시는데요?"

"과거에 사랑하던 남자까지 다 알고 있습니다."

"홍, 내가 사랑하던 남자까지 알고 있다고요? 완전히 웃기는 이야기군요. 난 이때까지 어떤 남자도 사랑해 본 적이 없어요. 그러니 그 말은 거짓말입니다."

"가끔 민지 씨가 괴로워할 때 저 역시 괴로워집니다."

민지는 그 말에 먹은 게 속에서 올라올 것 같은 메스꺼움을 느꼈다. 김혁이 그와 자신을 자웅 동체처럼 최면을 걸어 자신의 과거와 현재와 미래를 다 보고 있는지도 모른다고 생각하니 갑자기 불쾌해졌다. 잘 생기고, 돈도 제법 있고, 여자가 주변에 들끓을 텐데 왜 하필 자기를 찍었는지 모를 일이었다.

김혁은 민지가 자신에게 관심을 보인다고 생각했는지 자신의 가족관계, 취미생활, 무대생활, 인간관계 등 모든 신상 정보를 낱낱이 그녀에게 이야기했다. 민지는 이 인간이 아주 나를 꼬시기로 작정했다고 생각하고는 그의 말허리를 자르고 좀더 빨리 가자고 재촉했다. 그날따라 명동에서 상인들 친목회가 있어서인지 길이 엄청나게 막히고 차가 움직이지 않아 민지는 자꾸 초조해져 갔다. 이제 30분도 채 안 남았는데 언제 가서 분장을 하고 대본 연습을 할지 걱정이 앞섰다.

극장에 들어서자마자 그녀는 김혁이 차에서 내리지도 않았는데 혼자 차 문을 열고 멍해 있는 그를 쳐다보지도 않고 분장실로 갔다. 그녀는 코디의 도움으로 연극 시작 직전에 분장을 마칠 수 있었다.

그날따라 민지의 연기는 그야말로 불꽃을 사르는 것 같았다. 그녀가 남자주인공 김혁을 향하여 내뿜은 원망의 대사는 시퍼런 독사에게서 나오는 맹독처럼 매서웠다. 관객들은 그녀의 그런 연기에 찬탄했고, 그녀의 일거수일투족에 탄식과 초조와 분노를 느꼈다. 그녀는 관객 모두를 자신의 영역 안에서 하나되게 하는 기막힌 카리스마를 분출하고 있었다.

연극이 끝나고 밤 9시경이 되었을 때 김혁은 민지를 달래고 설득하여 함께 용산경찰서 수사과에 출두하였다. 수사과 안에서는 김 경위 혼자서 서류를 들쳐보고 있었다. 그의 책상 앞의 명패에는 수사과 조사1계 김강수 경위라고 쓰여 있었다.

"에 또, 사실 어젯밤 사건은 내가 출동할 일이 아니었습니다. 어젯밤 따라 이태원에 외국인 문화 축제가 열려서 모든 파출소의 병력이 다 거기에 투입되어 아무도 갈 사람이 없어 당직 중이던 내가 부득이 가게 되어 한 사람을 살리게 된 겁니다. 자꾸 오시라고 해서 죄송한데 조금 시간이 걸리더라도 양해하시고 오늘 아주 끝냅시다. 그리고 손민지 씨 먼저 잠깐 진술하신 뒤에 병원에 가서 김민형 씨를 오늘 밤 한 번만 더 돌봐주십쇼. 그렇게 해주실 수 있죠?"

민지는 고개를 끄덕였다. 그러자 김혁이 질투에 찬 눈초리로 그녀를 노려보았다. 민지는 그 시선에서 일말의 섬뜩함을 느꼈다.

"김혁 씨는 잠깐 대기실에 가 있다가 제가 부르면 오십쇼. 그냥 가시면 안 됩니다."

김 경위의 말투는 부드러웠으나 단호함이 서려 있었다.

민지를 앞에 두고 그는 컴퓨터 앞에 앉아 부드럽게 묻기 시작했다. 그리고 능숙치 못한 독수리 타법으로 천천히 타이핑을 했다.

"김민형이 정말 모르는 사람입니까?"

"네, 전혀 본 적도 만난 적도 없어요. 다만, 어제 낮에 꽃바구니가 그 사람 이름으로 배달된 적은 있어요."

"근데 참 이상하잖습니까? 어떻게 잘 모르는 손민지 씨를 위해 목숨을 걸고 깍두기들과 죽기를 각오하고 싸울 수 있단 말입니까? 나는 형사생활 20년 만에 이런 희한한 사건은 처음입니다."

"5년 전부터 연극 무대에서 저를 보고 난 후 제 주변을 맴돌았나 봅니다."

"그러니까 일종의 스토커구만."

그때서야 김강수는 사건의 실마리가 조금 풀리는 것 같았다.

"그자에게 뭐 피해 보신 일은 없습니까?"

"전혀 없어요. 꽃 배달이 오기 전에는 전혀 그런 사람을 알지도 못했으니까요."

김강수는 무언가를 열심히 타이핑했다. 그리고는 메모지에 무언가를 쓰더니 한참 동안 그것을 들여다보았다. 아마 심문할 내용을 정리한 것 같았다.

"누구, 범인이라고 지목될 만한 사람이 없습니까?"

"전혀 없어요."

"김혁이가 댁을 많이 좋아하죠?"

그녀는 픽 웃었다.

"전 관심없어요."

"아따, 그 인간 백은 엄청나게 좋더구만. 어젯밤 심문 중에 이 지역 국회의원 보좌관한테 전화가 와서 압력을 넣는데 참 기가 막혀서……."

민지는 그저 빨리 이 자리를 떠나고 싶었다.

"무슨 말을 김혁에게 들은 적은 없습니까? 뭐 사랑한다 좋아한다 그런 말 말입니다."

"네, 오늘 아침 자신이 5년 전부터 절 마음에 둬왔다고 하더군요. 저 땜에 연극배우가 되었다고도 하구요."

"아따, 참말로 징한 인간이구만."

그 말이 무슨 말인지 민지는 의아했지만 물을 수는 없었다. 그걸로 피해자 심문은 끝이었다. 자리를 일어서는 그녀를 향해 그가 한 마디를 불쑥 내던졌다.

"그자를 조심하쇼."

민지가 자리를 떠나자 수사과 문 앞에서 초조하게 기다리고 있던 김혁이 김강수가 무엇을 묻더냐고 슬쩍 물어보았다. 민지는 별거 아니라고 대답하고 경찰서 앞에서 택시를 타고 중앙대 병원을 향해 떠났다.

그날 밤 김강수와 김혁의 불꽃 튀는 심문전은 그야말로 치열하기가 짝이 없었다. 김혁은 자신도 피해자임을 누누이 강조했고 자신은 손민지를 그저 같은 직장 동료로서 집까지 데려다 주다가 지역 깡패들한테 당했다는 것이었다. 김강수가 그에게 손민지를 사랑하지 않느냐고 슬쩍 퉁기어 보았지만 그는 전혀 그녀를 사랑한 적도 없고 앞으로도 그럴 것이라고 두 사람의 관계를 부정하였다. 심문 도중 이번에는 서울시경 감찰부의 최고위 간부에게서 전화가 와 왜 자꾸 피해자를 괴롭히느냐 강한 힐문이 있었다. 하지만 김강수는 자신은 직분에 충실할 뿐이라고 단호하게 이야기하고 전화를 끊었다. 심문 마지막에 김 경위는 그에게 야구방망이로 얻어터진 부위에 대한 병원 진단서를 끊어오라고 명령조로 말했다. 김혁은 몹시 불쾌하다는 표정으로 그를 흘겨보고는 그 자리를 떠나 집으로 향했다.

제2장 만남의 의미

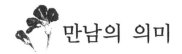

만남의 의미

민형이 병원에 입원해 있던 기간은 겨우 2주일이었다. SM미디어 회사에서 그에게 허용한 휴가기간이 그 정도였기 때문이었다. 더욱이 그가 하는 일이 SM미디어에서 제작하는 모든 드라마, 영화, 연극, 상업광고 및 문화콘텐츠 개발에 대한 기획 업무라 다른 사람이 대신 할 수도 없었다. 그래서 그는 수술 후 무리하게 퇴원하여 회사를 나갈 수밖에 없었다. 그 짧은 입원 기간 동안 민지가 두세 차례 그에게 면회를 왔는데 그것이 민형을 몹시도 기쁘게 했고 두 사람 사이에 약간의 인간적 이해가 생긴 것도 사실이다. 하지만 본질적으로 민지는 민형을 별로 마음에 들어하는 것 같지 않았고, 더욱이 사랑하는 마음은 생겨날 가능성이 없는 것 같았다.

민형은 그 아픈 몸을 이끌고 계속 민지의 연극을 감상하러 다녔고, 민지는 이제 무대 위에서도 멀리 객석에 있는 민형의 존재를 뚜렷이 느낄 수 있었다. 하지만 민지는 그를 전혀 아는 척도 하지 않왔고 두 사람 사이는 그저 평행선이었다.

그날은 민지가 연극이 없어 집에서 오래간만에 쉬고 있었다. 아침 10시경이었는데 갑자기 그녀의 휴대폰이 울려댔다. 받아보니 김혁이었다. 그는 그녀에게 오늘 꼭 함께 가볼 데가 있으니 한 번 만나달라고 통사정을 하였다. 오늘만 만나주면 다시는 주변에서 얼씬거리지도 않겠다는 말에 그녀는 이 기회에 아주 그를 떼버리리라 생각하고 강남역의 뉴욕제과에서 오전 11시 30분에 만나기로 했다.

그녀가 약간 늦은 시각에 약속장소에 나타나자 김혁은 얼굴에 함빡 미소를 머금고 자리에서 일어나 얼싸안을 듯이 그녀를 맞이했다. 좁은 제과점 안은 여러 연령층과 직업의 사람들로 북적거렸다. 자리에 앉자마자 그는 민지에게 어떤 종류의 빵을 좋아하고 음료수는 무엇을 마실 것인지 물어본 후 빵 몇 개와 오렌지 주스 등을 가져왔다.

"민지 씨, 잠깐 이 근처 어디에 들를 데가 있는데 함께 가시지 않겠습니까?"

"어딘데요?"

"사실 아버지가 민지 씨의 팬인데 꼭 한 번 뵙고 싶다고 통사정을 하셔서 오늘 이쪽으로 온 김에 잠깐 뵙고 왔으면 합니다."

민지는 김혁이 본격적으로 자신을 가족에게 소개하기로 작정했음을 여자의 직감으로 눈치챘다. 자신의 팬이라니 거절할 명분이 없어 그녀는 대답을 망설였다.

"어디 계시는데요?"

"리츠 칼튼 호텔 근처의 SH개발 본사 회장실로 모시고 오랍니다."

SH개발이라고? 그 엄청난 부동산 재벌? 그럼 김혁이 그 아들? 민지는 순간 머리가 띵해졌다. 그런 엄청난 재력가의 아들이 자신 때문에 연극배우가 되었다는 말인가? 하지만 그녀는 순간 튕겨야 한다고 생각했다.

"거길 내가 왜 가죠? 나 그분 별로 보고 싶지 않네요."

"그냥 왕팬이니 인사나 한 번 하시죠."

"김혁 씨가 제 대신 고맙다는 인사를 전해 주세요. 시간 나면 한 번 뵙겠다고요. 오늘은 몹시 피곤하여 아무도 만나고 싶지 않군요."

시계는 이미 12시를 가리키고 있었다. 김혁은 휴대폰으로 아버지 김수홍에게 전화를 걸었다.

"회장님, 접니다. 손민지 님이 오늘은 너무 피곤해서 만나시지 못하겠답니다. 아, 네 전화를 바꿔달라고요, 아 예, 잠깐만."

김혁이 손사래를 치는 민지에게 전화를 억지로 건네주었다.

"전화 바꼈습니다."

민지는 다소 긴장하며 전화를 받았다.

"나 혁이의 아비 되는 김수홍입니다. 나 손민지 씨의 왕팬입니다. 한 번 가까이서 뵐 수 있는 영광을 주십시오. 부탁드립니다."

중후하지만 예절이 깍듯한 김수홍의 목소리에는 재벌 특유의 여유가 넘쳐났다. 민지는 그 말을 도무지 거절할 수가 없어 망설이다가 겨우 대답했다.

"아 네, 알겠습니다. 그럼 잠깐 뵙기로 하죠."

이렇게 대답을 하고 난 민지는 전화를 김혁에게 돌려주면서 결국 재벌(=돈=권력)에 약한 자신이 알미웠다. 하지만 이 상황에서 누가 감히 그런 사람이 그저 한 번 만나자는 부탁에 거절할 명분을 찾을 수 있겠냐고 그녀는 스스로 자조하면서도 얼굴에 잔뜩 미소를 띠고 의기양양해하는 김혁을 향해 한 번 발길질을 하고 싶은 심정이었다.

역삼동 리츠 칼튼 호텔 근처의 SH개발을 향해 차를 몰고 가면서 김혁은 들뜬 목소리로 자신의 아버지 김수홍에 대해 말했다. 그의 나이는 62세로 고려대 상대 경영학과를 거쳐 미국 펜실베이니아 대학교 와튼스쿨에서 MBA를 취득하였다. 그의 현재 공식 직함은 SH 개발 그룹의 대표이사 회장으로서 전국에 소유하고 있는 빌딩만 150여 채가 있고, 거기서 나오는 임대 수입만 월 200억 원이 넘으며, 임직원들이 1,500여 명이 되는 큰 회사의 소유주라는 것이다. 김수홍은 어려서 몸이 허약하여 태권도와 검도를 시작했는데, 태권도 5단에 검도는 4단이고, 문화 예술에 조예가 깊어 영화, 연극, 뮤지컬, 오페라 등 유명한 작품은 하나도 빠지지 않고 다 봐왔다고 한다. 그는 아들과 함께 연극을 감상하는 것을 몹시 좋아했는데 5년 전 손민지가 단역으로 나오는 연극을 처음 본 순간부터 손민지를 최고의 기대주로 여기고 그때부터 그녀의 작품을 하나도 빼놓지 않고 관람해 왔다는 것이다. 그리고 자신의 며느리감으로 점찍어왔다는 것이다.

"참 대단하신 분이군요. 하지만 며느리감은 잘못 찍으셨군요. 전 재벌가의 며느리가 될 만한 사람이 못 돼요."

민지는 빈정거리는 투로 말을 뱉으며 자신의 이런 말에 대해 스스로를 비웃고 있었다. 사실상 너도 이런 재벌가에 시집가서 호강하고 사는 게 꿈이 아니니? 모든 여자들이 신데렐라가 되는 게 꿈인데 그들이 정식으로 청혼한다면 너 스스로 거절할 자신이 있는 거니?

민지의 내면에서는 김혁과 그 집안에 대한 선망과 함께 동시에 재벌에 대한 근본적인 열등감이 교차되었다. 한편 자신의 내면을 숨기고 내뱉은 말에 대한 김혁의 반응이 궁금했다.

"무슨 그런 말씀을……민지 씨야말로 대한민국 최고의 신부감이 아닙니까?"

김혁이 그녀의 비위를 맞추느라고 아부를 하고 있었지만 표정이 하도 진지하여 그녀가 그의 말이 진심이라고 착각할 정도였다.

두 사람이 SH개발 정문 앞에 도착하자 수십 명의 사원들이 "한국 연극계의 최고 스타 손민지 씨 내사 열렬 환영"이라는 플래카드를 들고 문 앞에 도열해서는 모두가 그녀에게 악수를 청했다. 어이가 없어진 그녀는 이것도 김수홍과 김혁이 자신에게 환심을 사려고 하는 수작이라고 생각하면서도 그들의 환대가 싫지는 않았다.

그들이 25층 빌딩 맨 위층 펜트하우스에 있는 회장실에 들어섰을 때 김수홍은 책상에 앉아 무언가를 열심히 들여다보고 있었다. 민지와 김수홍의 시선이 마주쳤을 때 민지는 그에게서 나오는 온화하면서도 압도적인 파워에 놀라고 말았다. 대단하면서도 복잡한 사람이라는 느낌이 순간적으로 그녀의 머리를 스쳐 지나갔다. 회장실 안에서는 사람의 정신을 아득하게 만드는 기분 좋은 차향이 피어나고 있었다.

"손민지 씨, 어서 오십시오. 진심으로 환영합니다."

김수홍은 책상 앞으로 걸어 나오며 대형 가죽 소파 앞에 머쓱하게 서 있는 민지에게 악수를 청했다. 민지의 작고 가냘픈 흰 손이 김수홍의 널찍하고 두터운 손 안에 붙잡히자 그녀는 순간 손을 빼고 싶어졌다. 무슨 전기 같은 것이 통하는 것 같았기 때문이다.

"처음 뵙겠습니다. 손민지입니다."

그녀는 약간 고개를 숙이며 상냥하게 인사했다.

"하하하, 처음이시라니요? 벌써 수십 번을 멀리서 뵈었지만 이렇게 가까이서 뵈니 영광입니다."

김혁은 자기 아버지의 말 한 마디가 떨어질 때마다 안절부절못하고 있었다. 그들이 폭신폭신한 값비싼 대형 가죽 소파에 앉아 이야기를 시작하자마자 김수홍의 전화벨이 요란하게 울려댔다. 김수홍이 민지에게 잠깐 실례한다고 말하고 전화를 받았다.

"여보세요. 누구십니까?"

"……."

전화에서는 아무런 소리가 나지 않았다. 그러더니 금세 전화가 끊어졌다. 김수홍은 이상하다는 생각이 들었지만 잘못 걸려온 전화려니 하고 전화기를 내려놓았다.

"자, 이렇게 귀한 손님이 오셨으니 우리 차 한 잔 하고 어디 가서 맛있는 점심식사를 하십시다. 괜찮으시겠죠? 오늘은 연극도 없으시니 좀 한가로우실 텐데……."

김수홍은 이렇게 말하고는 민지의 얼굴을 정면으로 바라보았다. 네가 감히 거절할 수 있겠느냐 하는 투였다.

"말씀은 감사한데 오늘 제가 선약이 있어서 그냥 차나 한 잔 하고 돌아가겠습니다. 항상 부족한 저를 많이 아껴주시고 사랑해 주시는 점에 깊이 감사의 말씀을 드립니다."

민지는 연극 대사를 읽는 것 같다고 느끼며 김수홍의 강렬한 눈길을 외면한 채 주섬주섬 주워섬겼다.

"허허 저런. 참 아쉽군요. 언제 이런 자리를 다시 한 번 마련하고 오늘은 그럼 차나 한 잔 합시다."

그가 자리에서 일어나더니 두 사람과 자신의 테이블 위에 웨지우드산 본차이나 찻잔을 놓았다. 그러고서 손수 차 단지에서 뜨거운 차를 천천히 따라주었다. 황홀할 정도의 은은한 차향이 민지의 후각을 자극했다.

"차 향기가 참 좋네요."

"이 차는 제가 최고의 VIP들에게만 대접하는 중국 최고의 명차인 용정차입니다. 글자 그대로 중국 황실에서만 마시던 최고의 명차지요. 민지 씨가 차 보는 눈이 높으시군요."

"회장님께서 민지 씨를 앞으로 더욱 밀어주세요. 지금 극장이 너무 작아 우리가 연극하는 데 많은 지장이 있어요. 스폰서를 해주시려면 좀 화끈하게 밀어주시던가요."

김혁의 어리광부리는 말투에 김수홍은 30이 넘은 아들이 그리도 귀여운지 눈에 지극한 부성애를 담아 그를 쳐다보고 있었다.

"알았다 알았어. 네가 원하는 일이라면 이 아빠가 안 해줄 일이 어디 있겠냐?"

민지는 두 사람의 대화를 보며 김혁이 파파보이임을 눈치챘다. 세 사람이 찻잔을 들어 그 향기를 음미하며 막 마시려고 하는데 갑자기 민지의 핸드백에서 휴대폰이 울려댔다. 민지는 어떡할까 순간 망설였지만 잠깐 실례한다고 말하고는 핸드백을 들고 회장실을 나와 복도로 나갔다. 누굴까? 모르는 전화번호였다.

"민지 씨? 저 김민형입니다. 그냥 듣기만 하세요."

민지는 퍼뜩 이상한 생각이 들었다. 그녀는 숨을 삼키며 다음 말을 기다렸다.

"지금 마시려던 차를 절대 마시지 마세요. 명심하세요. 김혁은 마약상습범으로 수 차례 입건된 경력을 가지고 있습니다."

민지는 민형이 근처 어디서 자신을 지켜보고 있다는 사실에 모골이 송연했다. 이 인간은 도대체 내가 여기 있는 것을 어떻게 안 거야? 참 무서운 인간이구만. 한 마디 쏴주어야겠다.

"지금 무슨 소리를 하는 거예요. 왜 내 행동을 감시하는 거죠? 이러면 정말 나 가만히 안 있어요. 그리고 생사람을 잡지 마세요."

민지의 나지막하지만 단호한 말씨에는 날카로운 가시 같은 것이 있었다.

"지난번 일도 김혁의 짓이 틀림없습니다. 지금 한 말은 용산서 김 경위에게 직접 들은 겁니다. 의문 나시면 직접 물어보세요. 그리고 김혁은 약물로 숱한 여자를 유린한 복잡한 전력 소유자입니다. 제 아버지의 빽과 돈으로 계속 무마해 왔던 겁니다. 빨리 그 자리를 빠져 나오세요. 민지 씨가 재벌가의 며느리가 될 가능성은 전무합니다. 그럼 이만."

민지는 순간 머리가 핑 도는 것을 느꼈다. 일리가 있는 말이었다. 우리나라 재벌가 왕자들 중 일부가 마약과 도박 그리고 섹스에 중독되어 큰 사회문제를 일으키고 있는 것을 생각하면서 민지는 억지로 발걸음을 회장실로 옮겼다.

그녀가 회장실에 들어서자 두 사람이 잔뜩 긴장한 자세로 있다가 무슨 일이 있느냐고 그녀에게 눈치를 살피며 물었다. 그녀는 시골의 작은집에서 온 전화인데 숙부가 몹시 위독하다고 둘러댔다. 그녀가 억지로 자리에 앉자 그들은 그녀의 창백한 얼굴에서 무언가 잘못되어가고 있다는 낌새를 챘다. 하지만 수홍은 마지막으로 그녀에게 차를 마시라고 자상하게 권했고, 민지는 한 모금을 마시는 척하면서 입안에서 다시 찻잔으로 그것을 몰래 뱉어냈다. 정말 이상한 현상이 일어나고 있었다. 입에 그 차가 들어가는 순간 그녀는 무언가 황홀한 느낌이 전신을 감싸고 있다는 생각이 들었다. 그녀는 이만 자리에서 일어나겠다고 그들에게 양해를 구한 후 천천히 자리에서 일어났다. 문 앞에서 김수홍은 걱정어린 표정으로 그녀와 작별 인사를 하고 김혁에게 댁까지 모셔다 드리라고 말하였다. 둘은 의미심장한 눈짓을 주고받는 것 같았다.

김혁의 차에 타자마자 민지는 조수석에 머리를 기대고 의식을 잃은 척하였다. 그러자 김혁이 그녀의 몸을 몇 번 흔들어대더니 차를 삼성동 인터컨티넨탈 호텔 방향으로 전속력으로 몰고 갔다.

호텔 지하 주차장에 도착하자마자 김혁이 민지를 안고 호텔 프런트로 가기 위해 막 호텔의 회전 유리문을 열고 안으로 들어서려는 순간이었다. 갑자기 어디서 나타났는지 김민형이 김혁의 아랫배를 주먹으로 온 힘을 다해 강타했다. 민지는 상황을 예의 주시하고 있었는데 또 김민형이 나타나자 너무나도 기가 막혔다. 그렇다고 지금 깨어날 수도 없어 그녀는 김혁이 억하고 쓰러지자 자신도 그냥 호텔 바닥에 쓰러져버렸다.

그러자 김민형이 쓰러진 그녀를 잽싸게 업고 호텔 지하 주차장에 세워 둔 자신의 차로 가기 위해 엘리베이터를 탔다. 김혁이 정신을 차리고 뒤따라왔지만 두 사람을 태운 차는 이미 그를 따돌리고 호텔 주차장을 빠져 나온 상황이었다.

차가 강남대로의 교보문고 근처에 왔을 때 민형은 뒤도 돌아보지 않고 민지에게 나지막하게 말했다.

"민지 씨, 이제 그만 일어나시죠?"

민지는 순간 머쓱했지만 늑대를 피하니 이번에는 살쾡이를 만난 게 아닌가 하는 의심이 들었다. 하지만 민형에게는 무언가 진심 어린 것이 있었기에 그녀는 음음하면서 깨어나는 척했다.

"차 안 마신 것 다 아니 연극은 그만 하세요."

민형의 빈정대는 말투에 그녀는 속이 확 상했다. 지금 늑대 굴을 빠져 나오느라고 온갖 머리를 다 굴리고 있었는데 그 따위 말을 해?

"지금 나를 납치한 거 맞죠?"

"약취 유인에 의한 강간미수범으로부터 구해 내어 귀가시키는 중입니다."

"이봐요. 누가 누구를 약취 유인하여 강간하려고 했다는 말예요? 당신 정말 나를 24시간 감시하고 살 거예요. 계속 이러면 경찰에 신고하겠어요. 빨리 여기서 내려주세요. 당신과 단 일 분도 함께 있고 싶지 않아욧!'

그녀의 마지막 말은 거의 악다구니에 가까웠다. 그녀는 괜스레 온갖 짜증과 화를 내며 이 복잡하고 말도 안 되는 일이 저 인간이 꽃을 배달하고 난 뒤부터 일어났다고 생각하니 부아가 치밀었다.

"누구처럼 호텔로 가지 않고 안전한 곳까지 모셔다 드릴 테니 잔말 말고 가만히 계세요."

민형의 나지막한 목소리에는 어떤 단호함이 묻어 있었다.

"잔말 말라고요? 내가 지금 화 안 나게 생겼어요. 당신 때문에 내 유력한 스폰서에게 찍혀서 곧 잘릴지도 모르는데 화 안 나겠나고요?"

이때 갑자기 민형이 시끄럽게 울려대는 자신의 휴대폰을 받으라고 그녀에게 넘겨주었다. 용산서 김강수 경위였다.

"아따, 손민지 씨 그리도 맹한 사람입니까? 아님 일부러 당하고 싶어 안달입니까?"

"그게 무슨 말이세요?"

"김혁이는 마약 상습범으로 전력이 화려하고 숱한 여자들을 약취 유린한 악질인데 제 아비가 항상 힘을 써서 무마해 왔어요. 그리고 그날 밤 그리 당하고도 아직 정신을 못 차리세요?"

김강수는 한심하다는 듯 혀를 끌끌 찼다.

"증거도 없으면서 죄 없는 사람들을 잡지 마세요."

민지는 이미 그의 말을 믿었지만 한 번 더 확인하고 싶었다.

"증거요? 증거가 정말 많지만 못 잡아넣는 내가 참 한심합니다. 정신 차리세요. 그리고 사귀려면 김민형 씨같이 인간이 되고 순정파를 사귀어야지 돈 보고 사람 만나면 꼭 후회할 게요. 바빠서 이만 끊습니다."

그러자 그녀는 아무 말 없이 운전을 하고 있던 민형에게 화풀이를 했다.

"대체 무슨 권리로 이런 행패예요? 당신이 뭔데 사람을 패고 그것도 내 연극 파트너를 수많은 사람들 앞에서 두들겨패고 그래요? 게다가 내가 당신 애인이에요? 그렇게 사람들 앞에서 애인처럼 굴면 어쩌자는 거예요? 난 대중의 인기를 먹고 사는 스타란 말예요? 이제 오늘 밤 사건이 매스컴에 보도되면 당신은 법정에 설 테고 난 증인으로 불려 다니고 할 텐데, 대체 어쩌자는 거예요?"

"다 알면서 왜 이렇게 시침떼시는 겁니까? 왜 나만 보면 그렇게 냉랭하죠? 내 앞에서 그렇게 두 사람이 호텔로 들어가는 모습을 보여주어야 합니까?"

"흥, 우리가 무슨 사이길래 질투하시죠? 난 김민형 씨에게 관심이 전혀 없어요. 그러니 내 생활에 이제 관심 지우세요. 난 택시 타고 갈 테니 내려주세요, 빨리요."

"민지 씨, 제발 이제 그만 튕기고 제 사랑을 받아주시지요?"

"튕기다니요? 무얼 튕기죠? 사랑요? 언제 우리가 사귀었던가요?"

민형은 화가 나서 내려달라는 그녀의 말을 묵살하고 차를 전속력으로 몰았다. 오후 2시가 넘었는데 요리조리 막히지 않는 길을 찾아가는 그의 차는 거리낄 것이 없었다. 불안해진 민지가 미터계를 보니 무려 시속 140킬로미터가 넘어가고 있었다. 민지는 민형의 화난 모습에서 젠틀할 때보다 더 터프하고 남성적인 카리스마를 느꼈다. 그녀는 이런 그에게 은근히 호감을 갖는 자신에 대해 속으로 놀라고 있었다. 하지만 그것은 그저 호감일 뿐 그를 사랑하거나 좋아하는 것은 절대로 아니라고 생각하고 있었다.

차는 이미 서울을 벗어나 의정부 방향으로 가고 있었다. 민지는 이제 그의 행동에 대해 불안해지기 시작했다. 이건 납치 아닌가? 그녀가 어찌해야 하나 하고 고민하고 있는데 그가 갑자기 휴대폰으로 어디엔가 전화를 걸었다.

"접니다. 한 세 시간 뒤 귀한 숙녀 한 분이 가실 테니까 방 최고로 꾸미시고 식사 준비에 만전을 기하세요. 그리고 내일 아침에는 둘이 함께 바닷가로 물놀이 겸 낚시질하러 가게 제일 편안하고 안전한 크루즈를 준비시키세요."

"지금 뭐 하시자는 겁니까? 내가 댁의 노리개로 보이나요? 빨리 내려주세요. 안 내려주시면 경찰에 신고하겠어요!"

민지는 통화내용을 듣고 비로소 사태를 짐작했다. 자칫하면 내일부터 연극은 끝장이고 매스컴에서는 오늘의 이 사건과 자신의 실종에 대해 온갖 추측 기사를 써댈 것이 틀림없었다. 사실 그녀는 데뷔 때부터 한국의 엔터테인먼트 사업 메이저들이 가장 눈독을 들이고 있는 기대주였다. 하지만 오직 연극만을 평생 하겠노라는 당돌한 선언에 연예가가 아쉬움에 한숨을 내쉴 정도였다.

그녀는 자신의 인생에 일대 위기가 왔음을 짐작했다. 이 사람의 여자가 된다는 것은 상상도 못한 일인데다 대배우가 된다는 것은 필생의 각고정진을 통해야 되는 것인데 만일 내일 공연부터 펑크 내면 자신의 연기 인생은 끝장날 게 틀림없었다. 그녀는 무슨 조치를 취해야 한다고 생각했다.

"민형 씨! 우리 차 세우고 잠깐 이야기해요."

"……."

"그동안 내가 쌀쌀맞게 굴고 전혀 민형 씨에게 관심 없는 것처럼 군 거 사실은 거짓이에요. 그러니 화 푸시고 우리 진지하게 사귀는 문제 상의해 봅시다. 어디 근처 음식점에 차 세우고 우리 이야기 좀 해요. 네, 민형 씨?"

민지는 나긋나긋하고 황홀한 목소리로 민형의 귀에다 속삭였다. 하지만 민형은 그런 민지의 말에 꿈쩍도 하지 않았다. 그는 앞만 바라보면서 시속 150km로 달리고 있었다. 차는 이미 의정부를 지나 포천 방향으로 달리고 있었다.

"진짜 미쳤군요. 날 완전히 바보로 만들 작정이군요. 제발 차 좀 세우세요. 이러다 사고 나겠어요. 내가 민형 씨 해달라는 대로 다 해 줄 테니까 이제 그만 차 좀 세우고 우리 이야기 좀 해요, 네, 민형 씨?"

"……."

민지는 그가 자신이 아무리 달콤한 말로 유혹하여도 꼼짝 않고 자신이 작정한 대로 그녀를 데리고 가서 안전을 미끼로 같이 지내려는 계획을 실천할 것이 분명하다고 생각했다. 그녀는 머리를 써야지 무조건 유혹해서 될 일이 아니라고 판단했다. 그녀는 우선 잠든 척하기로 했다. 그 다음 화장실에 간다고 하고 도망가서 그의 손아귀로부터 벗어나야 한다고 생각했다. 그녀의 머릿속은 별이 빛나듯이 맑았지만 몸은 사실 몹시 피곤했다. 그래서 잠을 자자고 자기 최면을 시도해 보았다. 그럴수록 머릿속은 더 말짱해져 가고 있었다. 하지만 그녀는 천부적인 배우가 아닌가? 그녀는 서서히 잠에 빠져드는 척했다. 그리고 한 시간쯤 자는 척하다가, 심지어는 고개를 운전석 쪽으로 떨어뜨려 그가 오른손으로 그녀의 머리를 받쳐주도록 하기도 했다. 그녀는 그가 자신이 잠이 들었음을 믿게 한 다음 갑자기 눈을 떴다.

"잠깐만요. 화장실에 가야 해요."

민형은 잠이 덜 깬 듯한 그녀의 눈을 뚫어지게 바라보더니 차를 멈추었다. 이미 그들의 차는 포천을 훨씬 지나 강원도 도계에 들어서 있었는데 첩첩산중이었다. 도무지 인가라고는 주변에 찾아볼 수 없는 곳이었다.

차에서 내린 민형은 조수석 쪽으로 와서는 문을 열고 그녀의 오른손을 잡았다. 그리고는 갑자기 돌아서서 무릎을 꿇고 등을 그녀 쪽으로 향하더니 자신에게 업히라고 말했다.

"지금 뭐 하시자는 겁니까? 유치한 짓 그만 하세요. 드라마나 영화만 하도 봐서 아주 장면마다 외우고 계시는군요. 저 혼자 갔다 올 테니 제 곁에 다가오시면 안 돼요. 알겠죠?"

"지금 이 산속에서 달아날 궁리를 하시나 본데 이곳은 인가도 없는 첩첩산중이고 사나운 들짐승들이나 개떼들이 사람을 언제 해칠지 몰라요. 그러니 잔소리 말고 내게 업혀요. 그리고 난 뒤 돌아설 테니 볼일 보고 같이 와요."

"참 기막히군요. 아니, 내가 언제 댁을 봤다고 마치 오랜 연인처럼 이리 다정하게 구시죠? 다정 정도가 아니라 이건 집착이군요. 여자가 용변을 보겠다는데도 감시를 해요? 그렇게도 김민형 씨는 좀 장부던가요?"

민형은 할 말이 없었다. 사실 이 산속에서 그녀가 도망가는 건 불가능했다. 하지만 무슨 위험이 도사리고 있을지 모른다고 생각한 그는 그녀의 안전을 위해 다짜고짜 그녀를 업고는 길을 벗어나 산속으로 향했다. 한 1분간 걷고 나서 그는 지나는 차량들에서나 행인들이 보이지 않는다고 생각한 지점에다 그녀를 내려놓았다.

"자, 이제 뒤돌아설 테니 볼 일을 보세요."

민지는 기가 막혔다. 도무지 그가 탈출할 수 있는 틈을 보이지 않는 것이다. 민지는 그가 돌아서자 진짜 소변을 보기 위해 원피스를 걷어 올리고 팬티를 내린 후 편한 마음으로 소변을 보기 시작했다. 하루 종일 김혁 부자로 인해 신경을 쓰고 또 김민형과 실랑이하며 차를 타고 오느라 심신이 지친 그녀는 오줌보가 열렸는지 오줌이 한없이 나오는 것이 아닌가? 한참이나 볼 일을 보던 그녀는 갑자기 꾀가 생각났다.

"민형 씨, 차에 가서 빨리 화장지 좀 가지고 오세요. 아랫배가 아픈 게 설사가 나오려나 봐요. 아침에 먹은 콩국수가 아무래도 잘못되었나 봐요. 아이고, 배야, 빨리 갔다 와요, 네?"

민형은 그녀가 진땀까지 흘리며 괴로워하자 차를 향해 막 뛰었다. 그가 안 보이게 되자 민지는 옷을 제대로 입고 산 윗길로 맹렬하게 올라가기 시작했다. 산길은 초저녁인데도 고즈넉하고 몹시 무서웠다. 하지만 그녀는 일생일대의 이 위기에서 달아날 수밖에 없다고 생각하였다. 그녀는 이제껏 연애고 결혼이고 아무 관심도 없었다. 이 세상 어떤 남자도 절대 사랑하지 않겠다고 맹세한 그녀이기에 김혁 같은 잘나고 돈 많은 남자나 김민형같이 사랑이 많은 순정파 남자도 그저 귀찮을 뿐이었다. 그녀는 숲속을 향해 뛰고 또 뛰었다. 어려서부터 달리기에는 자신이 있는 그녀였다. 그녀가 자란 전라남도 해남 두륜산 자락에는 유달리 숲이 울창했는데 그녀는 어린 시절 그곳을 쌍둥이 오빠와 끝없이 달렸던 기억을 되살리며 숲을 가로질러 하늘 끝까지 쭉 뻗은 전나무들의 삼림 속으로 달리고 있었다.

한 5분을 전속력으로 달려 이제는 꽤 먼 곳까지 왔다고 생각한 그녀가 막 숨을 고르고 있는데 갑자기 민형의 고통에 찬 목소리가 들려왔다.

"민지 씨이~! 민지 씨이~!"

그의 목소리에는 연인의 안위를 걱정하는 애절함과 달아난 연인에 대한 상심이 짙게 배어 있었다. 그는 온통 산을 헤매듯이 자신을 애절하게 불러대고 있었다. 민지는 산속을 달리면서 귓전에 들려오는 그의 애절한 음성에서 그가 얼마나 자신을 사랑하고 있는지 절실히 깨달았다. 하지만 그의 사랑이 자신에게는 독이라고 생각한 그녀는 산속으로 달리고 또 달렸다. 이윽고 그녀는 산 중턱에 있는 어느 바위 위에 앉아 쉬게 되었다. 이때였다. 어디서 아~우~ 하는 늑대인지 승냥인지의 소름끼치는 울음소리가 그녀의 고막을 때렸다. 그 짐승은 분명히 근처에 있는 것 같았다. 그녀는 소름이 끼치기 시작했다. 몸에 아무런 호신구도 없는 그녀이기에 그런 맹수들의 접근은 곧 중상이나 죽음일 것이라고 생각했다.

잠시 뒤 그녀 앞에 큰 셰퍼드 같은 들개가 나타나 흉포한 눈을 번뜩이며 으르렁거리기 시작했다. 그녀는 바위에서 천천히 일어나 뒷걸음질치기 시작했고, 그 들개는 그녀에게 서서히 접근하고 있었다. 그녀는 땅에서 아무 거나 집으려고 땅을 더듬었다. 다행히 제법 큰 돌멩이 하나가 손에 잡혔다. 그녀는 그것을 힘껏 그 들개에게 집어던졌다. 하지만 그 들개는 더욱 사나운 이빨을 드러내며 으르렁거렸다. 민지는 그 들개를 정면으로 노려보았다. 그러자 들개는 더욱 흉포한 자세로 그녀에게 덤벼들 자세를 취했다.

그녀는 자신이 들개를 당할 수 없다는 생각이 들었다. 그러자 그녀에게 엄청난 공포가 엄습했다. 민지는 들개를 피해 오던 길로 다시 내달려 산길을 내려가기 시작했다. 들개가 무섭게 짖으며 그녀를 맹추격하였다. 그녀는 돌부리에 걸려 악! 하고 비명을 질러대며 그 자리에 쓰러지고 말았다. 들개가 쓰러진 그녀를 물려고 사납게 덮쳤다. 이때 웬 큰 돌멩이가 날아와 들개의 머리를 정통으로 맞혔고 들개는 아픔에 깨갱거리며 공격을 멈추었다.

"민지 씨, 괜찮습니까? 얼마나 걱정했는지 몰라요."

그의 얼굴에는 남자로서 사랑하는 연인을 안전하게 지켰고 또 연인을 되찾은 안도의 표정이 역력하게 나타났다. 그가 으르렁거리는 들개를 향해 다시 돌멩이를 던지겠다는 듯이 위협하는 자세를 취했다. 그러자 들개가 슬슬 뒤로 꽁무니를 빼기 시작했다.

"웬 들갭니까?"

"산속에서부터 따라왔어요. 너무 무서워요."

민지는 파랗게 질린 모습으로 오들오들 떨고 있었다.

민형은 파랗게 질린 민지를 부축하여 자신의 차로 데리고 갔다. 들개가 계속 그들을 쫓아오다가 차가 멀리 사라지자 요란스럽게 차 쪽을 향해 짖어댔다.

차 안에서 민형은 눈물을 글썽이며 아무 말 없이 운전만 하고 있었다.

"미안해요. 난 그저 연극이 계속하고 싶었단 말예요."

"……."

"화 많이 났어요?"

그는 울음을 억지로 참고 있는 듯했다. 그는 목이 메이는 듯 한참 동안 말을 하지 못했다.

"그러다가 다치거나 죽으면 어떡할 뻔했어요? 들개가 얼마나 무서운지 알아요? 놈들은 배가 고프면 사람들을 공격해 깨끗이 먹어치운다는 거 알아요? 정말이지 민지 씨에게 질렸습니다. 그깟 연극이 뭐 그리 중요하다고 목숨까지 거냔 말입니다."

"연극은 제 혼이나 마찬가지예요. 난 남자 없이는 살아도 연극 없이는 못 살아요. 그러니 제발 이제 우리 서울로 돌아가요. 오늘 밤

민형 씨 해달라는 대로 다 해줄 테니 우리 제발 서울로 돌아가요,
네? 같이 자달라면 자 줄게요. 제 몸은 마음대로 하셔도 좋지만 내
일부터 연극을 못하게 하지는 마세요. 그러면 차에서 뛰어내려 죽
어버릴 거예요."

"정말 오늘 밤 나하고 같이 지낼 수 있어요? 서울에 돌아간다면
요?"

"그래요. 단, 오늘 밤만 함께하고 내가 민형 씨를 찾기 전에는 다
시 만나지 않기예요."

"그 무슨 말도 안 되는 조건입니까? 난 오늘 밤 같이 자고 싶지
도 않고 정식으로 결혼하기 전에는 절대 민지 씨에게 손댈 생각이
없습니다."

"그럼, 강원도로 끌고 가서 어떻게 하려고 했는데요?"

"그저 연인으로 같이 있고 싶었지 민지 씨의 몸을 건드릴 생각
은 전혀 없었어요."

"근데 왜 나를 사랑하는 거죠? 같이 자고 싶지도 않다, 몸을 건
드리고 싶지도 않다. 대체 뭘 바라고 나를 5년 동안이나 쫓아다닌
거죠?"

"난 민지 씨와 이 세상을 함께 살아가는 영혼이라 생각합니다.
난 언제나 민지 씨와 일체감을 느끼고 있어요. 뭐랄까, 우린 과거부
터 현재, 미래까지 영육이 하나라는 생각이 듭니다."

"훗훗, 민형 씨는 왜 배우가 안 됐죠? 지금 정말 한 편의 드라마
속 연기자 같군요. 자, 이제 서울로 차 돌리세요. 우리 조용하고 근
사한 데 가서 밤새 이야기해요."

민지의 말은 제법 진지했다. 민형은 갑자기 차의 핸들을 꺾어 오

던 길로 되돌아가기 시작했다. 민지가 시계를 보니 저녁 7시가 다 가오고 있었다. 민형은 전속력으로 서울로 향해 달렸다. 밤 11시 반이 다 되어 그들은 광장동 워커힐 호텔에 도착했다. 민형이 차에서 내려 그녀를 내리게 하려고 조수석 문을 열었을 때 그녀는 조수석에서 곤히 잠들어 있었다. 민형은 잠든 그녀를 살짝 안고 그 호텔에서 가장 비싼 스위트룸을 빌려 커다란 원형의 호화스런 침대에 그녀를 눕혔다. 침대 전후좌우에는 일곱 색깔의 조명등과 최고급 유리가 설치되어 있어 잠든 그녀의 모습이 사면 벽에 나타났다. 민형은 그녀가 마치 백설공주처럼 순결하고 아름답다고 생각했다. 그는 그녀의 볼에 살짝 입을 맞추었다. 그리고는 창가 소파에 앉아 한강의 어슴푸레한 불빛을 바라보고 있었다.

대체 이를 어찌해야 하나? 분명 오늘 밤 이후 그녀는 절대 자신을 만나주려고 하지 않을 것이다. 차라리 오늘 밤 그녀를 가질까? 그러나 그녀는 그것으로 나와의 인연을 끝낼 것이다. 무슨 연극이 그리 좋다고 인생을 거기에다 온통 거는 것일까? 확실히 그녀의 연기는 날이 갈수록 내면에서 솟아나오는 인간 영혼의 자기표현이잖은가? 하지만 내가 그간 얼마나 그녀를 가지고 싶었던가? 이제 그녀는 내 품속에 들어온 한 마리 새일 뿐이다. 지금이 아니면 그녀는 영원히 너의 것이 되지 못한다. 김민형, 너는 그녀와 육체적으로 하나가 되라. 아니야, 난 그녀를 정식 아내로 맞이하기 전까지 절대 그녀를 건드리지 않을 거야.

민형은 갈등에 휩싸여 갈팡질팡하고 있었다. 그는 민지를 깨워 그녀의 의사를 들어보기로 했다.

"민지 씨, 일어나 봐요."

"아이, 귀찮아요. 난 자고 싶단 말예요. 하고 싶은 말은 우리 자고 내일 낮에 해요."

그녀는 몸을 옆으로 굴려 그를 피한 채 그냥 잠에 빠져 들어갔다. 민형은 할 수 없이 혼자 욕실에 들어가 샤워를 하기로 했다. 그가 한참 샤워를 하고 있을 때 누군가 욕실 문을 노크했다. 그는 급한 김에 대형 타월로 아랫도리를 가리고 방문을 살짝 열었다. 호텔 벨보이었다. 그는 함께 계시던 여자분이 전해 주라고 했다면서 예쁘게 접은 하얀 메모지를 그에게 내밀었다.

〈김민형 씨, 세 번이나 이렇게 구해 주셔서 감사합니다. 그 은혜는 평생 잊지 않겠어요. 저 이제 연극 그만둡니다. 평범하게 살겠어요. 안녕히 계세요. -손민지〉

민형은 얼른 옷을 주워 입고 호텔 밖으로 뛰어나갔다. 그는 피를 토하는 심정으로 여기저기 뛰어다니며 호텔 주변을 살펴보았지만 민지가 어디론가 사라져버린 뒤였다. 광나루의 차가운 밤공기가 그의 눈과 코를 시리게 했다.

제3장 깊어가는 상처

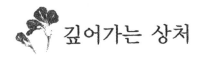

깊어가는 상처

민형은 그녀가 없는 텅 빈 방에서 망연자실하다가 그녀의 집으로 향했다. 약 40분 뒤 그녀의 집 앞에 도착하여 벨을 눌렀지만 대답이 없었다. 문을 마구 두드려도 아무 반응이 없었다. 그는 불안한 마음에 그녀의 휴대폰으로 전화를 걸어보았으나 전원이 꺼져 있었다. 민형은 불길한 생각이 들었다. 그녀가 자신으로부터 멀리 떠났다는 예감이 들었다.

하지만 연극은 하러 나오겠지. 그렇게 연극에 미쳐 있으니 분명히 오늘 연극을 펑크내지는 않을 거야.

그날 오후 그는 극장에서 초조히 민지를 기다렸지만 그녀는 1회 공연 시간이 지나도 모습을 드러내지 않았다. 1회 공연은 그녀의 대역인 김정현이 민지의 역할을 했으나 관객들은 손민지의 부재를 한탄하고 극장 측에 원망의 화살을 돌렸다. 민형은 점점 초조해져 가는 자신의 내면에서 그녀를 향한 그리움과 원망이 혼재되어 심각한 파열음을 일으키고 있음을 느꼈다. 2회, 3회 공연이 끝날 때까지도 그녀는 극장에 모습을 드러내지 않았다.

그날부터 김민형의 삶은 암흑의 나락으로 떨어졌다. 삶의 의욕이 사라지고, 매사가 불안했으며, 머릿속은 온통 민지 생각뿐이었다. 그녀의 웃는 모습, 화내는 모습, 사랑스러운 말투, 모든 것이 그의 뇌리에서 영상처럼 나타났다 사라지기를 반복하고 있었다. 그는 하루에도 수십 차례씩 그녀의 휴대폰에 음성메시지와 문자메시지를 남기고 혹시나 하는 심정에 전화를 걸어보기도 했다. 그러나 사흘이 지난 날부터 그녀의 휴대폰은 결번으로 나타났다. 그는 그녀가 자신으로부터 멀리 달아났음을 깨닫게 되었다. 이제 그녀를 다시 만날 수 있는 확률은 1퍼센트도 안 되는 상황이 도래하고 있었다.

그는 너무도 허무했다. 지난 5년 동안 그녀에게 바친 사랑과 열정이 그의 심장을 파먹는 전갈이 되어 그를 괴롭히고 있었다.저녁이면 그는 외로움에 견디기 힘들었다. 그는 거의 매일 회사 근처에 있는 르네 카페에 가서 독한 양주잔을 기울이며 그녀에 대한 그리움을 달래려고 애썼다. 그를 짝사랑하던 카페 주인 양선미가 그를 달래보려고, 심지어는 몸까지 주려고 하면서 그를 유혹하였으나 그는 어떤 여자의 손끝도 닿는 것을 싫어했다. 마치 뱀을 피하듯 그는 여성들의 손길을 피했다.

민형은 고민 끝에 제주도에서 백수로 지내며 가끔 서울에 올라와서 민형과 술자리를 함께했던 그의 불알친구 구현식에게 통사정하여 그를 상경시켰다. 두 사람은 함께 손민지가 갈 만한 장소를 살살이 찾아다녔지만 도무지 그녀의 행방이 묘연했다.

그렇게 손민지가 사라진 지 일주일째가 되던 어느 날, 손민지의 고향으로 그녀를 찾아갔던 현식으로부터 놀라운 소식이 전해졌다. 즉 그녀의 집안에 대한 동네 사람들의 해괴한 풍문이었는데, 예비역 대령 출신인 민지의 아버지가 과거 10년 전에 민지의 쌍둥이 오빠가 갑자기 죽은 사건 이래로 실어증에 걸리고 정신 착란증을 보여 충청북도 보은에 있는 정신병원에 입원해 있다는 것이다. 동네 사람들은 민지와 그녀의 죽은 오빠 손수현이 정상적인 남매 사이가 아닌 생피 붙은 사이로 의심하고 있다는 것이며, 이를 한탄했던 아버지가 아마 손수현을 사고를 빙자해서 죽였을 거라는 해괴한 풍문이었다.

　민형은 그런 말을 믿을 수 없었다. 손민지가 설령 쌍둥이오빠 손수현을 사랑은 했겠지만 생피 붙을 만큼 그렇게 한심한 여자는 아니라고 생각했다. 민형은 그녀가 있을 곳은 죽은 오빠의 무덤 근처일 거라는 생각이 들어 현식을 시켜 손수현의 무덤을 찾게 했고, 다음으로는 손민지가 언제 아버지를 보은의 정신병원으로 만나러 가는지 일정한 패턴을 알아보라고 부탁하였다.

　삼 일 후 현식에게서 연락이 왔다. 그녀 오빠의 무덤은 해남 두륜산 밑자락의 어느 양지 바른 곳에 있는데 멀리 바다가 보이는 풍광이 아주 좋은 곳이라는 것이다. 민형은 즉시 그곳을 향해 출발했고 해남 두륜산의 대흥사에서 현식을 만나 민지 오빠의 무덤을 찾아갔다. 과연 민지는 그 무덤 앞에 앉아 넋을 놓고 멀리 바다를 바라보고 있었다. 그녀의 눈에는 눈물이 그렁거리고 있었으며 잊지 못할 사람에 대한 한없는 그리움에 고통을 겪고 있음이 분명했다.

　민형은 억장이 무너져내렸다. 그녀의 가슴속에 품은 사랑이 오빠인 것이 명백했다. 그는 천길 만길 낭떠러지 아래로 떨어지는 심정을 느끼며 그녀를 불렀다.

"민지 씨!"

그녀는 못 들었는지 미동도 하지 않았다.

"민지 씨!"

갑자기 그녀가 고개를 돌리더니 그를 외면하고 벌떡 일어나 마구 앞으로 내달렸다. 민형을 피하는 것이 분명했다. 민형은 억장이 무너졌지만 그녀를 쫓아 현식과 함께 내달렸다.

민지의 달리기 능력은 대단했다. 그녀는 단숨에 바닷가를 마구 내달렸다. 석양에 바닷물이 붉게 물들어 가고 있었는데 멀리서 갈매기들이 끼룩끼룩 구슬피 울어댔다. 민형은 필사적으로 그녀를 잡기 위해 내달렸고, 현식은 숨을 헐떡이며 그 자리에 주저앉고 말았다. 그러나 5분도 채 지나지 않아 몹시 험한 바닷가의 절벽 위로 민지가 뛰어올라갔고 민형도 그 뒤를 쫓았다. 민지는 바위 위에 서서 마치 바닷물에 몸을 던지려는 듯 넋 놓은 자세로 멀리 아래를 응시하고 있었다.

"민지 씨, 미안합니다. 제가 자꾸 괴롭히는 것 같군요."

"……."

"제발 잠깐이라도 이야기 좀 합시다."

민형은 거의 울먹거리는 소리로 그녀에게 호소했다.

"민형 씨는 진정으로 참된 사랑을 해보셨나요?"

그녀가 그를 돌아보지도 않고 조용히 말했다.

"전 민지 씨 외에는 그 누구도 사랑해 본 적이 없어요. 민지 씨는 제 영혼의 사랑입니다."

그는 숨이 차서 힘들었지만 또렷또렷하게 자신의 의사를 전달했다.

갑자기 민지가 뒤돌아서서 민형에게 잔인하게 말했다.

"그렇게도 나를 사랑한다고요? 그래요? 그럼 그 사랑을 내게 증명해 보이세요."

"어떻게 증명해 보일까요?"

민형은 긴장하며 말을 더듬었다.

"음, 지금 이 바위 위에서 저 바다 위로 몸을 날려보세요. 그럼 민형 씨의 진심을 믿겠어요."

민형이 바다 밑을 내려다보았다. 족히 100미터도 넘는 높이라고 그는 생각했다. 무엇보다도 무서운 것은 검푸른 파도였으며 물길 또한 측량할 수 없이 깊으리라고 그는 짐작했다. 수영을 그리 잘 하지 못하는 그는 순간 망설였다. 하지만 자신의 사랑을 증명해 보일 수만 있다면, 지난 5년의 그 긴 세월 동안 그녀를 향한 그리움에 얼마나 가슴 졸여 왔는지를 생각하면, 또한 그녀의 사랑을 잃는 것이 곧 죽음과 같은 것이라는 생각에 그는 한숨을 내쉬었다. 그리고는 숨을 가다듬었다. 내가 저 바닷물에 빠져 죽어도 내 사랑이 참되다는 것을 증명해 보이는 것이고 그녀가 동정어린 눈물의 장례식은 치러주겠지라고 생각하며 그는 몸을 날릴 준비를 했다. 그리고는 눈을 똑바로 뜨고 절벽 바위 위에서 검푸른 바닷물로 쉬익 몸을 던졌다.

순간 민지의 동공이 엄청나게 커졌다. 그가 바닷물 위에 첨벙 떨어지는 순간 그녀는 자신의 마음속에 숨은 그에 대한 회의와 경멸감도 함께 사라져가는 것을 느꼈다.

바닷물 속에서 민형은 허우적대고 있었다. 민지는 어쩔 줄 몰라 동동거리고 있는데 이때 누군가가 능숙한 자맥질로 그에게 다가가서는 그를 끌고 물 바깥으로 나왔다. 뒤쫓아오던 구현식이었다.

얼마 뒤 세 사람은 바닷가 모래 위에 모닥불을 피워놓고 앉아서 무모한 민형의 사랑 놀음에 대해 킬킬대고 있었다. 민지는 비로소 민형이 자신을 목숨 걸고 사랑한다는 사실을 받아들였고 전보다 한결 살갑게 그를 대했다. 그렇다고 해서 민형에 대한 사랑의 감정이 생겨나거나 그와 결혼해야겠다는 생각을 품게 된 것은 아니었다.

그날 저녁 민형은 구현식과 함께 민지의 집으로 가서 함께 저녁 식사를 했다. 그리고 구현식이 혼자 건넌방에 가서 잠든 뒤 둘이서 집 안마당에 멍석을 깔아 놓고 하늘의 숱한 별들을 바라보며 심각하게 두 사람의 장래를 이야기하였는데 두 사람 사이는 여전히 평행선이었다. 민지의 가족은 아무도 집에 없었다.

"민지 씨, 저 정식으로 청혼합니다. 제 청혼을 받아주십시오."

민형은 자신이 준비해 온 두 캐럿짜리 다이아몬드 반지를 그녀에게 내밀며 심각한 목소리로 청혼을 했다.

"전 이미 사랑하는 사람이 있어요. 저는 사랑하는 사람과 죽어도 헤어질 수 없어요."

그녀의 말은 단호했다.

순간 민형의 분노가 폭발할 지경이 되었다. 그럼 왜 내게 사랑을 증명해 보이라고 한 거지? 지금 나를 가지고 장난하는 것인가?

"죽은 오빠 손수현입니까?"

"아니, 어떻게 제 모든 것을 그렇게 잘 아세요?"

민지는 민형의 정보력에 기가 막혔다.

"죽은 오빠를 아직도 못 잊고 있습니까?"

그의 목소리는 떨리고 있었다.

"아녜요."

그녀는 화가 난 표정으로 단호하게 부정했다.

"그럼 누구입니까? 김혁입니까?"

"후훗, 그 사람은 사람 같지도 않네요."

민형은 이 부분에서 조금 안심이 되었다. 재벌가의 재력과 권력을 탐하는 여자는 아니라는 생각이 들었기 때문이다.

"그럼 대체 누구 때문입니까? 저보다 더 민지 씨를 사랑하는 사람이 이 대한민국, 아니 전세계에, 아니 온 우주에 또 있단 말입니까?"

점점 높아지는 그의 목소리 톤이 어찌나 심각하던지 연극배우의 대사 같다고 느끼며 그녀는 갑자기 웃음을 터뜨렸다.

민형은 좀 머쓱해졌지만 갈 데까지 가보자는 심정이었다. 오늘 그녀에게 결혼 약속을 못 받아내면 아예 동반 자살할 각오였다.

그가 갑자기 품에서 조그맣지만 시퍼런 단도를 꺼냈다. 그리고는 그것을 민지 앞에 놓았다.

"이게 뭐예요?"

민지는 참 삼류 같은 작태가 청혼하는 남자들에게서 저질러지는 것을 연극에서 많이 보아왔지만 자신에게도 이런 상황이 벌어지리라고는 추호도 생각해본 적이 없기에 짐짓 놀랐다.

"제 청혼을 안 받아주신다면 그 칼로 민지 씨 앞에서 할복자살하겠습니다. 절벽에서 죽기를 무릅쓰고 바다로 뛰어내린 놈이 결혼 약속도 못 받는다면 무슨 낯으로 세상을 살겠습니까? 민지 씨가 없는 세상은 죽음이니 차라리 그 칼로 제 배를 가르고 깨끗이 죽겠습니다. 진심입니다."

민형의 협박이 사실일지도 모른다고 그녀는 생각했다. 이미 한번 시험한 그의 사랑 증명은 더 이상 검증이 필요없었다. 그녀는 그를 달래어 시간을 좀더 벌어야 한다고 생각했다.

"알았어요. 하지만 제가 사랑하는 분과 깨끗이 인연을 정리해야 민형 씨와 결혼할 수 있지 않겠어요? 마음에 다른 남자를 두고 민형 씨를 받아들일 수는 없지요. 그러니 내일 서울로 올라가셔서 조금만 더 기다리세요. 제가 그분을 만나 제 감정을 정리하고 올 시간이 필요합니다."

그녀는 진심으로 이렇게 말했다. 하지만 민형은 그 말의 진위를 파악하기 어려웠기에 자신과 구현식이 그 사람을 만나는 데 동행하면 안 되겠느냐고 사정을 했다. 하지만 그녀는 깨끗이 혼자서 감정을 정리하겠노라고 다짐한 후 민형에게 조금만 기다려 달라고 통사정을 하였다. 민형은 다시는 자신을 떠날 생각은 말라고, 지옥 끝까지 가서라도 민지를 찾아내겠다고 그녀를 얼렀다. 그녀는 미소 지으며 우리가 부부의 인연이 될 사람들이라면 어찌 헤어질 수 있겠느냐며 그를 달랬고, 그제서야 민형은 그녀의 말에 동의하였다.

그날 밤 두 사람은 한잠도 못자고 서로의 지나 온 이야기, 특히 민형이 그녀에 대해 속속들이 파악하고 있는 사실에 대한 궁금증을 풀었다. 또한 서로의 가족관계와 살아 온 과거와 현재의 일 그리고 인생관과 세계관 등에 대해 사실대로 대화를 나누었다. 민지는 그날 밤 대화 이후, 민형이 생각보다 건실한 대기업의 중견 사원이고, 인간성이 참된 사람이며, 자신의 장래를 맡길 만한 평범한 사람이라는 믿음이 갔다. 하지만 그녀는 자신의 내면에 숨겨진 깊은 상처의 본질을 그가 알 수도 없고 과연 결혼을 하여도 그 상처가 치유될지 확신이 없었다. 그녀는 자신의 깊디깊은 상처를 아는 사람은 자신 외에는 아무도 없고 아마 신만이 자신의 상처를 알고 있으리라고 생각하였다.

다음날 민형과 현식은 약속대로 서울로 돌아갔고, 민지는 자신의 거취 문제를 이제 정리해야 할 필요성이 절실하다고 판단하였다. 하지만 여고 3학년 시절 자신의 영어선생님으로서 처음 만난 날부터 현재까지 열렬하게 사랑해 왔으며 서로 영혼의 사랑을 나누고 있다고 믿고 있는 인천 도화동 성당의 박지현 신부를 만나 무슨 말을 할 것인지 하루 종일 고민하였다.

과연 그를 만나 정신적으로 이제는 당신과 이별하겠다고 선언할 수 있을까? 그가 여고 시절부터 자신을 바라볼 때 느끼던 그 무한한 사랑의 감정을 잊을 수가 있단 말인가?

그녀는 박지현이 자신에게 무조건적인 사랑을 베풀어주었던 것을 도무지 잊을 수가 없었다. 그는 그야말로 그녀의 이상형의 남자였다. 약간 네모난 얼굴에 강인한 턱과 우수에 가득 찬 얼굴을 가진 그는 음성이 낭랑한 미성이었으며 당당한 중키의 몸매를 가진 시와 문학과 철학과 예술을 사랑하던 낭만적인 사내였다. 그에게서는 무언가 자신의 영혼을 울리는 황홀한 사랑이 항상 내재한다고 그녀는 믿고 있었다.

비록 데이트라고는 서너 번밖에 못했지만 그간 서로 주고받은 이메일과 서신과 카드는 수백 통이 족히 넘었다. 그런데 그녀가 대학 졸업을 앞둔 어느 날 그가 갑자기 신부가 되기 위해 가톨릭 신학교를 간다는 말에 그녀는 어안이 벙벙했었다.

도대체 그가 순수한 신부로서 어떻게 독신으로 살아간다는 것인지 그녀는 그를 이해할 수가 없었다. 그는 술과 담배를 좋아했고 그녀가 보기에도 바람기가 있었다. 비록 자신과 한 번도 살을 섞은 적은 없지만 그녀는 항상 그의 품에 안기고 그와 사랑을 나누는 꿈을 꾸어왔고 또 언젠가 결혼할 꿈을 꾸어왔다. 그런 그가 평생을 독신으로 사는 가톨릭 사제의 길을 간다는 것이 너무도 황당했다.

그가 신부가 되고 난 후 그들은 서로의 일상에 바빠 거의 만나지는 못했지만 서로의 영혼은 아직도 교통하며 영원한 사랑을 하고 있다고 그녀는 생각해 왔다.

과연 내가 다른 남자와 결혼을 해도 그를 마음속에서 지울 수가 있을까? 그는 나의 영혼의 빛인데, 과연 그를 마음에 품지 않고 민형과 부부로서 행복하게 살 수 있을까?

그녀는 집 안마당을 거닐며 생각하고 또 바닷가 길을 걸으며 생각해 보았다. 절벽 위 바위 위에 앉아서도 생각에 생각을 거듭했지만 결론은 NO였다. 자신이 그를 잊는다는 것은 곧 빛을 잃은 죽은 목숨일 것이라고 생각했다.

하지만 그는 나의 남자가 아니잖은가? 그는 만인의 사제이고 신의 사람이다. 그는 분명 나보다는 신, 예수라는 저 유대의 자칭 신의 아들인 사내를 택한 것이다. 그들은 왜 예수가 남자인데도 신자들은 순결한 신부가 되어야 한다고 하는 거지? 아니, 그들은 죽은 예수와 동성연애를 하는가? 그래, 그는 나보다 동성인 그 예수를 더 사랑할지도 모른다. 나는 그저 그의 인생에 장식품일지도 모른다. 그는 한 번도 자신의 여자관계에 대한 이야기가 없었지만 분명 어떤 여자관계가 있을지도 모른다.

민지는 점점 그가 자신에 대해 갖는 사랑의 진정성 여부와 과거의 여자관계에 대해 확인해 봐야 한다는 생각이 들었다. 그리고 다음날 늦은 밤에 아무도 없을 시각에 인천 도화동 사제관으로 불쑥 그를 찾아가서 그를 마지막으로 시험하자고 결론을 내렸다.

집으로 돌아온 그녀는 인천 도화동 성당의 홈페이지에 들어가 박지현 신부의 동정을 살폈다. 그가 부재중이라는 소식이나 이벤트가 없기에 그녀는 안심하고 다음날을 위해 일찍 잠자리에 들었다. 멀리서 새의 피울음 섞인 듯한 이상한 소리가 그녀의 마음을 스산하게 했다.

다음날은 날씨가 무척 꾸물꾸물하였다. 비가 올 듯 말 듯 축축한 습기가 온통 대지를 휘감고 있었다. 그녀는 거울 앞에서 일생일대에 가장 정성들인 화장을 하였다. 청초하면서도 섹시한 이미지를 주기 위해 하얀 블라우스를 속에 받쳐 입고 겉에는 샤넬 명품인 프린세스 스타일의 허리가 잘록한 검은 수트 정장을 입었다. 머리는 오드리 햅번 스타일로 앞머리는 살짝 앙증맞게 자르고 뒷머리는 우아하게 업스타일로 하였으며 입술에는 핑크빛 루즈를 칠하였다. 신발은 굽이 살짝 높은 페레가모를 신었고 가방은 루이 뷔똥을 메었다. 그녀는 집에서 나가기 전 전신 거울에 비친 자신의 모습이 꽤 청초하면서도 매혹적이라고 생각했다.

길거리에서 사람들이 계속 그녀를 힐끗힐끗 쳐다보는 것이 느껴졌다. 자신의 패션 감각과 모던한 화장술이 성공한 것이라고 그녀는 속으로 생각했다.

그녀가 해남 버스터미널에서 고속버스를 탄 후 서울 강남역에 도착해 시계를 보니 벌써 저녁 6시가 넘어가고 있었다. 인천 제물포역까지 전철을 타고 가서 다시 도화동 성당까지 택시를 타고 그곳까지 간다 해도 2시간이 걸리니 시간이 남겠구나 생각하고 그녀는 터미널 안의 한식집에서 비빔밥을 시켜 먹었다. 한참 식사 중에 민형이 주고 간 휴대폰 벨이 울려 그녀는 받을까 말까 망설이다가 오늘 밤의 대사를 위해 받지 않기로 했다. 그러자 그에게서 계속 문자 메시지가 날아왔다. 어디를 가느냐고 묻고 있었다. 그녀는 묵살하고 전화기를 아예 꺼버렸다.

그날 밤 9시경 그녀는 인천 도화동 성당의 사제관 앞에 서 있었다. 그녀는 좀 떨리는 마음으로 초인종을 눌렀다. 아무런 응답이 없었다. 그가 안에 없나 하는 생각에 연속으로 서너 번을 힘껏 눌렀다. 그때서야 문이 열리며 파자마 차림의 박지현이 피곤한 듯한 얼굴로 나타났다.

"아니 이게 누구야, 민지가 어쩐 일로 이 밤에……."

그는 너무도 놀란 듯 들어오라는 소리도 없이 한참이나 넋을 놓은 채 그녀를 바라보고 있었다.

"선생님, 숙녀를 이렇게 마냥 세워 놓을 거예요?"

민지는 순간 어리광 섞인 말투로 그에게 항의했다.

"아니, 아니야. 내가 자다가 깨어나서 너무 놀랐어. 들어와."

그녀는 속으로 쾌재를 부르며 사제관 안으로 들어섰다. 사제관 안은 거실이 굉장히 넓고 아늑했다. 온갖 책들과 잡지들이 서가에 가득했고 편안한 가죽 소파와 10인용 탁자 등이 잘 배치되어 있었다. 문 앞 정면 벽에는 예수의 큰 십자가상이 걸려 있었고, 그 밑에는 힘찬 글씨로 쓴 "내가 길이요 진리요 생명이니(요 14:6)라는 성경구절 액자가 걸려 있었다. 민지는 그것을 보고 예수교는 철저한 독단주의라고 생각했다.

민지가 소파에 앉자 박지현이 커피를 마시겠느냐고 그녀에게 물었다.

"선생님, 우리 그냥 나가서 시원한 맥주나 한 잔 해요. 여기는 좀……"

그녀는 그를 사랑스러운 눈초리로 바라보면서 살포시 웃었다. 그 순간 그녀는 박지현의 눈 속에서 가느다란 떨림을 보았다.

"맥주 마실래? 너 술 잘 못하잖아?"

"오늘은 선생님께 진지하게 상담할 일이 있어 왔으니 술 한 잔 사주세요."

그녀는 황진이가 지족선사를 유혹하는 심정이었다.

"상담할 일이 있냐? 너 결혼하려고 하는구나, 그렇지?"

그의 말 속에는 짙은 허탈감이 묻어 있었다.

"왜요, 이제 저도 결혼해야 하잖아요? 선생님만 바라보고 살다가 노처녀가 다 되었으니 데려간다는 사람 나왔을 때 시집가야죠."

그녀는 이렇게 말하며 앞에 서 있는 박지현에게 일말의 승리감을 맛보고 있었다. 내가 영원히 당신만을 기다리며 독신으로 늙어 죽을 줄 알았냐? 하고 그녀는 박지현의 심장을 향해 비수를 찔러대는 심정이었다. 그러나 그는 아무 말 없이 냉장고로 가 맥주를 5개나 가지고 오더니 소파 테이블 위에다 올려놓고 민지의 맞은편 자리에 가서 앉았다.

그는 맥주 한 캔을 손수 따서 민지에게 주더니 다시 한 캔을 땄다.

"신부님도 술을 마시나요?"

민지가 장난스럽게 물었다.

"임마, 신부는 사람 아니냐? 때로는 술도 먹고 담배도 피우고 그러는 거지 뭐. 다 사람을 위해서 만든 건데 나는 사람이 아니냐?"

그는 소탈하게 말하더니 맥주를 벌컥벌컥 들이켰다.

"그럼 선생님도 가끔 포르노 같은 거 보세요?"

민지는 이 대목에서 과연 그가 솔직해질지 궁금했다.

"그래, 나도 가끔 포르노도 보고, 드라마도 보고, 연애 영화도 보고 그런다. 왜 이상하니?"

"와, 신부님도 우리랑 똑같네요."

민지는 여고생 같은 장난스런 표정으로 지현을 뚫어지게 바라보았다. 그러더니 갑자기 덥다고 재킷을 벗어던졌다.

"너 오늘 망가지려고 왔냐? 나를 신부로 말고 늑대 한 마리로 생각하고 조심해라."

"호호, 저는 한 마리 여우가 될까요, 그럼?"

"대체 무슨 일인데 이렇게 멋지게 차려입고 온 거야. 그것도 남자 혼자 사는 방에."

"선생님 꼬셔서 환속시키려고 왔다니까요. 그래야 내가 다른 사람하고 결혼을 못하죠."

"너 정말 결혼하려고 하니?"

그가 정색을 하고 물었다.

그녀는 그의 눈을 빤히 쳐다보면서 말했다.

"죽자 살자 쫓아다니고 심지어는 제 24시간을 다 감시하는 이상한 돌아이가 나타나서 결혼 안 해주면 죽는다고 협박을 해대고 있어요."

"그런 인간은 백발백중 정신병자다. 절대 그런 인간과는 결혼하지 마라."

이 대목에서 민지는 그가 질투하고 있음을 느끼고 속으로 쾌재를 불렀다.

"전 더 이상 선생님과 이런 정신적 사랑만으로는 살 수가 없어요. 이젠 저도 사랑하는 남자 품에 안기고 싶다고요. 선생님, 과거에 여자가 있으셨죠, 왜 그동안 저를 가지라고 그렇게 말해도 안 가지시고 갑자기 신부가 되셨어요. 오늘 밤 확실히 말씀해 주세요. 아니면 나도 졸지에 자살할지 몰라요."

민지는 맥주 한 캔을 이미 다 비웠고 박지현은 계속 그녀에게 새 맥주를 공급했다.

"그래, 오늘 밤이 우리의 마지막 밤이 될지도 모르겠구나. 여하튼 밤새 마셔보자. 그리고 네 장래는 내게 달려 있는 것이 아니라는 것을 네가 알아주었으면 한다. 생각해 보면 너무 가슴 아픈 이야기. 내가 군대 갔다 와서 스물여덟 살의 늙은 복학생으로 졸업을 한 뒤 너희 학교에서 병아리 영어 선생으로 너를 만나기 전 나에게는 영육을 바쳐 사랑하는 한 여자가 있었다. 경기도 남양주 시골 교회의 목사 딸이었는데 그녀는 정말이지 맑은 영혼의 소유자였다. 그날은 그녀가 스물네 살이 되던 생일날이었는데 우리는 양수리에 함께 놀러갔다 오다가 그만 밤길에 차가 전복이 되어서 강물 속으로 빠지게 되었지. 밤중이라 아무도 우리를 구해 줄 사람이 없었어. 나는 간신히 운전석 문을 열고 차를 빠져 나왔지만 그녀는 차 안에서 빠져 나오지 못하고 그 속에서 비참하게 죽었어. 본능적으로 살아 나와서 그녀가 물속 차 안에서 나를 향해 미소 지으며 작별의 인사를 하던 장면을 나는 평생 잊을 수가 없어. 그녀는 아무 원망도 없이 화평한 표정으로 나의 무사함을 기뻐하면서 그렇게 죽어갔지. 나중에서야 그녀의 뱃속에 8주된 내 아이가 잉태되어 있었다는 사실을 알게 되었어. 내가 어떻게 그녀와 죽은 그 아이를 잊고 결혼을 할 수 있어 말이냐, 우우……."

지현은 늑대가 울부짖듯이 숨을 죽여 울고 있었다. 민지는 그의 상처가 자신에게 전이된 듯 너무도 가슴이 아팠다. 그녀는 자리에서 일어나 탁자에 머리를 대고 울고 있는 지현에게 다가갔다. 그리고는 그의 머리를 가슴에 안고 함께 울었다. 이분에게도 평생 씻지 못할 상처가 있었구나. 얼마나 괴롭고 힘들었을까 생각하니 그를 엄마처럼 안고 한없이 달래주고 싶었다. 그의 몸에서 야릇한 남자의 냄새가 났다. 처음 느끼는 남자의 체취였다. 한참을 울던 박지현이 민지를 왈칵 안더니 그녀의 입술을 찾았다. 민지는 그에게 자신의 입술을 맡겼다. 그러자 그가 강렬하게 키스를 하더니 그녀의 몸을 안고 자신의 방으로 들어갔다. 민지는 저항할 의사도, 힘도 없었으며, 아니 차라리 설레는 마음으로 평생 처음 사랑하는 남자의 품에서 그 밤을 자신의 운명으로 받아들였다.

다음날 새벽 5시경에 일어나 보니 지현이 옆에 없었다. 그녀가 밤에 마신 술 때문에 좀 부스스한 얼굴로 그를 사제관에서 찾아보았지만 그는 아무 데도 없었다. 그녀는 짚히는 데가 있어 사제관을 나와 대성당으로 들어갔다. 박지현이 신도석의 중앙 복도 맨 앞에서 혼자 십자가상을 향해 무릎을 꿇고 큰소리로 외치며 기도하고 있었다.

"주여, 제 사랑은 당신뿐인 줄 알았습니다. 하지만 저는 한 여인을 주보다 더 사랑해 온 죄인입니다. 그런데 당신은 왜 그녀를 제게서 멀어지게 하려고 하시는 겁니까? 주여, 그녀가 없이는 저도 살수가 없습니다. 당신이 제 삶의 주인이듯이 그녀 또한 제 삶의 주인입니다. 아니, 그녀는 내 영혼의 공기입니다. 주여, 이제 어찌해야 합니까? 이제 이 한심한 종은 그녀를 간음하여 당신의 계명을 어겼습니다. 두 사람이나 살인한 주제에 이제 간음의 죄마저 범했습니다. 그동안 음주와 흡연, 포르노 감상 등 주의 종으로서 차마 해서는 안 될 죄들을 많이 범해 왔는데 이제는 마지막 사랑하는 사람의 장래까지 망쳤습니다. 주여, 이 죄인을 벌하시옵소서. 하늘의 불로 이 몸을 태워 그 영혼이 지옥의 나락에서 평생 당할 형벌을 주시옵소서. 하지만 아아, 이 몸이 죽고 내 영혼이 설령 지옥의 유황불에 빠진다 해도 도저히 그녀를 잊을 수가 없습니다. 그간 얼마나 그녀를 상상 속에서 안고 음란한 행위를 했는지 당신은 잘 아십니다. 주여, 이 죄인은 어디로 가야 합니까? 이제 무슨 낯짝으로 주를 대하며 주의 양들을 돌볼 수 있습니까? 차라리 주여, 저를 죽여주시옵소서. 저는 죄인이로소이다. 주여 이 죄인을 벌하소서. 당신께 저주받아 마땅한 이 죄인을 죽여주시옵소서. 주여, 저를 죽여주십시오. 주여, 주여······!"

민지는 더 이상 피 토하는 그의 속죄의 기도를 들을 수 없었다. 그가 얼마나 자신을 사랑했는지 그리고 그동안 자신을 지켜주려고 얼마나 애를 썼는지 그가 너무도 가여웠다. 하지만 그가 신을 버리고 자신에게로 오는 것은 그를 완전히 죽이는 일이라고 생각했다.
그래, 이제는 그의 곁을 떠나자. 그는 사제의 길로, 나는 한 남자의
아내로. 우리는 아무리 사랑해도 영원히 평행선일 뿐이라고 그녀는
생각했다. 안녕, 내 유일한 사랑이여! 안녕, 내 청춘의 우상이여! 안
녕, 나의 첫 남자여! 안녕, 내 영혼의 주인이여! 안녕, 내 영원한 사
랑이여!

　민지의 처녀 시절을 지배하고 있던 유일한 사랑과 민지는 그렇
게 헤어질 수밖에 없었다. 어떤 상처가 그녀에게 남겨질 줄은 조금
도 헤아리지 못하고 그저 죽도록 사랑했기에 자신을 주었을 뿐 아
무런 죄 의식도 느끼지 못하고 그녀는 그렇게 그를 떠났다.

제4장 밝혀지는 비밀

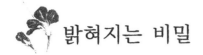
밝혀지는 비밀

　　일주일 후 민형과 만난 민지는 돌연 그의 청혼을 받아들인다고
선언하였고, 서울 프레스센터에서 주요 일간지 및 방송사 연예 기
자들을 불러 두 사람의 결혼 사실을 발표하였다. 다음 날 전국 방송
및 일간지 등은 "사라진 연극배우 손민지 드디어 평범한 대기업 사
원과 결혼하다" 라는 제목으로 이 사실을 일제히 보도했다. 대중은
두 사람의 결합에 대해 갸우뚱하면서 김민형에 대해 인터넷에서 무
수한 추측성 기사를 올리고 퍼가고 퍼뜨렸다.
　　일주일 뒤 김민형과 손민지는 남산 하얏트호텔에서 성대한 결
혼식을 올렸다. 민형 쪽의 하객은 친척이라고는 두세 집도 안 되었
지만 미국에 사는 나이 차이가 15년이나 되는 누이 김소이가 결혼
을 축하하는 전화를 걸어왔다. 하지만 그의 출신 고등학교인 서울
공고 및 홍익대학교 컴퓨터 전산학과 동창들과 SM미디어 회사 임
직원들이 대거 참석하여 성황을 이루었다. 물론 민지의 하객들은

친인척들이 압도적으로 많았지만 민지 측에서는 해남여고 및 중앙대학교 연극영화학과 동창들은 물론, 연극계의 동료와 선배 그리고 관계자들이 대거 참여하였고 심지어는 문화관광부 장관실에서도 축하의 메시지를 보내는 등 대성황이었다.

결혼식 뒤 두 사람은 제주도 서귀포 호텔에서 일주일을 휴식한 다음 민형의 빡빡한 회사 업무 때문에 곧 바로 일상으로 돌아와야 했다.

그들은 서울로 돌아오기 전 충북 보은의 한 정신병원에 입원해 있는 민지의 아버지에게 신혼 인사를 갔다. 처음에 병원 앞마당 잔디 위 벤치에 앉은 민지 아버지 손문길에게 민지가 민형을 사위라고 인사시키자 그 아버지는 자못 정신이 밝은 듯 환한 얼굴로 민형을 맞이하였다. 민지는 아버지의 병 증세가 많이 나았나보다 하고 안심을 하였다. 그러자 손문길이 갑자기 자리에서 일어나 민형의 손을 잡고 울음을 터뜨리며 말하였다.

"수현아! 어디 갔다 이제 왔니? 이 아비는 네가 보고 싶어 죽는 줄 알았다. 아이고, 내 새끼 수현아! 수현아!"

민지는 뒤돌아서서 마구 앞으로 뛰어갔다. 그러더니 아무도 없는 곳에 가서 어깨를 들썩이며 심하게 울었다. 민형은 순간 당황했지만 손문길의 어깨를 감싸고 부드럽게 말했다.

"아버님, 건강하세요. 이 수현이는 잘 있으니까 아버지도 건강하셔야 해요. 오늘은 이만 서울로 가고 다음에 또 민지랑 같이 올게요. 건강 조심하시고 오래오래 사세요."

민형은 수현의 역할을 하면서 손문길을 안심시켰는데 그는 여전히 민형을 얼싸안고 통곡하며 놓으려고 하지 않았다. 자식을 실

수로 죽인 아버지의 한이 얼마나 크면 저럴까 싶어 민형은 그를 몹시 불쌍히 여기고 아울러 민지 또한 가엾게 생각했다. 잠시 뒤 민지가 눈물을 씻고 밝은 얼굴로 나타나 아버지를 잘 타일러 다시 입원실로 보내고 난 뒤 두 사람은 민형의 차를 타고 서울로 돌아왔다.

그들은 신혼살림을 사당동의 예술인 마을에 있는 24평형 전세 아파트에 차렸는데 민지는 그저 무덤덤하게 평범한 신부로 살았다. 민형은 매일 저녁 최대한 일찍 퇴근해서 민지와 함께 시간을 보내는 것을 최고의 낙으로 여겼는데 두 사람은 가끔 극장도 가고, 볼링장도 가고, 때로는 야구장이나 축구장을 찾아 경기를 관람하는 등 평범한 일상의 삶을 즐기는 것 같았다.

그들의 성생활은 달콤하기보다는 의무 이행 같은 데가 있었다. 처음에는 민지가 별로 섹스를 즐기지 않는 탓도 있었지만 민형 또한 섹스보다는 정신적인 사랑을 더 즐기는 유형이었기 때문이다.

민지는 신혼기간을 매우 편하게 자기 세계를 추구하면서 안락하게 지냈다. 민형이 별로 까다로운 성격도 아니고 또 끔찍이 그녀를 사랑하다 보니 그녀를 편안하게 해주려고 노력했기에 그녀는 인생에서 가장 단조롭고 행복한 생활을 즐기는 것 같았다.

그런데 결혼 후 약 7주가 지났을 때 그녀가 입덧을 하기 시작했다. 그녀의 입덧은 매우 유별나서 남편인 민형도 함께 심한 입덧을 했다. 두 사람은 이런 서로의 모습을 보고 킬킬대고 웃었다. 임신기간 동안 민형은 그녀를 매우 세심하게 관리했는데 음식, 걸음, 운동, 심지어는 태교에 이르기까지 어디서 자료를 얻어 왔는지 그 자료들을 토대로 그녀의 일거수일투족을 다 체크하여 그녀를 귀찮게 했다. 감기약은 고사하고 일체의 위장약도 못 먹게 했으며, 그녀가 먹고 싶다고 아무리 난리를 쳐도 태아에게 안 좋다는 음식은 절대 못 먹게 했다. 또한 아기를 위해 가만히 있으면 안 된다고 끊임없이 가벼운 운동과 걷기를 시키더니 몇 달이 되어 아이가 안전하게 자궁 안에 착상되었다는 소식을 의사에게서 듣자 함께 등산을 하면서 민지를 힘들게 걷게 하는 등 그녀를 몹시 괴롭게 하였다. 하지만 민지는 그의 지시를 잘 따랐고, 결혼한 지 10개월이 좀 못 되어서 건강하고 잘 생긴 사내아이를 낳았다.

서초동 가톨릭 성모병원에서 민형이 싱글벙글거리며 새로 태어난 아기를 민지에게 건네주었을 때 민지는 순간 가슴이 철렁하였다. 그 아이에게서 박지현의 이미지가 매우 뚜렷하게 나타났기 때문이다. 순간 민지는 당황해서 아이를 떨어뜨릴 뻔했지만 자지러지게 우는 아이를 얼른 안고 젖을 물리며 아이를 달랬다. 그녀는 머릿속으로 복잡하게 박지현과의 단 한 번의 정사를 가진 날로부터 아이를 출산한 날까지 날수를 계산하고 있었다. 정확하게 10개월이었다. 2주 뒤 민형과 결혼 후 첫날밤을 보냈으니 그 아이는 박지현의 아이임이 분명했다.

이 무슨 운명의 장난이란 말인가? 이 무슨 죄의 업보인가? 아무리 그를 사랑했어도 그에게 그렇게 쉽사리 몸을 주지 말았어야 하는데 아, 평생 씻지 못할 상처를 이 사람에게 남기겠구나.

민지는 복잡한 계산을 하면서 아이의 장래 때문에 주르륵 눈물을 흘렸다.

"울지 말아요. 당신과 아이에게 해로우니까요. 자, 아이를 이리 주고 당신은 편히 누워 좀 쉬세요. 21일간은 꼼짝 말고 잘 먹고 푹 쉬어야 산후조리가 끝나니까 몸조심하세요."

착한 사람, 부처님 가운데 토막 같은 사람. 하지만 저사람이 이 아이가 자신의 아이가 아니라는 것을 알게 되어도 이렇게 착한 사람으로 계속 내게 잘해 줄까? 민지는 다시 아이를 민형에게 넘겨주며 너무나 미안하여 어찌할 바를 몰랐다. 하지만 모성적 본능으로 그녀는 이 사실을 민형이나 그 누구, 심지어는 생부인 박지현에게도 절대로 털어놔서는 안 된다고 독하게 결심할 수밖에 없었다. 누군가 말했던가, 여자는 약하지만 어머니는 강하다고. 그날부터 민형의 아내로서, 새로 태어난 아이의 엄마로서 그녀는 강인한 삶을 살아야 한다고 스스로에게 모질게 다짐하였다.

하지만 그 아이가 자라 이목구비가 또렷해져 갔을 때 민형이 그 아이를 안고 어를 때마다 이 녀석은 나를 안 닮고 당신만 닮은 것 같다고 농담을 해서 그녀의 가슴을 철렁하게 하곤 하였다.

아이가 만으로 한 살이 채 못 되었을 때 미국에서 민형의 누이 김소이가 한국에 나왔다. 미국에서 미국인과 국제결혼을 하였으나 남편이 대장암으로 세상을 떠나고 혼자 산 지가 벌써 8년이 되는 만 47세의 그녀였다. 그녀는 집에 와서 계시라는 민형과 민지의 청을 거절하고 서초동에서 과부로 혼자 사는 친구네 집에 기거하면서 아기를 보러 오곤 하였다. 어느 날 민지가 시장을 보러 나가고 그녀 혼자 아기를 보고 있을 때 민형이 회사에서 일찍 일을 마치고 귀가하였다.

그녀는 민형을 보고 눈물을 흘리면서 어린 동생이 혼자서 자수성가하여 이만큼 가정을 이룬 것을 대견해했다. 비록 대학 다닐 때 누이로서 자신의 능력껏 학비며 생활비를 보내주었지만 조실부모한 민형에게 항상 측은하고 미안한 감정을 느끼는 그녀였다.

그런 그녀가 불쑥 "난 아무래도 이 애가 남의 아이라는 느낌이 들고 너를 닮은 데가 하나도 없다는 생각이 드는구나. 죄받을 소리인지 모르나 아무래도 네가 네 처에게 속고 있다는 느낌이 든다. 네가 볼 때 네 처에게서 뭐 이상한 점을 발견할 수 없었니?"라고 묻는 것이었다.

　미국 메릴랜드 대학에서 간호학을 전공하고 간호사로서 학사 및 석사 학위를 딴 그녀는 유전생물학에서 가장 높은 점수를 받았으며 교수로부터 학교에 남는 것이 어떠냐고 제안을 받을 정도로 그 방면에 정통한 사람이었다. 민형은 아무 말 않고 누이의 말을 묵묵히 들었다.

　"확실하진 않지만 이 아인 우리 집안 남자들이 전형적으로 물려받은 골격이 아니야. 우선 이 아이는 이목구비가 너와는 판이하게 달라. 아무리 모계의 유전을 받는다 해도 부계의 유전이 섞이기 때문에 골격과 이목구비는 아버지 쪽의 유전을 많이 닮게 마련이거든. 그리고 문제는 내가 이 아이를 안을 때마다 내 혈육이라는 천륜이 안 켕기는구나. 물론 기른 아버지도 아버지이다만 나는 네가 네 처를 정말 사랑하다 보니 그 아이에 대해 아무런 판단도 없이 결혼했다는 느낌이 든다. 내가 좀 지나쳤니? 난 너를 엄마처럼 길렀다. 우리 엄마가 널 낳다 돌아가셔서 내가 널 자식처럼 기른 것을 넌 잘 알거다. 내 말을 새겨들어라. 지금은 내 말이 야속하겠지만 긴 인생을 생각해서 네가 잘 판단하기 바란다. 물론 네가 그냥 덮어두고 산다면 어쩔 수 없지만 사실 이런 일은 빨리 처리할수록 좋아."

　바로 이때 민지가 시장을 다 보고 귀가해서 초인종을 눌렀고 두 사람은 하던 말을 중단했다. 그리고 김소이는 이미 젖을 뗀 아이 지형이에게 분유병을 물리고는 아주 사랑스럽게 아이를 어르는 척하며 그녀에게 시장을 잘 다녀왔느냐고 상냥하게 물었다. 민형은 다소 상기된 표정으로 그녀에게 잘 다녀왔느냐고 물어 보았다. 세 사람은 그날 함께 민지가 정성스레 준비한 저녁식사를 들었지만 웬일인지 음식이 맛도 없고 또 식사 중 대화가 계속 겉돌고 있는 것 같았다. 민지는 무언가 이상한 낌새를 챘고, 모성의 본능으로 자기 자식에게 무언가 좋지 않은 일이 일어나고 있음을 직감했다.

그날 밤 김소이가 돌아가고 나서 지형이 잠이 들자 민형은 민지에게 할 말이 있다고 하면서 잠깐 이야기를 나누자고 했다. 벌써 터질 일이 터졌나 하고 생각하면서 민지는 긴장감을 감추지 못했다. 하지만 강해야 한다고 그녀는 이를 악물었다.

밤 10시가 넘어가고 있었고, 아파트 뒤 까치산에서 뻐꾸기가 구슬프게 우는 소리가 들렸다. 민지는 뻐꾸기가 마치 박지현을 닮았다고 생각했다. 민형은 양주를 꺼내 작은 잔에 얼음도 넣지 않고 연거푸 들이켰다. 민지가 똑바로 그를 마주보며 강한 어조로 물었다.

"할 말이 뭐예요? 술 좀 그만 마시고 이야기해 봐요."

민형은 차마 민지의 시선을 똑바로 쳐다보지도 못하고 시선을 술잔에 향한 채 조용히 말했다.

"당신 지형이에 관해 나에게 할 말 없습니까?"

순간 그녀는 가슴이 철렁했다. 그의 누이가 미국에서 유명한 간호사였다는데 벌써 지형이에 대해 알아버린 것이 아닐까? 뭐라고 대답하지? 아냐 지금 떠보는 걸 거야. 강하게 부정하자.

"무슨 소리예요? 지형이가 뭐 잘못되었어요?"

그녀는 날카롭게 추궁하듯 그에게 물었다.

"왜 우리가 관계한 지 10개월도 채 되지 않았는데 지형이가 2주일이나 일찍 나왔죠?"

민형의 목소리에는 힘이 없는 듯하였다.

민지는 순간 엄청 열 받는 표정을 지어보였다.

"지금 날 의심하는 거예요? 내가 지형이를 다른 데서 낳아왔다고 의심하는 거예요? 아니 2주 정도야 아이들이 조산하는 것은 다반사인데 뭐가 그리 의심스러워요? 당신에게 내 고이 간직한 순결을 바쳤더니 그따위 소리를 해요? 당신 정말 나를 어떻게 그렇게 생각할 수 있어요? 내 연극 인생을 다 포기하고 당신의 아내가 되었는데 이제 와서 어떻게 그런 모욕적인 소리를 할 수 있죠? 정 그런 식으로 날 못된 년으로 몰려면 우리 헤어져요. 정말이지 분해서 못 살겠군요. 흑흑……."

민지는 너무나 억울하다는 듯 어깨를 들썩이며 오열을 했다. 그녀에게 그런 소리를 한 자신이 참 나쁜 놈이라는 생각이 든 민형은 그녀에게 두 손 두 발 다 들고 싹싹 빌어 그녀의 마음을 간신히 돌려놓았다.

그렇게 지형이 문제가 수면 아래로 잠기고, 두 사람은 다시 화목한 부부로 돌아갔다. 지형이는 무럭무럭 잘 컸고 어찌나 민형을 따르는지 민형이 그 아이에게 지극한 사랑을 쏟았다. 김소이는 그 문제가 불거진 다음날 미국으로 귀국했고, 잘 도착했다는 전화 한 통 이후에는 아무런 연락도 없었다.

약 3개월이 지난 어느 날, 민형의 회사로 국제우편물이 배달되었다. 그것은 민형의 누이 김소이가 보내온 것으로 미국 메릴랜드대학교 의과대 유전공학 연구팀에서 김민형과 김지형의 유전자에

관하여 보고한 내용으로, 김지형은 김민형과 아무런 친생자 관계가 아니라는 충격적인 내용이었다. 편지에는 김소이가 두 사람의 모발과 침 가래 등을 몰래 채취하여 미국으로 숨겨 입국한 사실과 자기 모교의 의과대학 유전공학 연구팀에 의뢰하여 두 사람의 부자관계를 밝힐 수밖에 없었던 내용이 구구절절이 적혀 있었다. 그리고 그녀는 비록 신라는 망했지만 경순왕의 후예인 경주 김씨의 대종손으로서 이름도 모르는 자로 가문을 잇게 할 수는 없다고 누누이 강조하며 민지와의 관계를 하루 빨리 정리하고 새 장가를 드는 것이 좋겠다고 했다.

민형은 그날 그 편지를 보고 너무 기가 막혀 회사 근처 술집 르네로 가서 마담 양선미를 상대로 밤새도록 술을 마셨다. 그리고는 그날 밤 양선미의 부축을 받고 선릉 근처 캘리포니아 모텔에 가서 그냥 쓰러져 잠이 들어 버렸다. 밤새 그는 심신이 괴로워 죽을 지경이었다. 집에서 민지가 그의 휴대폰에 열 차례 이상 연락을 했지만 그는 아예 휴대폰을 꺼버렸다.

다음날 밤늦게 귀가한 민형은 민지를 보자마자 따귀를 올려붙였다. 지형은 방 안에서 잠들어 있었다.

"더러운 년, 어디서 무슨 짓을 하고 나에게 시집 온 거야? 지형이가 누구의 아이인지 말해. 너 오늘 솔직히 안 말하면 너 죽고 나 죽는 거야."

민지는 모든 것이 밝혀졌음을 깨달았다. 그녀는 조용히 자기 방으로 갔다. 그리고 문을 걸어 잠그고 소리 죽여 울었다. 밖에서 문 열라고 민형이 문을 두들기고, 발로 걷어차고 별짓을 다했지만 그녀는 미동도 하지 않았다.

여기가 끝인가? 지형이는 어떻게 할 것인가? 집을 나가면 내가 어디로 가나? 용서를 빌어볼까? 아니야, 쉽게 용서받을 수 있는 일이 못 된다. 다 내 죄에 대한 업보다. 죽어버릴까? 아, 이 일이 세상에 알려지면 나는 어떻게 살아야 하나? 그래, 차라리 속세를 떠나 산 중에서 비구니가 되어 속죄하며 살자. 내 인생은 이제 끝났다.

얼마 뒤 민형이 문을 따고 들어왔지만 그녀는 그 길로 그를 뿌리치고 집을 뛰쳐나가 버렸다.

제5장 방황과 귀환

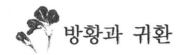 방황과 귀환

민형은 며칠 밤을 그녀가 없는 빈 방에서 지형과 함께 지내며 견뎌 보았지만 민지가 없는 집안은 황량하기가 이를 데 없었다. 회사에 출근할 때마다 아이를 동네 유아원에 맡기고 퇴근 후 아이를 데리고 집에 가서 함께 지내는 고통은 형언할 수가 없었다. 그는 이미 민지가 갈 만한 곳을 전화로 샅샅이 수색했고 또 용산서 김강수 경위에게 부탁하여 그녀의 실종 사실을 알렸지만 김강수는 그저 혀만 끌끌 찰 뿐 별다른 해결책을 찾지는 못하였다.

생각다 못해 그는 친구 현식을 긴급히 서울로 불러 올렸다. 그리고 그에게 그녀를 찾아줄 것을 간곡히 부탁하며 경비를 두둑히 건네주었다. 하지만 한 달이 넘도록 그들은 그녀의 행방을 찾을 수 없었다. 결국 그녀는 다시 민형에게서 사라진 것이다. 민형은 자신의 이 기구한 운명 앞에서 가슴이 새까맣게 타고 있음을 절절히 느끼고 있었다.

민형은 그녀를 다시 찾을 만한 의욕도 힘도 자신에게는 남아 있지 않음을 느꼈다. 하지만 어린 아들 지형이 엄마를 찾아 보챌 때면 무너지는 가슴을 가다듬고 다시 민지를 찾아 헤매야 했다. 그는 벌써 6개월 동안 그녀를 찾기 위해 온갖 노력과 방법을 강구했지만 별무소득이 되자 애꿎은 현식만 가지고 닦달하였다.

"이봐 현식아, 무슨 방법이 없겠냐?"

"정말이지 너 참 불쌍한 놈이다. 사랑하는 여자 하나 건사하지 못하고 허구한날 이렇게 가시방석 위에서 살아야 하니 대체 이게 뭐냐? 처음부터 네게는 너무 과분한 여자라고 내가 누차 말하지 않던. 이제 그만 잊고 새출발해라. 네 분수에 맞는 여자를 찾아라."

"훗훗, 미안하네. 내 팔자도 참 더러워. 하지만 어쩌겠나? 난 그녀에 대한 사랑이 없으면 메말라 죽는 사람이야. 그러니 그게 내 운명 아니겠나? 무슨 방법을 찾아보자고."

"할 수 없다. 내가 아는 귀신들린 점쟁이를 찾아가서 물어 보자. 대체 어디로 가야 지형 엄마를 찾을 수 있나."

"점쟁이? 용한가?"

"족집게라는 별명이 있는데 백발백중이고 1년을 기다려야 운명 감정을 받을 수 있을 정도로 예약이 되어 있대."

"대단하군. 그런데 자넨 어떻게 그를 쉽게 만난다는 건가?"

"사실 그는 내 매형이야. 기 수련하다가 소백산에서 귀신이 씌웠는데 이후 사람을 보면 과거 현재 미래가 주마등처럼 다 지나간단다. 그래서 아예 기수련 때려 치고 그길로 나서서 그쪽 계통을 평정한 사람이지."

민형은 호기심이 발동했다. 그래서 현식과 함께 미아리 점 골목으로 그 유명한 점쟁이를 찾아 나섰다. 물론 영업이 다 끝난 밤 10시 이후 현식이 매형에게 술 한 잔 하자고 꼬드겨서 간신히 만나게 된 것이다. 그런데 막상 민형이 그를 만나 보니 이건 점쟁이가 아니라 완전히 도사의 행색이었다. 박철중이라는 그 점쟁이는 얼굴은 대추빛에 키는 180센티미터가 넘었고 목소리는 낭랑했다. 눈빛은 사람을 압도하여 감히 얼굴을 쳐다볼 수도 없을 정도였고, 이목구비가 뚜렷하게 잘생겨 여자들깨나 울릴 정도였다. 나이는 30대 후반 정도 되었을까, 칠흑 같은 머리털과 어울려 그의 인상은 한 마디로 속세를 떠난 도사 또는 신선이라고 민형은 생각했다.

그들은 박철중을 정릉에 있는 유명한 한정식 요리집인 정릉각으로 모시고 갔다. 김민형은 그가 첫 눈에 보아도 비범한 사람인 것을 눈치 채고 그에게 매우 공손히 대했다.

그런데 박철중은 웬일인지 민형에게 눈길 한 번 안 주고 계속 자기 처남과만 이야기를 하고 있었다. 두 사람은 집안 이야기, 특히 현식의 누나의 불 같은 성격을 안주로 삼아 술을 들고 있었다. 민형은 열심히 그들의 술잔에 술이나 따르고 있었는데 갑자기 박철중이 그의 눈을 뚫어지게 바라보더니 쯧쯧 하고 혀를 차는 것이었다.

"어이고, 참 지지리 여자 복도 없으시오. 다른 여자 찾는 게 살길이오."

"그게 무슨 말씀입니까? 자세히 말씀 좀 해주십시오. 제가 복채는 두둑하게 내겠습니다."

"처남 불알친구인데 어찌 복채를 받을 수 있겠소. 댁은 타고나기를 여난(女難)의 운명으로 태어났소. 지금 찾고 계신 분은 그대의 인연이 아니외다. 괜스레 천명을 거역하지 마시고 그냥 내버려두시오. 그 길이 둘 다 사는 길이오."

"그럼 제 처와는 부부연이 없다는 말씀입니까? 아이까지 있는데요."

"두 사람은 삼생의 악연이오. 한 사람이 죽어야 끝나는 살극수를 가지고 있기 때문이오. 그러니 이제라도 늦지 않았으니 포기하시오."

"그럴 수 없습니다. 난 그녀가 없이는 단 하루도 살 수가 없습니다. 그러니 그녀의 행방을 찾도록 도와주십시오. 무슨 짓이라도 하겠습니다."

"허어, 기막힌 열부로다. 정 그렇게 자신을 소진시키는 길로 가시겠다니 할 수 없지요. 댁은 아마 지옥 불속에라도 들어가서 그녀를 구해 올 사람인 것을 쯧쯧……."

"도사님, 아니 선생님. 제발 그녀만 찾게 해주십시오. 나야 내일 죽는다 해도 그녀만 찾는다면 여한이 없겠습니다."

"허허 부나비가 불을 쫓는구나. 그게 운명이라면 할 수 없지."

그는 큰 요리상을 앞에 두고 반가부좌 상태로 앉아 눈을 감고 무언가를 중얼거렸다. 아마 자기가 부리는 귀신을 부르는 것 같았다. 갑자기 그의 주변에 찬 서리가 어리듯 귀기가 서리었다. 그는 한참을 무어라고 중얼거리더니 갑자기 눈을 번쩍 떴다. 민형은 그의 눈에 귀신이 서린 것을 보았다. 두려웠다. 앞으로 닥칠 자신의 운명이. 그러나 설령 그 길이 지옥의 칼밭이라 하더라도 자신의 사랑을 찾아 나서야 한다고 그는 굳게 결심하고 있었다.

"동북방 다섯 봉우리 솟은 메에 가람이 있으니 그곳에 그녀가 민둥머리를 하고 있구나."

민형은 그의 말을 얼른 기억 속에 저장하였다. 그리고 그날 밤 그 요리집에서 가장 아리따운 기생까지 붙여줘 가며 수십만 원을 술값으로 쓰고 박철중을 접대하였다. 말술을 마시는 그는 아리따운 여대생인 듯한 접대부에게 눈길 한 번 안 주었지만 2차는 기꺼이 그녀와 함께 근처 빅토리아 호텔로 나갔다. 물론 현식이 자기 누나에게는 절대 비밀로 하기로 사나이의 약속을 한 뒤였다.

민형과 현식은 박철중의 수수께끼를 푸느라고 며칠 동안 머리를 싸매야 했다. 결국 그가 말한 뜻은 민지가 지금 비구니가 되어 오대산의 한 절에 있다는 뜻이라고 두 사람은 결론을 내렸다. 그리하여 두 사람은 오대산의 절이란 절은 죄다 알아가지고 민지를 찾기 위해, 또한 늦은 가을의 환상적인 단풍을 구경도 할 겸 오대산의 절들을 찾아 민형의 차를 타고 먼 길을 떠났다.

그들은 오대산의 절 중에서 우선 부처님 진신 사리를 모신 적멸보궁이 있는 상원사를 찾아갔다. 그 절은 오대산 중턱의 깊은 산자락에 있었는데 조용하기가 적막강산이었다. 두 사람이 그 절에 들어섰을 때 마당에서는 머리를 파랗게 깎은 20대 초의 여승이 마당에서 낙엽들을 쓸고 있었다.

"저, 이런 여자분을 못 보셨는지요?"

김민형은 민지와 찍은 결혼사진을 그 여승에게 보여주었다.

"아니요, 전혀 보지 못했습니다."

현식은 그녀가 사실을 말하는지 아닌지 눈을 가늘게 뜨고 범인을 추적하는 형사처럼 그녀의 눈을 뚫어지게 바라보았다. 하지만 그녀의 세상을 버린 듯한 눈빛 속에는 그저 허무의 그림자만이 깔려 있었다.

"절 안을 좀 들여다보면 안 되겠습니까?"

"소승이 결정할 문제는 아니고 그 문제는 주지스님에게 여쭤보시지요."

"아, 그렇습니까? 그럼 주지스님은 어디에 계시는지요?"

"소승을 따라오시지요."

그 여승은 두 사람을 대웅전 뒤에 있는 주지실로 안내하였다. 주지는 갈강갈강한 몸매에 약간 도수 높은 안경을 쓴 50대 후반의 비구였는데 인상이 마치 시골학교 윤리선생을 연상시켰다. 그는 두 사람이 주지실로 들어서자 하던 독경을 멈추고 약간 신경질적인 표정으로 그들을 맞이하였다.

"이곳에 어인 일로 두 분 처사님들이 오셨습니까? 이곳은 속세와 인연을 끊은 불자들이 세상사를 벗어나 수도하는 청정 도량입니다만……"

"죄송합니다. 저는 그저 잃어버린 아내를 찾아왔습니다. 누군가가 제 처가 이곳에 있다고 하기에 결례를 무릅쓰고 왔습니다. 주지스님, 혹시 얼마 전에 매스컴에 요란하게 보도되었던 연극배우 손민지 씨의 실종사건에 대해서 들어보셨는지요."

"그 이야기는 워낙 유명한 이야기라 소승도 다소간은 알고 있습니다만 혹시 처사님이 그분의 부군 되시는 분입니까?"

"예, 제가 그 사람의 남편 되는 김민형입니다."

"쯧쯧 어떻게도 그리 박복하시오. 두 분은 전생서부터 업장이 너무 많이 쌓여 이렇게 힘들게 살고 있나 봅니다. 하지만 우리 절에 손민지 씨는 오지 않았습니다. 힘들게 찾아오셨는데 미안하기 그지

없군요. 차라리 내가 소개장을 써줄 테니 이곳 모든 절들을 관할하는 교구 본사인 월정사를 찾아가서 총무국장을 만나보시지요. 그분이라면 이곳 오대산 절들을 모두 관할하고 있으니 웬만한 스님들의 신상을 다 파악할 수 있을 겁니다. 요즈음은 옛날처럼 죄짓고 절에 숨는 시대가 아니니 조금만 신경을 쓰시면 부인을 찾을 수 있을 겁니다. 다만, 그분이 이미 출가하여 환속을 거절하면 세속과의 인연은 이미 끝난 것이지요."

민형은 주지 스님에게 훈훈한 인간미를 느끼며 그에게 깊은 감사의 심정을 표현하고 그 절에 10만 원을 시주하였다. 그리고 두 사람은 그가 써준 소개장을 들고 오대산과 강원도 일대 전체를 관할하는 조계종 제4교구 본사인 월정사를 찾아갔다. 그곳에서 다행히 총무국장인 혜명 스님을 만나 손민지의 사진과 신원에 관한 자료들을 내놓고 그녀를 찾을 수 있는 길이 있는지 물어보았다.

비구인 혜명 스님은 40대 초반이었는데 약간 얼굴이 얽고 코가 좀 지나치게 우뚝하여 젊어서는 여자깨나 후리던 건달이었음을 느끼게 했다. 그는 김민형을 보더니 매스컴에서 많이 보았다고 하면서 두 사람의 사랑은 이제 세간에 어떻게 전개될 것인지 관심사인 만큼 만일 손민지가 오대산에 있다면 자신이 반드시 찾게 도와줄 테니 시주나 넉넉히 하라고 웃으며 말하였다. 민형은 그가 돈을 내야 정보를 주겠다는 뜻임을 알아채고 얼른 그에게 50만 원짜리 자기앞 수표를 주었다. 그는 그 수표를 받더니 빙긋이 웃으며 민형에게 눈웃음을 쳤다. 민형은 그의 태도가 비굴하다고 생각했지만 그가 자신에게 호감을 가지고 있음을 느꼈다.

역시 돈의 힘이 좋은 것인가? 혜명 스님이 한 사나흘을 오대산

내의 모든 절과 암자 심지어는 토굴까지 똘마니 스님들을 시켜 샅샅이 조사해 보더니 민지가 월정사의 말사인 남대지장암의 비구니 암자에서 수행하고 있음을 알아내었다.

두 사람은 조반을 먹자마자 긴장감을 느끼며 비구니 암자로 향했다. 민형은 그녀가 머리를 깎고 여승이 되었다는 말을 도무지 믿을 수 없었다. 얼마나 괴로웠으면 머리를 깎았을까 생각하니 눈물이 핑 돌았다. 불쌍한 사람. 얼마나 죄의식이 심했으면 인간으로서 가장 마지막 길인 비구니의 길을 가야 했을까?

현식은 심중에 그 도도한 민지가 이런 운명을 살고 있는 것에 어이가 없어하면서 차라리 이 기회에 두 사람이 진짜 완전히 갈라서기를 진심으로 바랐다.

두 사람이 남대지장암에 도착한 것은 오후 1시가 다 되어서였다. 가을의 소슬한 분위기가 절을 감싸고 있었고, 비구니 암자에는 그저 처량함이 감돌고 있었다. 두 사람이 암자 토굴 속에서 민지를 발견했을 때 민지는 이미 참선의 삼매경에 들어 있었다. 두 사람은 그녀의 그 해맑은 얼굴에서 되레 참된 행복의 길, 즉 해탈로 가는 한 영혼의 청정무구(淸淨無垢)를 보았다. 마치 관음보살의 그 구족한 미소를 보듯 그들은 그녀의 얼굴에서 고뇌보다는 평안을 보았다. 그들은 그녀에게서 범접할 수 없는 신비감을 느끼고 숨을 죽였다. 그리고 그녀의 삼매경이 끝날 때까지 토굴 입구에서 마냥 기다리기 시작했다. 그녀의 참선은 거의 세 시간 만에 끝났는데 그녀가 토굴을 나섰을 때 두 사람을 입구에서 보고는 빙긋이 미소지었다.

"무엇하러 여기까지 오셨어요?"

"여보, 지형 엄마 우리 이야기 좀 합시다."

민형은 가슴이 무너지는 것을 느끼며 그녀의 손을 잡으려고 했다. 그러자 민지가 슬쩍 몸을 돌려 그의 손을 피했다.

"돌아가세요. 전 이제 손민지가 아니라 성혜 스님이에요."

"지형 엄마, 매일 당신을 찾으며 울고 있는 우리 아들 지형이가 불쌍하지도 않습니까? 무엇이 힘들어 이런 가시밭길을 가야 합니까? 그만 하고 우리 집으로 돌아가서 지형이와 함께 오순도순 삽시다."

"다 에미를 잘못 만난 그 아이의 운명이겠지요. 차라리 당신은 날 버리고 새 장가 들어 사세요. 지형이는 키우기 힘들면 고아원에 보내세요. 난 평생 내 과거 업장을 다 지워야 해요. 제발 더 이상 어린 애같이 보채지 말고 민형 씨는 민형 씨의 길을 가세요."

민형은 그녀의 조용하면서도 냉정한 말에 충격을 받아 갑자기 정신이 아득해지면서 그 자리에 쿵하고 쓰러졌다. 민지는 놀라 큰 소리로 주지스님을 불렀고, 주지스님은 시중드는 동녀 스님을 황급히 찾아 청심환을 가져오게 하였다. 금방 도착한 50대 초의 주지스님은 그의 맥을 짚어보더니 쯧쯧! 하고 혀를 찼다. 그녀가 동녀 스님이 가져온 청심환을 짓이겨 물과 함께 그의 입에 넣었으나 그는 금방 깨어나지 않았다. 그들은 현식에게 그를 업게 하여 그 절의 비구니들이 거처하는 암자 내의 민지의 승방으로 그를 옮겨서 편안하게 눕게 하였다. 그리고 주지는 그의 중요한 혈에 시침을 하여 막힌 기혈을 풀어주었다. 그러나 시침 뒤에도 그는 도무지 깨어나지 않고 있었다.

"주지스님, 이분 증세가 어떤가요?"

"너무 상심이 커서 삶의 의욕을 상실했군요. 아무래도 이분 당분간은 정상적으로 살기 힘들겠습니다. 성혜 스님은 이분이 깨어날 때까지 이곳에서 돌봐드리세요. 그리고 깨어나거든 웬만하면 따라서 집으로 돌아가세요. 성혜 스님은 절대 이곳에 있을 사람이 아닙니다."

"전 이곳이 정말 편안하고 좋은 걸 어떡하죠? 전 돌아가고 싶지 않습니다. 전 이제 손민지가 아니라 성혜 스님인걸요."

"나무관세음보살. 성혜 스님은 결국 이분을 죽음으로 몰아넣을 것입니다. 세간에서 모두들 성혜 스님을 뭐라고 하는지 아세요?"

"아니, 아직도 세상에서 저에 대해 관심을 가지고 있던가요?"

"저런, 성혜 스님 아니 손민지 씨는 한 남자의 지고지순한 사랑을 짓밟은 야차라고들 세상에서는 욕하고 있어요. 그만 이분을 괴롭히고 환속해서 자신의 인생을 사세요."

"스님, 너무 하십니다. 절 받아줄 때는 언제고 이제 와서 그런 소리를 하십니까?"

"그건 내가 이분을 못 만났을 때지만 오늘 보니 이분을 살리든 죽이든 그건 손민지 씨한테 달렸음을 똑똑히 알았기 때문이지요. 업장 소멸이니 수도니 참선이니 열반이니 니르바나니 다 헛된 겁니다. 여자의 행복은 그저 좋은 남자 만나 사랑받으며 아이들 낳아 잘 키우면서 무의무덕하게 사는 게 그저 열반의 경지인 겁니다. 성혜 스님이 진정 업장 소멸을 원하신다면 이분을 진심으로 사랑해 보세요. 그 사랑이 자라나서 우람한 나무가 되었을 때 비로소 두 사람의 업장은 소멸될 겁니다. 내 말 명심하세요."

주지가 나가고 구현식도 측은한 눈초리로 김민형을 바라보더니 방을 나갔다. 그는 비구들이 거처하는 곳에 있는 객실 중 한 방에 자리를 잡고 민형과 민지의 꼬여만 가는 운명에 대해 한탄을 하다가 잠에 빠져 들어갔다. 물론 자기 전에 애인인 지수희에게 전화해서 현재 사정을 말하고 당분간 자신을 찾지 말라고 말했다.

만 하루가 다 되었는데도 민형은 도무지 깨어나지 않았다. 민지는 그의 잠든 얼굴을 물끄러미 바라보며 참으로 불쌍한 사람이라는 생각이 들었다. 그가 자신을 사랑하는 것의 10분의 1만 되어도 두 사람은 행복할 수 있으리라고 생각했다. 물론 그가 싫거나 들지 않는 것은 아니었다. 그러나 자신은 아무리 애써도 그를 사랑할 수는 없었다. 자신의 사랑은 오직 첫사랑인 박지현이었기에 그와는 모든 것이 일치되는 행복감이 있었지만 민형과는 도무지 일체감이 들지 않았다. 물론 그와 격렬한 섹스를 통해 자신의 상처를 잊으려고 무수히 시도했지만 그 끝은 반드시 허무였다.

민지는 민형의 손을 꼭 잡았다. 불쌍한 사람, 영원히 나만 사랑할 유일한 사람. 그녀는 민형이 너무도 불쌍해 조용히 흐느끼기 시작했다.

"당신, 우는 거요?"

기운이 하나도 없는 민형의 다 죽어가는 목소리가 민지의 귀에 들렸다. 그녀는 눈물을 손등으로 훔치며 그를 향해 밝게 웃어 보였다.

"당신 깨어났군요. 이제 좀 괜찮으세요?"

"나 좀 일으켜 주겠습니까?"

민지는 그의 등을 손으로 받쳐 그의 상반신을 일으켰다.

"당신을 오랜만에 안아보고 싶어요. 이리 오세요."

"여승을 안으면 무간지옥에 떨어진대요."

"괜찮아요. 난 당신과 함께 있을 수 있다면 지옥보다 더한 곳도 가겠어요."

"당신은 그리도 내가 좋아요?"

"그래요. 난 당신을 그저 바라보기만 해도 황홀하고 행복해요. 난 당신의 존재에서 내 존재를 느껴요. 당신과 난 완전한 한 몸과 마음이거든요."

"후후, 당신은 아직도 문학소년 같군요."

민지는 그에게 다가가 그의 양팔에 안겼다. 모처럼 찌르르했다. 하지만 민지는 더 이상 진도를 나가서는 안 된다고 생각했다. 그래서 얼른 그의 품에서 빠져나왔다. 그리고 자세를 바로 한 다음 냉정한 목소리로 말했다.

"지금 민형 씨 몸 상태가 안 좋으니 며칠 더 쉬다가 몸이 좀 나아지면 서울로 올라가세요."

민형은 전신에 기운이 다 빠지는 것을 느꼈다. 그녀를 오랜만에 안으니 그 향기가 그의 후각을 깊게 자극했는데 그녀가 그리 품 안에서 빠져나가니 갑자기 절망적인 기분이 된 것이다.

"난 서울로 안 가겠어요. 당신과 이곳에서 언제까지나 함께 살 테니 그리 아세요."

민형은 민지의 당황해하는 모습을 안 보려고 눈을 감아버렸다. 그녀가 자리에서 일어나 슬그머니 방을 나가버렸다. 민형은 이제나 저제나 하면서 그녀가 돌아오기를 눈이 빠지게 기다렸으나 그녀는 아무리 기다려도 돌아올 기색이 없었다. 한 두어 시간 뒤 현식이 그에게 나타났다.

"좀 어떠냐?"

"아직 어질어질하군."

"이제 그만 성혜 스님을 내버려두고 서울로 올라가서 지형이를 돌보아야지. 그 어린 게 무슨 죄가 있냐?"

민형은 꿀 먹은 벙어리처럼 아무 말 못하고 그의 말을 듣는 척하고 있었으나 속으로는 민지가 돌아오기만을 기다리고 있었다. 현식은 아무리 말해도 그가 반응이 없자 그의 표정을 살폈다. 민형의 두 눈에서는 닭똥 같은 눈물이 한 방울 두 방울 떨어지고 있었다.

그날 밤 민형과 현식은 그 방에서 민지를 하염없이 기다리다 잠이 들어버렸다. 다음날 아침 두 사람 앞에 조반상을 들고 민지가 나타났다. 민지는 어제보다 더욱 쌀쌀한 모습이었다. 그저 절에 온 손님을 접대하는 비구니의 자세여서 민형은 가슴이 더욱 쓰라렸다. 그녀가 두 사람 앞에 밥상을 놓고 사라지려 하자 민형은 그녀를 나지막한 목소리로 불렀다.

"지형 엄마, 잠깐 이야기 좀 합시다."

"무슨 이야기할 게 있어요. 지금 두 분을 이 정도 대접하는 건 그래도 속세의 인연을 생각해서 해드리는 거니까 다른 생각 마시고 빨리 몸을 추스려 떠나도록 하세요."

그녀의 말은 차갑고 단호했다. 민형은 기가 막혔다. 그가 갑자기 자리에서 벌떡 일어나더니 그녀의 따귀를 힘껏 후려 갈겼다. 민지는 그의 내공이 실린 따귀 한 대에 코피를 쏟으며 자리에서 쓰러졌다.

"나쁜년, 어린 아들을 버리고 네가 득도를 하면 지옥에 안 간다던? 나를 버린 건 좋다 하자. 그러나 네 새끼는 거두어야 할 것 아니냐. 네가 이러고도 엄마이고 한 여자란 말이냐. 너 자신만 중요하고 널 사랑하는 사람들은 안중에도 없다는 거야 뭐야. 정말 이 절을 확 불 싸질러 버려야 네가 정신차리겠어?"

민지도 현식도 돌변한 민형의 모습에 너무도 놀라 숨이 막혔다. 평소에 큰 소리 한 번 안 내고 부드럽기가 비단결 같던 그에게 이런 과격한 면이 있다니. 민지는 코피를 쏟으면서도 그에게 한 대 맞은 게 되레 쾌감이 느껴졌다. 현식이 우선 민지의 코피를 막기 위해 자기 손수건을 그녀의 코에 가져다 대었다. 민지는 손수건을 치우라고 손을 저으며 자리에서 천천히 일어났다. 그리고 조용한 목소리로 말했다.

"이제 나으신 것 같군요. 그만 돌아가세요. 난 댁하고 더 이상 인연이 없는 사람이니 아이 문제는 댁이 알아서 하세요. 이혼 서류는 보내주세요. 도장 찍어 보내드릴 테니까요. 잘 가세요."

그녀가 막 문지방을 넘어서려고 하는데 그때 갑자기 민형이 그녀를 번쩍 안아 들어 올리더니 현식에게 가서 차문을 열라고 소리쳤다. 현식은 황망한 중에 절 입구에 세워 놓은 자신의 차로 달려갔고, 민형은 꼼짝 못하게 그녀의 허리를 꽉 붙잡은 채 힘껏 그녀를 안고서 성큼성큼 절 입구로 걸어갔다.

"놔요, 이거 안 놔요? 당신이 뭔데 날 마음대로 하는 거야? 빨리 안 내려놔?"

"잔소리 말고 가만 있어. 넌 이제 죽어도 내 곁을 못 떠나. 그러니 이 길로 서울로 올라가서 죽든지 살든지 맘대로 해."

"흥, 꿍생원에게도 이런 와일드한 면이 있었나? 빨리 내려놔. 난 당신과 같이 살기 싫다고. 난 영원히 혼자야, 알겠어?"

"네 과거 사랑이 아직도 널 사랑해 준다던? 언제까지 그 유치한 관념적 사랑에 빠져 지낼 건데. 네가 그러면서 무슨 연극배우야? 네가 사랑을 알아? 아냐고!"

"웃기지 마. 난 너보다 더 깊이 사랑했어. 사랑이 뭔데? 서로에게 상처만 주는 게 사랑이냐고. 제발. 내려줘, 민형 씨, 응? 이러지마. 이러면 난 진짜 죽어버릴 거야."

"그래, 같이 죽자. 나, 너, 우리 아들 셋이서 한 날 한 시에 같이 죽는 거야. 그러니 입 다물고 조용히 따라와."

그녀가 고래고래 소리치며 주지스님과 동료 스님들을 불렀지만 모두들 절 입구까지 따라나와 빙글빙글 웃으며 되레 배웅만 해주었다. 그들은 성혜 스님, 아니 손민지에 대한 김민형의 사랑과 오늘의 남성다운 박력에 대해 몹시도 부러워하고 속으로 두 사람이 서로 사랑하며 오래오래 행복하게 살라고 부처님께 기도를 해주고 있었다. 민지는 그들이 자기 편이 아니라 민형의 편인 것에 대해 몹시 약이 올랐으며 어쩔 수 없이 납치당해 가는 자신의 운명을 한탄하고 있었다.

차 안에서 세 사람은 한 마디도 하지 않았다. 차 뒷좌석에 앉은 민형과 민지는 서로 떨어져 앉아 반대편 창 밖을 내다보고 있었다. 두 사람은 머릿속으로 자신들의 장래에 대하여 계산을 하고 있었는데 완전히 동상이몽이었다. 민형은 그녀를 집안에 눌러 앉힐 방법을 찾아야겠다고 마음먹고 있었다. 반면에 민지는 어떡하면 다시 그의 집에서 빠져나갈 것인지 온갖 수를 다 생각하고 있었다.

그들은 5시간 만에 민형의 사당동 아파트에 도착했다. 민형은 차에서 내리기 전 그녀에게 미리 준비한 가발을 내밀었고, 그녀는 민형에게 맞아 약간 부은 얼굴을 한 채 가발을 쓰고 집으로 들어갔다. 이웃 사람들은 멋모르고 민지의 귀가를 열렬하게 환영하였다. 그들은 이제야 착한 이웃 김민형 씨가 제대로 가정생활을 할 수 있겠다 싶어 몹시도 기뻐했다.

그날 밤 즉시 두 사람의 냉전은 시작되었고 그녀에 대한 민형과 구현식의 감시는 24시간 밀착 경호체제였다. 심지어는 그녀가 화장실에 갈 때도 두 사람 중 하나가 동행하였으며 그녀가 자살하는 것을 방지하기 위해 날카로운 금속 물질과 위험하다 싶은 끈과 로프 종류는 집안에서 그녀의 눈에 띄지 않게 하였고 주방에서 쓰이는 칼들은 쓰고 나서 반드시 주방의 서랍 속에 넣고 이중자물쇠로 꽁꽁 걸어 잠갔다.

그날 밤 그는 그녀를 무조건 가지려고 시도하였지만 그녀는 끝까지 그와의 성관계를 거부하였다. 하지만 그는 그런 그녀를 가만 놔두지 않았다. 그는 지형이를 현식에게 맡기고 그녀를 강제로 차에 태워 서초동 팔레스 호텔로 갔다.

호텔 방에서 그는 그녀를 처음으로 남자의 완력으로 밀어붙여 강하게 정복하였다. 시간이 좀 흐르자 저항하던 민지도 몸과 마음이 허물어져 갔다. 그날따라 그와의 섹스가 황홀하기까지 했다. 숨도 못 쉬고 두려움 속에서 시작한 섹스였지만 그녀는 온 몸이 붕 뜬 듯, 마치 참선삼매경에 빠진 듯 그렇게 영육이 하나로 합치되는 희열을 느꼈다.

"여보, 당신을 사랑해요."

절정의 섹스가 끝나고 나서 민지는 약간 코맹맹이 소리를 섞어 애교를 부리면서 그의 품을 파고들었다. 민형은 전신에서 생의 맥박이 힘차게 뛰고 있음을 느꼈다.

이후 민지는 자신의 영혼이 이제 더 이상 박지현의 그늘 아래 있지 않음을 알았다. 그녀는 드디어 그의 그림자로부터 벗어나 진정한 여자가 되었다고 생각했다. 이제는 민형을 진심으로 사랑할 수 있으리라고 그녀는 확신했고 그에게 완전히 정복됨으로써 자신의 반쪽을 완성하게 되었다고 믿게 되었다. 물론 지형이 문제도 자연스레 해결을 보게 되었는데 처음부터 민형은 그녀가 자신에게 진실될 것을 요구했던 것이지 그녀가 낳은 지형을 버릴 생각은 추호도 없었다. 자신이 진정으로 사랑하는 여자의 아이는 곧 자신의 자식이라는 등식이었다.

제6장 평행선의 끝

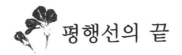 평행선의 끝

민지가 민형에게 완전히 굴복하여 사랑의 노예가 된 뒤로 그녀는 아주 순종적으로 변하였고 민형의 비위를 맞추기 위해서 온갖 노력을 다하였다. 민형은 그날 밤 민지와의 성교 이후로 웬일인지 더욱 과묵해지고 무언가 허망함을 느끼듯이 눈에서 부드러움이 사라졌다. 그리고 그의 눈빛은 강인한 야수의 그것으로 변해 갔다. 두 사람은 매일 밤 극단적인 섹스를 추구하였으며 민지는 그와의 섹스를 통해 몸과 마음을 다 바치는 진정한 사랑을 느꼈지만 민형은 웬일인지 모든 것이 다 시들해져 가고 있었다.

그는 자신의 영혼이 그날 밤 이후 완전히 파괴되었으며 더 이상 민지를 예전처럼 사랑하지 않음을 알았다. 그저 부부관계와 자신을 새삼 사랑하게 된 그녀에 대한 측은지심 그리고 아들의 엄마로서 그녀를 대하긴 했지만 속으로는 은근히 그녀를 경멸하게 되었다. 그가 본 민지의 영혼은 너무도 이기적이고 자기중심적이라 그의 지고지순한 사랑을 받을 만한 자격이 없음을 알았기 때문이었다. 그는 그녀에게 쌀쌀맞게 대하기 시작했으며 그녀는 그의 눈치를 살피느라고 전전긍긍하였다.

민형의 귀가가 점점 늦어지기 시작했다. 그는 거의 매일 밤 동네 심부름센터에 취업한 현식과 함께 회사 근처 르네 까페에서 마담 양선미를 호스티스로 삼아 술을 먹기 시작했다. 처음에는 그저 셋이서 양주 한 병 정도 먹던 것이 나날이 술이 늘어 심지어는 인사불성의 상태에서 귀가한 적도 있었다. 그럴 때 민지는 그를 현관에서 부축하여 방으로 데리고 들어가 침대에 눕히고 그의 양말과 겉옷 등을 벗긴 후 얼른 부엌으로 가서 큰 대접에 꿀물을 타서 그에게 먹였다. 그러나 첫날에는 그가 그것을 먹더니 나중에는 마시기를 거부하였다. 그리고 침대에 쓰러져 코를 골며 잠에 빠져들곤 했다. 민지는 그의 얼굴에 나타난 고뇌와 슬픔의 표정 속에서 자신으로 인한 그의 마음의 상처가 심각한 것을 눈치 채고 있었다. 그녀는 상냥하고 부드럽게 그의 몸을 주물러 주었으나 그는 곧 그녀의 손길을 거부했다.

민지는 그가 깨어나서 함께 사랑을 나누었으면 했으나 그는 모른 척하고 잠에 곯아떨어졌다. 민지는 잠든 그의 옆에서 허한 가슴을 부둥켜안고 억지로 잠을 청했다. 그럴수록 더욱 그의 품이 그리웠다. 그의 황홀한 애무는 민지에게 새삼 새 신부 같은 설렘을 기억나게 했다. 갑자기 박지현의 모습이 망막 속에 떠올랐다.

선생님, 이제는 그만 나에게서 떠나주세요. 난 이제 그를 진심으로 사랑하고 있어요. 선생님이 내 행복을 원한다면 나의 의식에서 제발 떠나주세요.

이때 갑자기 민형이 민지의 웃옷을 과격하게 벗기기 시작했다. 그의 입에서는 아직도 술 냄새가 물씬 났지만 그녀는 얼른 그가 자기 옷을 벗기는 걸 도와주었다. 나신이 된 민형과 민지는 다시 격렬한 섹스에 탐닉하기 시작했다. 그날따라 민형의 섹스는 과격하기가 강간 수준이었는데 민지는 그런 그의 과격한 동작이 좋았다. 그녀는 황홀경에 빠져 그에게 더욱 깊이 몸을 밀착시켰다. 그러나 민형은 그녀가 절정에서 몸부림칠 때 갑자기 하던 섹스를 중단했다. 민지는 거의 마지막 엑스터시에서 힘차게 타오르던 불꽃이 꺼지자 너무도 아쉬웠다. 그러나 그녀는 평생 자위를 해본 적이 없었기에 욕실로 들어가서 가장 찬 물로 몸의 불을 식히고자 애썼다. 그러나 한 번 타오르던 정염은 쉽게 사라지지 않았다. 민지는 미칠 것 같았다. 그녀는 자신의 유두를 만지작거리며 온 몸에 스멀거리는 쾌감의 유혹과 싸워야 했다.

다음날 민형은 하루 종일 출근하지 않았다. 오후 2시경까지 그는 멀건 눈으로 천장만 바라보더니 민지를 불렀다.

"당신 어렸을 때는 오빠를 진짜로 사랑했나요?"

"그 이야기는 이미 지난 이야기잖아요. 그와 난 모든 면에서 유전자가 같았기에 의식까지 일치되었던 것도 사실이지요. 하지만 그건 친남매간의 사랑이며 쌍둥이가 겪는 일체감이었지 남녀간의 사랑은 아니었어요."

"당신 아버지가 왜 그를 죽였지요?"

"그건 순전히 사고였어요. 고3 때 내가 너무 생리통이 심해 학교에 못간 적이 있었지요. 그때 아버진 재향군인회에 나가셨고 오빠는 학교 갔다 일찍 돌아왔어요. 내가 너무도 아랫배에 통증이 심해 침대에 누워 극심한 고통을 겪고 있었는데 오빠가 들어왔지요. 그는 내가 하도 고통스러워하니까 내 찬 배를 좀 만져 따뜻하게 해 주려고 했어요. 그가 내 침대로 올라와 내 아랫배를 만지려고 막 손을 대었을 때 마침 아버지가 밖에서 들어와 그 장면을 목격하셨지요. 아버지는 눈에 불을 켜면서 문간에 있던 꽃병을 오빠에게 집어 던졌고 오빠는 내가 맞을까봐 그것을 피하지 않고 받으려고 하다가 내 철 침대 모서리에 강하게 머리를 부딪혔고 뇌진탕으로 쓰러졌어요. 당황한 아버지는 119에 신고했고, 병원에 실려간 오빠는 그 길로 저 세상 사람이 되었지요. 그후 나에게서 피눈물 나는 원망을 듣게 된 아버지는 갑자기 실성하시어 정신착란을 일으키고 기억상실증과 실어증에 걸려 지금까지 12년째 정신병원 신세를 지고 있는 거예요. 그게 전부예요."

"그간 나에게서 떠났던 것은 지형이 생부에 대한 순정을 지키고자 했던 것이 아니오?"

"......"

"왜 말을 안 하오?"

"다 알고 계시면서 왜 오늘따라 이렇게 옛날 일을 가지고 괴롭히세요?"

"옛날 일? 당신은 지금 우리가 진정 사랑하고 있다고 생각하나요?"

"그래요. 난 이제 당신을 진정으로 사랑해요. 당신을 위해서라면 죽을 수도 있어요. 그러니 이제 제발 제 사랑을 믿어주세요."

"후후, 놀랍군. 그 야차 같은 손민지가 날 사랑하신다? 하하, 저 하늘의 별님들이 웃겠군요. 당신은 절대 누구도 사랑하지 않아. 당신이 사랑하는 건 오직 자기 자신일 뿐이야. 내가 과연 당신에게 섹스의 쾌락을 제공하지 않아도 날 사랑할 수 있을까? 말해 봐요, 왜 우린 하루라도 그 짓을 하지 않으면 사랑을 확인할 수 없는 걸까요?"

"당신이 싫다면 내가 자제할게요. 난 이제 그거 안 해도 당신만 곁에 있으면 행복해요. 그러니 그런 소리 말아요."

민형은 갑자기 자신이 1년간 해외로 나간다고 말했다. 회사에서 중국 베이징에 있는 25층짜리 호텔을 인수하여 리모델링을 하고 카지노까지 인수하여 중국에서 본격적으로 부동산 개발을 할 계획인데 자신이 중국 내 기획팀을 지휘하는 자리에 뽑혔음을 밝혔다. 그러니 아이하고 1년간 자신을 찾지 말고 잘 지내라고 말하더니 그는 아무 짐도 안 챙기고 공항으로 나갔다. 민지는 너무도 갑작스러운 별거에 황당하기까지 했다. 하지만 회사 업무상 출국이려니 어쩔 수 싶어 그를 웃으면서 보내주었다.

민형은 비행기 안에서 옆에 앉은 한국계 중국인인 고소정의 왼손을 자신의 오른손으로 살며시 잡았다. 이제 24세 된 그녀는 중국 베이징 대학에서 한국학을 전공했는데 민형의 회사에서 중국어와 한국어가 능통한 직원을 뽑을 때 무려 35대 1의 경쟁을 뚫고 합격한 재원이었다. 그녀는 중국적인 분위기와 한국적인 분위기를 동시에 갖춘 지성적인 여인이었는데 국문학을 전공한 것은 민지와 같았지만 품성은 딴판이었다. 미모야 민지에게 다소 뒤처졌지만 우선 그녀는 가슴이 따뜻한 여자였다. 민형과 몇 번 식사를 하면서 그가 아내와 말 못 할 고민을 안고 사는 남자임을 알고서는 기꺼이 그의 대화 상대가 되어주곤 했다. 그러다 이제 SM개발 중국 지사 직원으로 파견되면서 민형의 부하 직원이자 사실상 정신적 애인으로서 그와 동행하게 된 것이다.

그녀는 가만히 있었다. 그리고 민형에게 살포시 웃어주었다.

"팀장님, 중국에는 몇 번째 오시는 거예요?"

"음, 하도 많아 헤아릴 수가 없어요. 하지만 이번 여행처럼 즐겁고 설레는 적은 없었어요."

"왜 그리 생각하세요?"

"음, 내 마음을 한없이 편하게 해주는 사람과 함께 가기 때문이지요."

"자꾸 그러시면 안 돼요. 서울에 계신 사모님이 들으면 얼마나 서운하시겠어요. 두 분의 러브스토리는 저도 잘 알아요. 그런데 그분이 그걸 아시면 얼마나 서운하시겠어요."

"그래요. 난 그 사람을 진심으로 사랑했고 아마 내 영혼까지 그녀에게 바쳤지요. 하지만 우리는 서로 모든 점에서 달라요. 성격, 취미, 기호, 심지어는 사고방식까지 너무도 달라요. 우린 완전히 평행선을 가고 있지요."

"하지만 남녀관계는 본질적으로 그런 거 아닐까요? 저도 제 남친이 어쩌나 저를 괴롭히는지 때로는 헤어질까 생각해 보지만 다시 만나면 헤어질 수가 없어요."

"남친은 뭐하는 사람입니까?"

민형은 약간 기분이 상했지만 그녀가 자신의 감정을 눈치 채지 못하도록 부드럽게 물었다.

"삼성컴퓨터에서 기술 연구를 하는 사람인데 컴퓨터엔 귀신이고 문학이나 인간 사회에 대한 이해는 영점이에요. 그래서 만날 때마다 서로 다른 점만 확인하고 상처만 입고 헤어지곤 하지요."

"결혼할 건가요?"

"모르겠어요. 자신이 없어요. 날 지극히 사랑하지만 내가 그를 별로 사랑하는 것 같지는 않아요."

두 사람은 이런저런 이야기를 하면서 시간을 보냈고 비행기는 한 시간여 만에 북경 국제공항에 도착했다. 공항에는 민형 회사의 중국 지사장 박한철이 직원 15명과 함께 영접을 나와 있었다.

"팀장님, 먼 길 오시느라 수고 많으셨습니다."

40대 초반의 지사장은 앞머리가 훌렁 벗겨져 좀 늙어 보였다. 하지만 검은테 안경 너머로 내뿜는 안광은 그가 녹록지 않은 인물임을 보여주고 있었다.

"박 사장님, 그간 평안하셨습니까?"

민형은 만면에 웃음을 머금고 박한철과 악수를 나누었다. 소정은 그의 옆에서 미소를 띤 얼굴로 박한철을 바라보고 있었다.

"이분은 누구신지요?"

"아, 이번에 새로 입사한 기획개발팀의 고소정 씨입니다. 1년간 중국에서 나를 도와 이번 프로젝트를 완성하는 데 기여할 사람이니 잘 대해 주십시오."

"예, 알겠습니다. 팀장님, 그럼 숙소로 가시기 전 이곳 현지 직원들과 인사나 먼저 하시죠."

민형은 마중 나온 중국 지사 직원들과 만면에 미소를 머금고 일일이 악수를 나눈 후 중국 지사에서 마련해 놓은 팀장의 임시 사택으로 고소정과 함께 갔다. 그 집은 청화대 뒷문 쪽에 있는 3층짜리 양옥이었는데 민형과 고소정 그리고 가정부 아줌마와 운전기사 네 사람이 거주하기로 하였다. 숙소에서 짐을 풀고서 잠시 휴식을 취한 민형과 소정은 중국 지사장이 주최하는 환영연에 참석하였고 거기서 현지 직원들과 즐겁게 담소를 나누었다. 고소정은 워낙 사교적인 성격 때문인지 벌써 중국 지사 직원들과 중국말로 담소하며 금세 그들에게 호감을 샀다.

다음날부터 민형은 인수한 호텔의 리모델링을 직접 지휘했고 카지노 영업권을 따기 위해 중국 당국과 교섭을 벌여야 했다. 결코 쉽지 않은 일이었는데 소정의 유창한 중국어 실력과 회사의 막대한 자금이 국무원 관광행정부의 장관을 움직여 거의 두 달 만에 카지노 영업권을 따냈다.

그동안 민형은 소정과 거의 하루 종일 같이 있으면서 섹스에 대한 아무 욕구 없이 일에만 몰두하였고 민지와의 지긋지긋한 육체적 사랑으로부터 해방되어 편안함을 느꼈다. 그는 가끔 소정과 벤츠 S350을 타고 베이징 시내를 관광도 하며 우의상점 백화점에 들러 쇼핑도 하곤 했는데 언제나 자신이 필요한 것보다는 소정에게 줄 것을 사주곤 했다. 처음엔 소정이 부담스러워했으나 그가 그것을 마음 편하게 생각하는 터라 그냥 받아들이게 되었다. 민형과 소정은 베이징에서 가장 유명하다는, 전문(前門)에 있는 전취덕(全聚德)에 가서 베이징카오야(북경오리고기)를 먹기도 하고, 북경반점에서 양식 뷔페를 즐기기도 하며, 때로는 교포가 운영하는 한식집에 들러 고국의 맛을 음미하기도 하였다. 두 사람은 아무런 육체관계가 없었지만 서로의 영혼이 편안했다.

하지만 민형의 이런 사랑 방식은 비정상적임에 틀림없었다. 그는 그동안 서울에 있는 민지에게 가끔 전화를 걸어 지형의 안부를

묻곤 했으나 그녀의 자신에 대한 그리움이나 사랑에 대해서는 냉
담했다. 그가 한 번은 전화로 길게 그녀와 대화를 나누며 그녀에게
다시 연극을 할 것을 권유했으나 그녀는 그저 웃으면서 자신은 이
제 평범한 아이의 엄마이자 사랑하는 남편을 가진 아내의 역할에
만족한다고 하면서 그의 제안을 거절했다. 요즘은 그저 아이 기르
는 재미와 가끔 나가 보는 연극과 오페라, 뮤지컬 등에 취미를 붙이
고 산다고 말하였다. 그녀는 보통 일주일에 1통씩 그에게 편지를 보
냈는데 처음에는 흥미를 보이던 민형이 몇 번 보자 시들하여 요즘
엔 그녀의 편지가 책상 서랍 한 구석에 수북이 쌓여가고 있었다.

　그들이 중국에 온 지 약 두 달쯤 지난 3월 중순의 어느 날이었
다. 민형은 그날 아침 소정으로부터 저녁에 시간이 있느냐는 물음
에 중요한 사업상의 약속을 다음날로 미루고 그녀와 조양구에 있
는 개빈사기반점(호텔)에서 저녁을 함께하게 되었다. 두 사람은 저
녁 7시에 그 호텔에 들어갔고 이미 예약된 상태라 어렵지 않게 자
리를 잡고 식사를 할 수 있었다.

　"저 사실, 오늘 제 생일이라 제가 팀장님께 한 번 저녁을 대접하
고 싶었습니다. 그간 제게 많은 도움을 주셨는데 고마움을 표시하
고 싶어 약소하지만 자리를 마련했습니다."

　"그래요? 선물도 챙겨 오지 못했는데 우리 저녁 먹고 소정 씨
선물 사러 갑시다. 뭐가 좋으세요? 말씀만 하시면 다 해드릴게요."

　그는 마치 소정을 어린 딸처럼 그렇게 사랑스런 눈으로 바라보
았다.

　"전 그저 팀장님과 오늘 저녁 나이트에 가서 즐기고 싶어요. 선
물은 필요없어요."

"그래요? 그것 참 재미있겠군요. 난 아마 나이트에 가본 지가 대학 2학년 때인가 친구들과 소개팅할 때 이화여대생들과 신촌 근방의 나이트에 가본 이래 한 번도 없어요. 그래요. 그게 원하는 거라면 내가 같이 가줄게요."

"저 땜에 괜히 중요한 회사 업무 일정을 미루시고 죄송해요."

"아니, 아니예요. 소정 씨 생일인데 어떻게 그냥 넘어가겠어요. 소정 씨가 아니면 나에게 어떻게 이런 행복한 나날이 있겠어요. 우리 천천히 식사하고 나갑시다. 그리고 나이트에 가서 좋은 시간을 보냅시다."

두 사람은 즐겁게 식사를 하였고 두 시간 뒤에 호텔 나이트클럽으로 갔다. 물론 식사비는 소정이 바득바득 우겨 그녀 자신이 지불했다. 두 사람이 나이트에 들어서자 온갖 인종이 모인 듯했다. 백인, 흑인, 황인종, 중동인들 등 클럽 안은 그야말로 온갖 인종들로 바글바글하였다.

두 사람은 클럽 한가운데에 자리를 잡고 맥주와 과일 안주를 시켰다. 그리고는 우선 춤을 한번 추기로 하고 무대로 나갔다. 음악은 흐느끼는 듯한 블루스 음악이었다. 민형은 자기 왼손으로 소정의 오른손을 잡고 오른손은 그녀의 허리를 잡은 채 음악에 맞춰 블루스를 추기 시작했다. 흐르는 음악에 맞춰 두 사람의 몸이 점점 밀착되자 민형은 그녀를 가지고 싶다는 욕망이 꿈틀거림을 느꼈다. 그녀의 머리에서는 로즈 향기가 그의 후각을 자극했고 165센티미터쯤 되는 날씬한 그녀의 몸은 민형의 품 안에서 부드럽게 스텝을 밟고 있었다. 그녀는 황홀한 듯 그의 품에 더욱 가까이 다가왔다. 하지만 이것이 갑자기 함정이라고 생각한 민형은 자신을 최대한 억제하여야 한다고 생각했다. 그녀를 가지고 싶다는 욕망을 간신히 억제하자 조금 정염이 식는 것 같았다. 음악이 끝나고 두 사람은 테이블로 돌아와 도착한 맥주와 과일 안주를 들면서 겸연쩍게 서로를 마주보며 웃었다.

"소정 씨, 정말 춤 잘 추시네요. 블루스 말고 다른 춤은 어때요?"

"전 모든 춤에 능통한 편입니다. 어려서부터 춤이라면 사족을 못 쓰는 아버지에게서 온갖 춤을 다 전수받았어요. 전 정열적인 탱고가 가장 좋아요."

"어떡하나? 난 블루스 외에는 아무것도 못하는데……."

"걱정 마세요. 제가 리드해 드릴게요."

두 사람은 맥주 글라스를 부딪치면서 건배했다. 과일 안주는 서울에서 먹던 것보다 더 신선했다. 민형은 소정의 눈 속에서 그녀가 오늘 밤 자신에게 안기고 싶어하는 기미가 있음을 눈치 채고 속으로 한숨을 쉬었다.

다음 곡목은 비제의 오페라 '카르멘'에 나오는 '하바네라' 탱고였다. 민형은 자신이 없다고 사양했다. 그때 웬 멋진 서양 젊은이 하나가 그녀에게 다가와 함께 춤출 것을 제안했다. 그녀는 그의 손을 잡고 무대로 나갔다. 그녀와 그 서양인의 탱고가 시작되자 모든 사람들이 갑자기 춤추던 것을 중단하고 두 사람의 환상적인 춤 솜씨에 경탄하고 있었다. 민형은 그녀의 그 유연하면서도 박력있는 탱고 춤사위를 넋을 잃고 바라보았다. 인간이 춤을 춘다는 것이 저렇게도 아름답다는 말인가?

그런데 그들의 춤이 절정에 달했을 때 갑자기 나이트의 모든 조명이 나갔다. 그리고는 갑자기 '해피 버스 데이 투 유' 음악이 흘러나오고 폭죽이 요란스럽게 터지면서 모든 사람들이 자리에서 일어나 소정의 생일을 축하해 주는 것이 아닌가?

민형은 어안이 벙벙했다. 도대체 그녀가 어떤 사람이기에 이다지도 북경에서 환영받는가 하고 그는 궁금해했다. 이윽고 그 서양인과 탱고를 끝내고 제 자리에 돌아온 소정이 그를 보며 생긋 웃어 보였다. 민형은 그녀가 중국 배우 공리와 많이 닮았다고 생각했다.

"아니, 어떻게 알고 이렇게 모두 소정 씨 생일을 축하해 주는 거죠?"

"사실 전 중국 서양댄스 대회에서 세 차례 우승을 한 경력이 있어요. 나이트나 호텔이나 대형 음식점 등에서는 제가 오면 큰 선전이 되기에 제게 돈을 받지 않는답니다. 오늘 제가 개빈사기호텔 나이트클럽에 미리 연락했어요. 중요한 VIP와 함께 간다고요. 그랬더니 나이트클럽에서 다 알아서 준비해 주었네요."

"그래요? 참 대단한 일이군요. 내 직원이 춤의 대가라니 전혀 의외군요. 근데 왜 그 길로 나가지 않았죠?"

"아버지는 제게 춤을 가르치면서 춤은 취미이지 절대 생활 수단으로 쓰지 말라고 말씀하셨어요."

"그렇군요. 그럼 앞으로 제게도 춤을 좀 가르쳐주세요. 수업료는 톡톡히 낼게요."

"호호, 팀장님은 무조건 공짜예요."

두 사람은 이후 그녀의 리드에 따라 블루스, 지르박, 탱고 등 모든 춤을 함께 추며 즐겼다. 몇 시간 동안 함께 몸을 밀착시키며 추는 춤은 민형의 성선(性腺)을 자극하여 결국은 그녀와 한 몸이 되지 않으면 안 될 상황으로 몰고 갔다. 게다가 한 잔 두 잔 마신 맥주가 열 병이 되어 가자 은근히 취기가 느껴졌다. 소정은 주량도 보통 여자들보다 훨씬 셌다. 거의 그와 같은 양을 비운 것 같았다. 두 사람은 밤 12시 30분에 나이트가 끝나자 자연스레 호텔 방으로 들어갔다. 집에서는 일하는 사람들 때문에 사랑을 자유롭게 할 수 없었기 때문이었다.

호텔 방은 세련된 인테리어와 아네모네의 유화로 장식되어 있었는데 넓고 화려하고 아늑했다. 민형은 최초의 불륜을 저지르려니 쑥스러웠으나 소정이 적극적으로 나오자 자포자기의 심정이 되었다. 게다가 그는 지금 술기운과 춤의 자극으로 인해 그녀를 무조건 가지고 싶었다. 소정은 방에 들어오자마자 그를 안고 그에게 강렬한 프렌치 키스를 했다. 민형은 아내에게서 느껴보지 못한 색다른 감정을 느끼며 그녀의 혀를 깊게 빨았다. 이윽고 두 사람은 샤워도 없이 한참이나 키스와 페팅에 몰두하였다.

그러다 민형은 갑자기 호텔 창문 저편에서 민지의 우는 모습을 똑똑히 보았다. 그는 돌연 가슴이 찢어질 듯이 아파 왔다. 그가 갑자기 인상을 찡그리자 소정이 놀라 그에게서 한 발짝 떨어졌다. 그리고는 걱정스런 표정으로 물었다.

"팀장님, 괜찮으세요?"

그녀가 조금 눈치를 챈 것 같았다. 그는 민지로 인한 가슴의 상처가 이렇게도 영혼 깊숙이 새겨진 것을 느끼고 새삼 두려웠다. 갑자기 몸이 으스스해졌다. 소정의 발그스레한 얼굴이 갑자기 더러운 작부처럼 보였다. 그는 그녀로부터 고개를 돌렸다. 그리고 그 자리에 주저앉아 가슴의 통증을 가라앉히느라고 숨을 헐떡였다.

"팀장님, 구급차를 부를까요?"

소정의 얼굴에는 중단된 사랑의 쾌감보다 민형을 진심으로 걱정하는 애인의 진지함이 나타났다.

"아니, 아니요. 괜찮아요. 내 병은 내가 잘 알아요. 이 병은 그저 조금 괴롭다가 마음을 안정하면 저절로 낫는 병입니다. 미안해요, 소정 씨. 오늘 모처럼 생일날 내가 분위기를 망치는군요."

"아닙니다. 팀장님, 전 오늘 세상에 태어나서 제일 행복했어요. 오늘 제일 값진 선물을 받았잖습니까? 제 걱정 마시고 마음 편안히 가지세요."

"그래요. 그럼 나 좀 누울 테니 소정 씨가 내 가슴을 좀 주물러 줘요. 그러면 가라앉을 것 같군요."

그는 소정의 부축을 받아 침대에 가서 누웠고, 소정은 그의 바지와 와이셔츠를 벗기고 넥타이도 풀었다. 그리고 통증이 심한 그의 심장 부위를 부드럽게 마사지해 주었다. 민형의 두 눈에 눈물이 한 방울 맺혔다. 그는 속으로 울고 있었다.

민지야, 내가 사랑하는 너에게 죄를 지으니 이리도 가슴이 아프구나. 너 또한 지형이 생부를 생각하며 나로 인해 그 상처가 몹시도 아리고 쓰렸겠구나. 그걸 내가 왜 몰랐을까? 그저 내 입장에서만 널 사랑했지 네 입장은 한 번도 생각해 보지 못했구나. 네 그 사랑의 상처가 얼마나 깊었으랴. 누가 네 상처를 치유해 줄 수 있었겠니? 하느님도 부처님도 천지신명도 아니었을 거야. 나의 사랑이 어찌 너의 그 깊은 상처를 보듬고 쓰다듬어 새 살이 날 수 있도록 했겠니? 그저 폭력으로, 가장 잔인한 방법으로 너의 영혼을 파괴하고 거기다 억지로 쑤셔 넣은 심처럼 내 사랑은 그저 이물질 같았던 거야. 미안하다, 민지야. 사랑한다, 민지야. 우리 다시 시작할 수 있을까…….

그의 의식은 점점 가물가물해져 갔다. 결국 그는 기절했고, 소정은 침착하게 긴급 구조대를 불러 베이징 대학병원 응급실로 그를 실어 갔다. 그는 급성 폐렴이었다. 그간 민지로 인한 마음의 상처와 자신을 혹사하던 섹스의 탐닉으로, 그리고 고단한 이국에서의 무지막지한 과로로 인해 지칠 대로 지친 그의 심신이 결국은 폐렴 쌍구균에 의하여 무너지고 만 것이다.

소정은 그날 밤 그를 가지려고 했던 자신의 야심을 자책하며 이 사태를 해결하기 위하여 골몰하였다. 그녀는 우선 지사장 박한철에게 연락하는 게 급선무라고 생각하고 그의 휴대폰으로 전화를 했다. 한 시간도 안 되어 한철이 직원들 몇 사람을 대동하고 병원에 나타났다. 그는 고소정을 보고 인상을 썼다. 팀장을 어떻게 모셨으면 저 꼴이냐 하는 표정이었는데 그는 고소정에게 빨리 한국에 전화해서 부인을 급히 들어오시게 하라고 엄하게 지시했다.

소정은 즉각 민지에게 휴대폰으로 전화했고, 민지는 소스라치게 놀라 다음날 첫 비행기로 가겠다고 말하면서 그의 상태를 자세히 묻더니 소정 씨가 제발 그가 깨어나도록 도와 달라고 신신당부를 하였다.

그는 그날 밤 열이 40도가 넘는 혼수상태에서 계속 민지를 부르면서 비 오듯이 땀을 흘렸다. 소정은 속으로 눈물을 흘렸다.

그래, 그가 진정으로 사랑하는 사람은 아내 손민지이구나. 나는 그저 심심하거나 괴로울 때 그를 상대해 주는 스페어 타이어나 땜빵 같은 거였어.

그녀는 자조적인 기분이 되어 그의 곁을 지키고 있었다. 그녀는 물수건으로 연신 그의 이마와 얼굴의 땀을 닦아주고 있었다.

그래, 이것도 오늘 밤이 지나면 손민지 차지겠지. 난 그저 멀리서 그의 뒷모습이나 지켜볼 수밖에. 그나저나 무도로 단련된 저런 강골이 이렇게 병이 들 정도라면 그 여편네가 참 남자를 꽤나 밝혔었군.

소정은 민지가 앞에 있었다면 뺨이라도 한 대 후려갈기고 남편 건강부터 잘 챙기라고 혼을 내주고 싶은 심정이었다.

다음날 오후 3시경 민지가 그 병원에 도착했다. 그녀는 품위를 지키느라고 애썼지만 그의 의식이 아직도 혼미 상태인 것을 알고 울음을 터뜨렸다. 그녀는 울면서 자신을 강제로 억제시켰으나 그에 대한 연민으로 몹시 고통스러워했다. 소정은 옆에 서서 흐느끼는 그녀를 지켜보며 민지가 그를 진심으로 사랑하고 있음을 알아챘다. 마음이 아리고 쓰렸다. 자신만이 그를 사랑하고 그 또한 자신만을 사랑한다고 생각했던 자신의 자부심이 얼마나 헛된 것인지를 알게 된 소정은 자신이 너무도 가여웠다.

그래. 그는 손민지 씨 거야. 내 것도 아닌데 왜 이리 그가 걱정될까? 그를 위해서라면 내 모든 것을 주고 싶은데… 왜 나는 이다지도 무작정 그를 사랑하는 걸까?

소정은 민지의 우는 모습이 꼴 보기 싫었다. 그녀는 자리를 벗어나 화장실로 갔다.

훗훗, 고소정, 넌 지금 뭐하는 거냐? 임자 있는 남자를 사랑하면 어쩌자는 건데. 아니야, 그는 나만 사랑해. 그의 아내는 그저 그의 껍질을 붙들고 있는 거야. 아냐, 고소정, 그의 가정을 위해 넌 더 이상 그에게 가까이 다가가선 안 돼. 그는 유부남이라고, 그래 유부남이라고.

소정은 찬물로 얼굴을 씻었다. 하지만 민지가 너무 미웠다. 흥, 남편을 제대로 사랑하지도 못하는 주제에 가식적으로 울기는. 가증스럽다, 손민지. 넌 그의 마누라도 아니고 애인도 아니야. 나만이 그의 영원한 사랑이라고.

소정은 그날 밤 민지에게 민형을 맡기고 귀가하였다. 민지는 그녀에게 고맙다고 인사하며 또 만나자고 상큼한 미소를 지으며 말했다. 민지의 한없이 깊고 사랑스러운 눈과 마주치는 순간 소정은 자신의 정신적 불륜을 민지에게 고백하고 사죄하고 싶을 정도였다.

다음날 민형은 밤을 지새운 민지의 간호 덕인지 정신을 차렸다. 그는 자신의 손을 잡고 물끄러미 바라보고 있는 민지를 보고 놀랐다. 그는 그녀의 손을 힘껏 잡았다.

"여보, 여기가 어디요? 혹시 내가 서울에 온 것은 아니겠지요?"

"여보, 얼마나 힘들었으면 급성 폐렴이 걸렸어요. 이제 조금 위험한 고비는 넘겼대요."

"고마워요. 그 먼 길을 이렇게 와주었군요. 보고 싶었어요. 우리 지형이는 잘 있지요?"

"이제는 많이 커서 말도 잘하고 씩씩하게 잘 뛰어놀아요."

민형은 이렇게 말하는 그녀의 얼굴을 사랑스럽게 바라보며 씽긋 웃었다. 민지는 괜히 새색시처럼 얼굴이 빨개지는 것을 느꼈다. 가슴이 울렁거리는 것이 마치 첫날밤 같은 기분이었다. 하긴 그녀의 첫날밤은 억지로 그에게 바친 것이었으나 이제는 달랐다.

"당신, 얼마나 힘들면 이렇게 야위고 초췌해졌어요?"

"미안합니다. 혼자 힘들게 지형이를 키우게 해서."

두 사람은 모처럼 가슴에 따뜻한 동질감을 느꼈다. 그들은 민형의 급성 폐렴을 계기로 서로가 서로에게 얼마나 소중한 존재인지를 새삼 느끼게 된 것 같았다. 민형이 힘들어 걷지는 못해도 민지는 그를 태운 휠체어를 밀어주면서 병원 구내를 돌아다닐 때 모처럼 그와의 일체감을 느꼈고, 민형 또한 행복한 시간을 보내는 것처럼 보였다. 그러나 두 사람은 자신들 속에 숨겨진 깊은 상처가 언제 또 재발될지 전혀 알지 못했다. 그저 시간은 흘러갔지만 영혼의 깊은 곳에 자리한 독버섯은 그 마각을 서서히 드러내는 것이 본성이기에 말이다.

민형은 보름 만에 완치되어 퇴원했다. 퇴원하는 날 민지는 그가 사는 집을 방문하기로 결심하고 그에게 집을 같이 가보자고 말했다. 그러나 민형으로서는 고소정이 자신의 3층 양옥집에 같이 산다는 것을 그녀에게 밝힐 수 없었다. 왜냐하면 그것이 질투심 많은 민지의 마음을 자극하여 또 다른 비극적 상황을 잉태할 수 있기 때문이었다. 그는 쭈뼛거리다 잠시 화장실에 다녀오겠다고 말하고 자리를 피했다. 그리고 화장실 변기에 앉아 고소정에게 휴대폰으로 전화를 걸었다. 그러나 불통이었다. 두세 번을 아무리 시도해도 그녀는 도무지 전화를 받지 않았다. 그는 할 수 없이 음성녹음과 문자메시지를 그녀에게 날려 빨리 소정의 짐을 치우고 자리를 피해 달라고 음성녹음을 남겼다. 그리고 자신의 휴대폰에서 소정의 전화번호들은 지워버렸다.

그가 화장실에서 나오자 민지가 안색이 좋지 않았다. 왜 그런가 하고 그녀의 눈치를 살폈지만 그녀는 아무 말도 하지 않았다. 그냥 차를 타고 집에 가보자고 할 뿐이었다. 민형은 자신의 벤츠 승용차를 몰고 천천히 청화대 후문 근처에 있는 자신의 사택으로 갔다. 그는 조마조마해하며 대문의 초인종을 눌렀다. 그러자 곧 윙하는 자동문 여는 소리가 나며 육중한 대문이 힘차게 열렸다. 두 사람이 문을 들어서자 현관 앞 정원에 열댓 명의 직원들과 고소정이 모여 있다 팀장님의 퇴원을 축하한다면서 그와 민지에게 꽃다발을 건네고 폭죽을 터뜨렸다. 다소 겸연쩍었지만 민형은 이 모든 것이 소정의 계교인 것을 알고 그녀의 약은 꾀에 혀를 내둘렀다.

일행은 그 집 정원에서 오랜만에 한국식 통돼지구이 파티를 열었다. 어디서 가져왔는지 한국의 소주와 전통주들이 죽 진열되어 있었다. 민형은 곧 그들과 어울려 파티에 즐겁게 참석했고 민지는 주로 소정과 많은 대화를 시도하였다. 그녀가 소정에게 묻는 것은 누가 주로 팀장님의 수발을 들고 있으며 최측근이 누구냐는 것이었는데, 소정은 차마 자신이 그의 수발을 들고 있다고 말할 수가 없어 엉뚱한 사람의 이름을 주워섬기느라 진땀을 빼고 있었다. 이때 민형이 두 사람 사이의 어색한 분위기를 눈치 채고 민지를 정원 가운데 주빈석으로 데리고 가서 여러 사람들에게 인사를 시켰다. 다행히 그녀는 여러 사람들에게 둘러싸여 사인을 해주랴 담소를 하랴 소정 주변에 올 수가 없었다.

민형과 소정은 가슴을 쓸어내렸다. 자신들의 정신적 불륜이 하마터면 육체적 관계까지 이어질 뻔했던 것이 얼마나 위험한 유희였는지를 새삼 느끼게 된 것이다.

그날 밤 소정은 북경 일단가에 있는 대학 동창 성희수의 아파트로 가서 그녀를 붙들고 밤새 통음을 해야 했다. 성희수는 조선족으로 베이징대 의학과를 나와 내과의사로 그 대학병원에 근무하고 있었다. 소정의 머릿속에는 민형과 민지가 한데 얽혀 정사를 나누는 장면이 계속 떠올라 가슴에 불이 날 지경이었다. 그래, 원래 너희들은 한 몸인데 오랜만이니 잘들 즐겨 보거라. 나야 밤새 술이나 퍼마시지 뭐. 그녀는 멍한 눈초리를 맥주잔에다 맞추며 희수에게 주정부리듯 말했다. 이미 두 사람은 민형에 대해 모든 것을 다 이야기한 사이기 때문에 무슨 소리를 해도 이해될 수 있었다.

"희수야, 너는 나 같으면 어떡할래? 나 김 팀장을 먹어야 하니, 말아야 하니?"

"미친년, 그걸 질문이라고 하니? 너 그 사람 죽도록 사랑한다며? 사랑은 관념이 아니야. 너 그 맛을 서로 느껴야 참 사랑을 하는 거야. 괜히 주접떨지 말고 그 여편네 귀국하면 빨리 그를 먹어버려."

"근데 과연 그가 날 가지려고 할까?"

"네 춤에 쩍 안가는 남자 있으면 나와 보라고 해. 김 팀장에게 매일 춤 한 시간씩 가르치며 서서히 빠지게 만들란 말야. 지난번은 너무 급한 대시였잖아."

"그 사람 여자에게는 어쩜 그리 담담하니? 게다가 무도로 다져진 다부진 몸매에다 부드럽고 달콤한 목소리, 젠틀하기가 클라크 케이블은 저리 가라지. 게다가 항상 여자를 배려하는 그 매너, 아, 진짜 완전 이상적인 남성형이야, 그분은."

"네가 완전히 쩍 갔구나. 이제 그것만 불붙으면 그는 네 거야. 무슨 수를 써서라도 먹어버려, 알겠지?"

두 사람은 밤새 맥주를 퍼마시며 민지를 씹고 민형을 찬양했으며, 민지가 귀국하면 민형을 차지할 음모(?)를 쑥덕거렸다. 여자들의 그 수다와 더불어 아슬아슬한 유부남과의 불륜의 사랑이 화제이니 그 흥미와 폭발적인 관심은 대화를 점점 살인의 충동이라는 아슬아슬한 수준까지 끌고 갔다.

그날 밤 민형과 민지는 오랜만에 같은 침대에서 잤다. 민지는 민형의 팔을 베개삼아 잤고, 그는 그녀를 꼭 안고서 조용히 잠을 청했다. 민지는 그가 언제나 자신을 건드릴 것인지 조마조마해하며 자는 척했는데 민형은 전혀 그녀를 건드릴 생각도 없이 잠에 빠지려고 하는 것 같았다. 민지는 그가 코를 골며 잠에 빠져들자 실망하여 침대에서 일어났다. 그리고 2층으로 올라갔다.

그녀는 일하는 아줌마에게 이미 달라고 하여 받아 둔 열쇠로 소정의 방을 열고 들어가 보기로 한 것이다. 민지는 소정이 남편에게 마음을 두고 있음을 첫 만남에서 여자의 직감으로 알았다. 그녀는 소정의 상냥하면서도 한없이 부드러운 그 눈 속에서 피어오르는 자신에 대한 질투와 적개심 그리고 은근한 우월감을 미약하나마 감지할 수 있었다. 게다가 남편이 그녀를 옹호하자 그녀는 서서히 위기의식을 안 가질 수 없었다. 이미 가정부에게 이 집에 사는 사람들에 대해서 익히 들은 그녀는 소정의 방을 들어가서 남편과 무슨 일이 진행되고 있는지를 알아볼 생각이었다.

방안은 깨끗하게 잘 정돈되어 있었고 20대 숙녀의 방답게 향기가 배어 있었다. 민지는 그녀의 화장대와 서랍장 및 가방들을 뒤져보았지만 별다른 것은 없었다. 실망하여 방을 나가려고 하다가 그녀는 화장대 위에 걸려 있는 앵그르의 '목욕하는 여인' 이란 작품의 복제본을 보았다. 그녀는 그 그림을 자세히 살펴보다가 그 그림을 들쳐보았다. 아, 그러자 놀랍게도 남편 민형과 그녀가 다정스럽게 만리장성에서 찍은 컬러사진이 걸려 있는 것이 아닌가?

민지는 피가 거꾸로 솟구쳤다.

죽일 연놈들, 나를 고국에다 내팽개쳐놓고 둘이서 살림을 차려? 나쁜 자식, 날 집에다 묶어놓고 젊은년과 이곳 중국에서 알콩달콩 재미있게 살겠다? 나쁜 놈, 얼마나 그년과 붙어먹었으면 저리도 쇠약해졌을까? 그년은 살살 웃으면 보조개가 파이는 게 남자 등골깨나 빼먹게 생겼지. 그년이 얼마나 여우 짓을 했길래 저 인간은 넘어간 거야. 대체 얼마나 이것들이 나 모르게 붙어먹은 거야.

민지는 당장 두 연놈들을 붙잡아 갈갈이 찢어 죽이고 갈아 마시고 싶었다.

감히 날 내버리고 저런 별볼일없는 년한테 빠져? 개자식, 넌 이제 나와는 끝이다. 내가 너의 행복한 꼴을 그냥 놔둘 수 없지. 그래, 이젠 복수하는 거야. 두 연놈을 파멸시키고 내 발 밑에 꿇어 엎드려 싹싹 빌게 만드는 거야. 그러면 저년을 우선 반 죽여 놓자. 그년의 그 더러운 곳을 아예 병신을 만들어버리자. 두 번 다시 그년의 거기를 못 쓰게 만들자. 그래도 저 미친 인간이 그년을 좋다고 난리칠까? 개자식, 나에 대한 영원한 사랑을 맹세해 놓고 이렇게 날 내팽개치더니 저런 걸레 같은 년과 살림을 차려? 그것도 중국에다. 김민형, 너 이제 나의 남편도 지형이 아비도 아니다. 넌 평생 회한 속에 살다 비참하게 죽을 거다. 감히 날 버리고 어린 년과 살림을 차리다니, 아, 왜 이리 가슴이 아픈 거야. 선생님, 미안해요. 내가 선생님을 배신하더니 이런 꼴을 당하는군요. 선생님 외에 무슨 사랑이 있다고 내가 저런 한심한 놈과 붙어살다니, 흑흑, 선생님 난 이제 어떡해요.

민지는 숨을 죽이고 주저앉아 흐느꼈다. 가슴의 한 부분을 예리한 수술 칼로 도려내는 것 같았다. 옛 상처가 다시 아파 왔다. 이때 민형이 소정의 방문을 열고 들어섰다. 그는 그녀의 울음이 심상치 않음을 알았다. 그는 우선 그녀를 달래야겠다고 생각했다. 그는 주저앉아 울고 있는 그녀의 허리를 양팔로 안았다. 갑자기 민지가 자리에서 벌떡 일어났다. 민형도 동시에 일어났다. 이때 민지의 오른손이 민형의 왼쪽 뺨을 세차게 후려쳤다.

"나쁜 놈!"

민지는 그 길로 집을 나가버렸다. 민형은 그녀를 바로 뒤쫓았지만 그녀는 어디에도 보이지 않았다. 그녀의 휴대폰에 연락해도 안 되고 공항에 나가서 물어보아도 그녀는 탑승자 명단에 없었다. 민형은 숨이 막혀 오는 것을 느꼈고, 그녀를 찾아 북경 시내를 정처 없이 헤매고 다녔지만 도무지 찾을 수 없었다. 민형은 민지의 휴대폰과 이메일에다 자신은 결백하며 소정과는 상사와 직원의 관계일 뿐이라고 하면서 절대 자신을 의심하지 말라고 누누이 강조했다. 그러나 사라진 민지에게서는 6개월이 지나도록 아무런 연락도 없었고, 민형은 피를 말리는 천형의 세월을 다시 보내야 했다. 물론 울고불고 하는 소정을 집에서 내보내고 난 뒤였다.

제7장 사랑의 모순

# 사랑의 모순

민형은 예정된 1년의 근무기간이 끝나자 중국에서 귀국했다. 물론 그동안 한국의 지인들, 특히 구현식에게 민지를 샅샅이 찾아보라고 신신당부했지만 한결같이 그녀를 찾을 수 없다는 대답뿐이었다.

귀국하자마자 그는 혹시나 하는 심정에 민지가 공연하던 엠파이어 극장을 가보았다. 놀랍게도 그녀는 그곳에서 다시 화려한 연극배우의 삶을 살고 있었다. 그러나 분장실에서 만난 그녀에게서는 그에 대한 어떤 감정의 편린도 남아 있지 않았다. 사랑도 미움도 아쉬움도 괴로움도 없이 그저 연극에 미쳐 사는 그녀는 민형의 존재 따위는 안중에도 없는 것 같았다.

"이제 다시는 나를 찾지 마세요. 당신과 나는 부부도 연인도 아닌 그저 악연으로 잠시 만났다 헤어진 사람들이니까요. 내가 당신을 잠시나마 사랑한 것이 미친 짓이었지요. 세상에 무슨 사랑이 있다고……. 나 자신을 잠시나마 버린 게 참 어이없는 일이었어요. 나에겐 이제 더 이상 사랑은 없어요. 나는 이제 이렇게 무수한 사람들의 대역으로 남에게 즐거움과 삶의 의미를 주는 것으로 족해요. 당신은 그 어린애와 아무 관계도 아니었다고 하지만 난 여자의 직감으로 알았어요. 당신은 정신적으로 이미 그 아이와 하나가 되었으니까요. 세상에서 제일 악랄한 게 뭔지 알아요? 그건 정신적으로 다른 사람을 사랑하면서도 몸은 아내에게 매여 있는 남자일 거예요. 그건 아내를 이미 창녀로 취급하는 것이니까요. 난 더 이상 당신에게 몸 파는 여자가 아니예요. 그러니 이제 내게서 사라져줘요. 그것이 날 진정으로 사랑했다면 당신이 취할 마지막 도리예요. 그리고 고소정에게 가서 그녀와 실컷 사랑 놀음을 즐겨 보세요. 그 사랑이 얼마나 갈지 내 눈으로 똑똑히 지켜볼 테니까요."

그녀는 민형이 변명할 기회도 주지 않고 찬바람을 일으키며 냉랭하게 자리에서 일어섰다. 그리고 뒤따라온 파트너 배우인 전순철의 팔짱을 끼고 그의 차로 가버렸다. 민형은 그 자리에 주저앉아 자신의 뒤엉킨 인생과 운명을 저주해야 했다. 그는 자신의 머리통을 망치로 후려치고 싶었다. 잠시나마 소정에게 마음을 빼앗긴 것이 너무도 어이가 없었다. 그러나 그것은 근본적으로 민지 때문이었다고 생각했다. 육체적 사랑이 가져다주는 질식할 듯한 나날 속에서 소정은 그에게 신선한 산소이자 생명수였으니까. 하지만 민형은 자신이 사랑한 진정한 대상은 민지였음을 새삼 확인하고 절망적인 운명 앞에 스스로 무너져가는 자신을 속절없이 바라보아야 했다.

그날부터 그는 만사를 제쳐두고 민지의 곁을 맴돌았다. 마치 스토커처럼 그는 민지의 행동반경 속에 함께 있었다. 벌써 이주일째 세수도 면도도 안 하고 완전히 폐인이 되어 민지를 쫓아 맴도는 그의 몰골은 이미 거지 또는 노숙자의 행색이었다. 그는 만사에 흥미와 의욕을 잃었다. 그저 그녀의 궤적 속에서 자신의 존재 의미를 느끼는 그는 여왕이 거지에게 하사하듯 그녀가 자신에게 눈길이라도 한 번 주기를 갈망했다. 하지만 그럴수록 민지는 그를 경멸했다. 그녀는 그의 존재에 대해 도무지 관심도 흥미도 없다는 듯이 그의 존재를 묵살했다.

그렇게 3개월의 시간이 흘러 민형이 지쳐 제 풀에 떨어져 나가기를 고대하던 어느 날이었다. 그동안 거지 행색이었던 민형이 갑자기 거의 조폭 두목같이 머리에 짜르르 기름을 바르고 온 몸을 프랑스제 최고급 의상으로 휘감은 채 민지가 공연하는 엠파이어 극장에 나타났다. 그때 민지는 아서 밀러의 〈욕망이라는 이름의 전차〉를 각색한 〈욕망의 정점〉이라는 작품을 공연하고 있었다. 극이 한참 절정에 이르러 관객들의 흥분이 최고조에 달했을 때 갑자기 극장의 조명이 나가버렸다.

관객석에서 작은 소동이 일기 시작했다. 갑자기 아악, 사람살려! 하는 찢어지는 듯한 어느 여배우, 즉 민지의 비명 소리가 들렸다. 사람들은 어두운 무대 위에서 무슨 일이 일어나는지 두려움과 떨림 그리고 호기심을 가지고 귀를 쫑긋했다. 잠시 뒤 조명은 다시 들어왔고 민지는 이미 무대 위에서 사라진 뒤였다.

다음날 "연극배우 손민지- 공연 중 사라지는 희대의 사건 발생"이라는 헤드라인이 도하 각 신문과 방송 뉴스를 장식했다. 이때 민지는 이미 민형의 사주를 받은 건달들에게 납치되어 강원도 한계령의 어느 산골 깊은 곳에 있는 민형의 친구가 소유한 별장 지하실에 감금되어 있었다. 그녀는 자살할 수 없도록 사지가 포승으로 묶이고, 입에는 재갈이 물려졌으며, 천장에 대롱대롱 매달린 상태에 있었다.

민형은 건달들의 두목한테 민지에게 일주일간 물 한 모금도 주지 말라는 잔혹한 명령을 내렸다. 민지는 삼 일 동안 독하게 마음먹고 그 잔인한 압제자에 맞서 투쟁했다. 그녀의 독한 심성은 자신을 납치하여 인간 이하의 대접을 하고 있는 호적상 남편에게 이미 모든 자비를 포기한 상태였다.

삼 일 뒤 드디어 그 폭군이 그녀 앞에 오만한 모습을 드러냈다.

"네 년이 그리도 잘났냐? 날 발뒤꿈치 때만치도 안 여기다니. 그래, 내가 고소정이와 연애 한 번 했다 치자. 그렇다고 결혼의 신성한 계약을 멋대로 깨고 이혼 소송을 냈다고? 개 같은 년, 네가 그러고도 사람이냐? 그래, 그 아이 손목 한 번 잡았고 그 아이가 마음 편안하게 해주어서 같이 술 먹고 춤추고 호텔에서 키스하고 페팅까지 갔다가 네년을 생각하고 자제했고, 포기했고, 폐렴으로 쓰러졌다. 그게 이혼 사유가 된다던? 넌 처음부터 나 같은 건 안중에도 없고 오직 지형이 생부에게 바친 순정을 지키고 싶었겠지. 나쁜 년. 네가 얼마나 잔인하고 사악한 인간인지 너 자신은 모를 거다. 나 자신이 내게 좌절할 정도로 넌 나에게 인간으로서 최대한의 모욕을 안겨주었다. 이제 넌 굶어죽고 난 권총으로 머리를 쏴서 죽을 테니 죽을 때까지 내 저주스러운 사랑을 욕하여라."

민형은 품 안에서 리볼버 권총을 꺼내 자신의 관자놀이에 댔다. 그의 눈은 벌겋게 충혈되어 있었으며 민지에 대한 증오는 작열하는 7월의 태양 같았다. 민지는 그의 눈에서 생에 대한 자포자기와 절망을 보았다. 이 사람 진짜 죽을 결심을 하였군. 민지는 덜컥 겁이 나기 시작했다. 그가 한다면 하는 성격인 것을 알기에 그녀는 그를 달래야겠다고 얼른 마음을 바꾸었다.

"민형 씨! 잠깐만요. 내가 잘못했어요. 그동안 잠시 당신의 진심을 시험한 거뿐예요. 난 아직 당신 이외에 어떤 남자에게도 순결을 지켰어요. 이혼 소송은 당신을 편하게 해주고 당신이 정 원한다면 고소정에게 갈 기회를 주려고 한 것뿐예요. 그러니 제발 그 총 치우고 우리 이야기 좀 해요."

"또 거짓말! 넌 입만 열면 너 편한 대로 거짓말을 하면서 날 잘도 속여먹었지? 말은 청산유수지. 날 사랑한다고? 그래, 사랑한다는 년이 여자와 찍은 사진 한 장에 이혼을 결심해? 넌 처음부터 나를 사랑하지도 좋아하지도 않았고 그저 될 대로 되라는 식으로 나를 대했지. 이제 와서 무슨 변명이냐? 더 이상 네 이야기 듣기 싫고 더 이상 이 세상 살 의욕도 희망도 없다. 그저 난 네 앞에서 처참하게 죽어줄 테니 네 스스로 그 줄을 풀고 내려와 이곳을 빠져나가거든 잘 살거라. 이제 더 이상 나같이 비참한 남자 만들지 말고 네 자신을 항상 낮추어 진심으로 남을 사랑하는 법을 배우거라. 잘 살아라."

민형이 권총의 방아쇠를 당겼다. 철커덕 소리가 났다. 민지는 감았던 눈을 뜨고 후우 하고 한숨을 내쉬었다. 다행히 총알이 없다는 표시였기 때문이다. 그러나 민형은 다시 권총의 탄창 부분을 돌리더니 이번에는 왼편 귀 밑에 댔다. 마치 러시안 룰렛을 하려는 것 같았다. 그는 한편으로 자신의 죽음을 보는 민지의 마음을 읽으려는 듯이 보였다.

"안 돼요. 민형 씨, 제발 더 이상 안 돼요. 이제 제발 그만해요. 우리 다시 시작해요, 네? 당신만을 사랑하며 노예로 살라면 살 테니까 제발 이러지 말아요. 우린 진정으로 서로 사랑했었잖아요."

"후후, 사랑이라고? 그게 사랑이라서 계속 가슴과 영혼에 상처만 남겨주었다? 난 행복한 사랑을 원했지 이런 비참한 사랑은 하고 싶지 않아. 제발 입 닥치고 나 죽는 꼴이나 잘 보라고. 널 목숨 바쳐 사랑했던 한심한 남자의 최후를 똑똑히 보라고!"

그는 천천히 방아쇠를 당겼다. 쾅! 하는 소리가 지하실 문을 휘청거리게 만들었다. 민형은 머리에서 피를 콸콸 쏟으며 뒤로 천천히 쓰러지고 있었다. 민지는 그가 쓰러지는 장면을 똑똑히 보았다. 그녀의 동공이 닫힐 줄을 몰랐다. 너무도 충격적인 민형의 죽음이었기 때문이었다. 그녀는 자신의 가슴에 극심한 통증을 느꼈다. 그리고 머릿속이 갑자기 텅 빈 백지로 변해가는 것을 느꼈다. 그녀는 서서히 의식이 가물가물해지더니 정신을 잃고 말았다.

그녀는 무려 삼 일 밤낮을 이상한 세계에서 민형과 손을 잡고 아주 즐겁게 놀고 있었다. 두 사람은 지극히 사랑하여 한시도 떨어지지 않고 24시간을 꼭 붙어다녔다. 거기는 샛노란 유채꽃이 만발한 섬이었는데 거기서 민형은 바다에 나가 고기를 잡고 자신은 나물과 감자를 캐내어 그와 함께 요리를 맛있게 해먹었다. 그는 그녀를 몹시 사랑스러운 눈초리로 바라보았다. 그녀는 그의 그 아름다운 눈 속에서 자신에 대한 끝없는 일체감을 느끼고 있었다. 두 사람은 자연스럽게 입을 맞추었다. 온 몸이 짜릿하고 영혼이 쇄락했다. 민지는 그와 아주 달콤한 키스를 계속했다. 그러자 민형이 그녀의 온 몸을 부드럽게 애무해주기 시작했다. 그녀의 전신이 황홀경에 빠져들었다. 그리고 그녀 또한 민형의 몸을 아주 사랑스럽게 애무해 주었다. 두 사람은 달님이 내려다보고 슬며시 웃는 것도 모르고 서로의 세계로 깊숙이 빠져 들어갔다. 민지는 한없이 행복해지며 이 세상 모든 괴로움을 깨끗이 잊어버리고 있었다.

"그만 일어나요. 당신은 언제나 나보다 일찍 일어나는 적이 없으니 쯧쯧······."

자신을 바라보는 민형의 사랑스런 눈초리를 느끼며 민지는 눈을 떴다.

"당신 살아 있었나요? 여긴 어디죠?"

"여긴 우리 둘이 강원도 한계령에서 죽고 우리 영혼이 같이 온 저승이오. 하늘이 우리가 불쌍해서 다시 여기서 진짜 사랑을 하면서 살라고 생명을 연장해 주셨어요."

"그런데 저기 파도는 뭐고 저 갈매기들과 백사장, 그리고 나무들 모두가 처음 보는 것들이에요. 혹시 당신 쇼한 거 아니었어요?"

"허어, 우린 영혼이야. 자세히 보라고. 저기 섬을 벗어나는 해역에 무언가 유리막 같은 것이 보이지 않습니까? 그게 이승과 저승의 경계선입니다. 하여튼 우리는 여기서 둘이 서로 물려 지칠 때까지 사랑하며 살아야 해요. 그러니 이제 정신 차리고 무언가 먹을 것을 찾아봅시다. 영혼도 이곳에서는 먹어야 산답니다. 빨리 일어나요."

민지는 피식 웃었다. 그가 하는 꼴이 얼마나 능청맞고 사랑스러운지 그녀는 갑자기 앙탈을 부리고 싶었다.

"민형 씨이, 나 힘들어서 못 일어나니까 당신이 고기 잡고 밥해서 가져와요. 난 더 잘 거예요. 알았죠?"

"민지야, 이 잠꾸러기야, 그만 일어나라. 안 일어나면 간지럼 태운다."

민형은 그녀에게 다가가 발바닥을 검지로 살살 간질였다. 그러나 민지는 자는 척하고 있었다. 그가 그녀의 겨드랑이를 양손의 중지로 간질이니까 그녀도 더 이상 못 견디고 웃음을 터뜨렸다. 갑자기 그녀가 벌떡 상반신을 일으키더니 민형의 윗몸을 껴안고 자신의 혀로 그의 입을 열고 뜨겁게 그의 혀를 빨았다. 두 사람은 역동하는 정욕을 느끼고 서로의 몸에 빠져들고 있었다. 동녘에 서서히 떠오르는 해님은 두 사람의 뜨거운 사랑 놀음에 빙긋이 미소 지었다.

두 사람은 이름도 모르는 그 무인도에서 홀딱 벗고 태초의 인류처럼 그렇게 살았다. 보이는 것은 바다와 파도와 갈매기뿐, 섬은 태초의 하얀 모래알들과 작열하는 햇빛 속에서 하늘을 끝없이 찌르는 나무들뿐이었다.

두 사람은 먹고 마시고 배설하고 자고 놀고 사랑하고 살았다. 아무런 갈등도 고통도 과거의 상처도 그들에게 남아 있지 않았다. 이제 두 사람 사이에는 서로에 대한 영육의 완전한 합일만이 존재하게 되었다. 그들은 아무도 없는 그 섬에서 서로의 심혼 속에 감춰진 자아의 무서운 고독과 상대에 대한 영원한 하나 됨을 갈구하는 본능이 독버섯처럼 숨어 있는 것을 똑똑히 알았다. 나는 너였고 너는 나였다는 것을 영혼은 태초의 그 의식 속에서 상기하고 있는 것 같았다. 이제 그들의 상처는 치료된 것처럼 보였다. 두 사람은 상대에 대한 끝없는 탐닉과 의존 속에서 자신에게 가해진 천형 같은 상처를 서로의 혀로 핥아주고 서로의 영혼으로 위무해 주었다. 두 사람은 정말 행복했고 더 이상의 고통도 상처도 없었다. 완전한 사랑, 오직 서로에게만 의지하며 서로에게만 모든 것을 주는 사랑의 완전한 유형이 그들에게 완성된 것이다.

이제 그들은 더 이상 세상으로 나갈 필요가 없었다. 그저 거기서 그렇게 살면서 죽는 그날까지 끝없는 행복감을 맛볼 수 있었을 것이다. 하지만 세상은 그들을 그대로 놔두지 않았다. 한 달간의 병가가 끝나자마자 회사에서는 민형에게 빨리 복귀하라고 휴대폰으로 대여섯 차례 재촉하고 있었고, 민지에게는 여러 극단들에서 함께 일하자는 제의가 또한 휴대폰으로 빗발쳤기에 그들은 남서해안 무인도의 삶을 정리하고 세상 밖으로 나가기로 했다.

그들이 세상에 나왔을 때 고소정 그녀는 자신과 민형과 민지의 사랑이야기를 소설로 만들었고, 그 속에서 자신은 민형과 천년의 사랑을 하는 공주님으로, 민지는 사랑하지도 않는 남자를 괴롭히는 악녀로 그리고 있었다. 이리하여 세 사람의 러브스토리가 그들을 잊어가던 세인들에게 다시 관심을 불러일으키고 있었다.

그날 오전 일찍 두 사람은 광주 시내에 있는 로얄 호텔에 들어가 짐을 풀었다. 그리고 오랜만에 문명이 주는 편리함을 맛보고 있었다. 두 사람은 씻지도 않고 침대에 누워 그간의 무인도 생활에 대해 서로 깔깔거리며 재미있어하고 있었다. 무인도의 한 달은 금세 추억 속으로 사라졌다. 하긴 먹고 마시고 자고 사랑한 것이 전부였으니 뭐 별로 추억이라고 할 수도 없었다. 다만, 원시와 하나가 된 사랑의 완벽함이라고나 할까.

두 사람은 위성 TV를 켰다. 그리고 채널을 문화방송에 맞추었다. 그러자 TV에서 무슨 책 광고가 나왔는데 민형은 보기 싫다고 하면서 자리에서 일어나 욕실로 갔고 민지는 호기심에 그 광고를 유심히 보았다. 〈울지 않는 새-천년의 사랑, 고소정 지음, 단비출판사〉의 광고였는데 광고 멘트가 기가 막힌 것은 대기업 간부 사원인 유부남과 천년의 사랑을 하는 여사원의 이야기 그리고 그 사이를 가로막는 악녀 같은 부인, 불륜인가 순정인가? 사라진 부부의 운명은? 사랑의 방정식을 풀어보세요 운운하고 있었다.

민지는 피가 끓기 시작했다. 이년이 이젠 완전히 세상에 나를 욕보이려고 작심했구만. 가만, 그럼 저 인간은 일부러 저걸 못 보게 하려고 날 여기까지 데려온 거 아닌가? 아니야, 그럴 리가 없어. 저 인간은 절대 나를 그렇게 야비하게 우롱할 사람이 아니야. 그렇다면 그동안 내가 고소정의 농간에 놀아났나? 우선 저이 몰래 그 책을 구해 보자.

민지는 호텔 직원이 혹시 그 책을 구할 수 있을지도 모른다고 생각했다. 그녀는 욕실에 있는 민형에게 잠깐 프런트에 갔다 온다고 말하고 1층 프런트로 갔다. 그녀는 20대 초반의 송혜교를 빼닮은 한 여직원에게 미소를 지으며 부드럽게 말했다.

"저기요, 혹시 요즘 소설 중 베스트셀러가 무슨 책이지요?"

"아, 그건 〈울지 않는 새〉랍니다. 책 내용이 정말 아름답고 슬퍼서 그 책을 읽고 울지 않는 사람이 없답니다. 주인공 둘이 너무 안되었어요. 그렇게도 애절한 천년의 사랑을 하는데 그 악녀가 두 사람의 사랑을 훼방 놓아 결국은 헤어지고 두 사람은 너무도 극심한 충격에 지금 생사가 위태롭답니다. 실화 소설인데 아무래도 주인공들이 그 유명한 연극배우 손민지 씨와 그 부군의 이야기 같아요. 어머, 참 손민지 씨와 많이 닮으셨네요."

호텔 여직원은 무척이나 수다스럽게 지껄이고 있었다. 민지는 그녀의 주둥이에다 펄펄 끓는 물을 퍼붓고 싶었다. 하지만 겉으로는 미소를 지으며 상냥하게 말했다.

"혹시 그 책을 좀 구할 수 있을까요?"

민지는 잠시 뒤 일어날 자신의 행동을 그리며 그녀의 입을 주시했다.

"어머, 그 책을 보고 싶으세요? 제가 잠시 뒤 여기다 갔다 놀게요. 팔고 싶지는 않고요. 그냥 보고 돌려주세요."

"아가씨는 그 여주인공의 입장이라면 끝까지 그 유부남을 사랑할 수 있나요?"

"모르겠어요. 하지만 나라도 그런 사랑이 나타나면 모든 것을 걸어야지요."

민지는 가슴이 철렁했다. 민형을 노리는 여자들이 이렇게 많은 줄을 모르고 그간 그는 오직 자신만을 사랑한다는 과신에 빠져 얼마나 그를 가볍게 대했는가? 민지는 민형이 다른 여자의 품으로 날아간다고 생각하니 끔찍했다.

방으로 다시 올라간 민지는 좌불안석이었다. 샤워를 끝낸 민형이 안색이 안 좋은 민지에게 무슨 일이냐고 물었다. 민지는 아무 일도 아니라고 하면서도 울음을 터뜨리고 말았다. 민형은 그녀를 가슴에 꼭 껴안았다.

"당신 죽어도 날 버리지 않을 거죠?"

"그게 무슨 소리요? 내가 당신 이외에 누구를 사랑할 수 있단 말이오?"

"여보, 사랑해요. 나 이제 당신만을 한평생 사랑하며 당신에게 더 잘할게요. 날 버리지 마세요. 그러니 영원히 날 사랑한다고 맹세해 주세요."

"여보, 무슨 일이 있군요. 당신과 나는 한 마음이자 한 몸입니다. 죽어도 내 사랑은 손민지 한 사람뿐이고 당신을 위해서라면 지옥의 유황불에라도 들어가서 당신을 구해 올 겁니다. 난 나를 버리고 당신을 사랑하라면 당장이라도 내 목숨을 바칠 겁니다. 여보, 내 사랑을 믿지요?"

민지는 그의 사랑 고백에 너무도 감명을 받아 그에게 안겨 한없이 울고 있었다. 민형은 어린 딸을 달래듯 그녀를 가슴에 안고 부드럽게 쓰다듬어 주었다.

그날 밤 민형이 곤히 잠들고 나자 민지는 다시 프런트로 내려가서 송혜교를 빼닮은 그 여직원에게 문제의 실화 소설 〈울지 않는 새〉를 빌려왔다. 그리고 민형이 깨지 않게 방의 모든 불을 끄고 머리맡의 전등만을 켠 채 그 책을 자세히 읽기 시작했다.

첫 장면은 소정이 민형의 회사에서 면접을 보던 장면으로 시작하고 있었다.

"35번, 김정현입니다."

"중국인인가요, 아니면 조선족인가요?"

정현은 말하는 남자의 달콤한 목소리를 들으며 그의 얼굴을 보았다. 그래, 바로 내가 찾던 그 사람, 내가 천 년을 찾아 헤매던 내 영혼의 사랑이 바로 이 사람이야.

"전 중국인이자 한국인입니다. 아버지는 중국인이고 어머니는 한국인이니까요."

"만일 중국과 한국이 전쟁을 한다면 김정현 씨는 어느 편을 들건가요."

"전 양쪽을 중재하여 전쟁을 중지시킬 겁니다. 양쪽이 전쟁을 하면 좋아하는 것은 일본, 미국, 러시아일 겁니다. 중국과 한국은 역사적으로 순망치한(脣亡齒寒)의 관계였습니다."

인사위원들은 서로 얼굴을 바라보며 무언가 밀담을 나눈다. 아마 내 대답이 그들을 놀라게 했던 것 같다.

"동북공정은 어떻게 보십니까?"

역시 그분의 질문은 예리하다니까.

"있어서는 안 될 잘못된 왜곡입니다."

후후, 이만 하면 그들은 날 선택할 거야.

나는 그가 나를 향해 눈을 빛내며 쳐다보는 것을 느꼈다. 가슴이 짜릿짜릿했다. 저런 분과 함께 일할 수 있다면 얼마나 좋을까?

일주일 뒤 나는 SM그룹의 기획개발실 사원으로 당당히 합격하였고 업무 특성상 나는 첫눈에 사모하게 된, 아니 천 년을 두고 내 영혼이 찾아 헤매던 그분을 상사로 모시게 되었다.

민지는 가슴이 벌렁거리고 심장이 쿵쾅거려 책을 더 이상 읽을 수 없었다. 그러나 그녀는 독하게 마음먹고 다시 그 소설을 천천히 세심하게 읽어나갔다. 그녀는 민형과 고소정이 첫 식사를 하는 장면에 오자 더욱 질투가 끓어오르는 것을 느끼며 그 장면을 유달리 정독했다.

내가 팀장님의 초대로 처음 식사를 같이 하게 된 것은 입사 후 3주만이었다. 그동안은 회사 업무, 특히 중국 내의 부동산 신규 개발 사업 프로젝트를 면밀히 검토하느라고 눈코 뜰 새 없었다. 수백억 원에 이르는 거대한 프로젝트이니 중국의 현지 사정에 정통한 내가 자세히 살펴보지 않으면 내가 사랑하는 그분이 책임진 일이라 장래 피해를 크게 볼 것이었으므로 나는 온 신경을 다 기울여 그 프로젝트의 적정성 여부를 중국 측의 입장에서 검토하였다.

나는 현재 말만 사회주의이지 완전히 자본주의화 되어가는 중국 수도인 북경 중심가에 호텔 겸 카지노와 나이트클럽, 마사지실 등 온갖 성인 위락시설을 다 갖춘다면 북경에 있는 거부들과 외국인 고객들을 대량으로 확보할 수 있으며 내 능력으로라도 많은 부자 친구들을 고객으로 확보할 수 있다고 계산하였다. 나는 팀장님께 그 프로젝트는 적정하며 장래 엄청난 부동산 가치와 주식 시세를 얻게 될 것이라고 진언하였고, 팀장님은 사장님에게 보고하여 즉각 이사회를 소집하게 하였으며, 이사회에서는 곧 그 프로젝트 집행을 승인하였다.

우리의 첫 만남은 회사 근처 리츠 칼튼 호텔 뷔페에서였다. 그날 팀장님은 집에서 좋지 않은 일이 있었는지 하루 종일 우울하고 말씀도 잘 안 하고 안색이 파리하셨는데 나는 그것이 그분의 부인과 심각한 갈등이 있기 때문이라고 짐작하였다.

식사를 시작하자 팀장님은 억지로 내게 하얀 이를 드러내며 웃어 보이셨다. 나는 그분의 마음이 몹시 아픈 것을 직감으로 느끼며 가슴이 찢어질 듯이 아파 왔다. 그분을 그저 아기처럼 내 가슴에 안고 한없이 위로해 드리고 싶었다.

"김정현 씨, 입사하자마자 매우 힘든 과제를 해결하시느라고 정말 고생 많았습니다. 회사에서 모두 정현 씨에게 감탄을 금하지 못하고 있습니다. 어쩜 그렇게 야물딱지게 일을 잘 처리하느냐고 모두들 칭찬들입니다. 팀장의 입장에서 정말 감사하여 식사를 한 번 같이 하고 위로하기 위해 이 자리를 마련했습니다. 괜찮으신지요?"

"팀장님, 이러지 않으셔도 되는데요. 힘드신 것 같은데 저 땜에 더욱 힘드신 것 아닌지 모르겠습니다. 괜찮으세요?"

팀장님은 그저 빙긋이 웃으시더니 내 눈을 뚫어지게 바라보셨다. 난 가슴이 떨려 차마 그분의 눈길을 제대로 받아낼 수가 없었다.

"어쩜 정현 씨의 눈은 그렇게 호수처럼 맑습니까? 지친 영혼이 쉬었다 가면 딱 좋겠군요."

어머, 이분이 지금 내게 작업 들어오는 거 아닌가? 내게 자기 마음을 고백하는 거 아니야? 어지간히 부인한테 지친 모양이시군. 그러세요. 팀장님, 당신의 편안한 쉼터가 되어 드릴 테니 언제나 힘들면 제게 오셔서 그 지친 영혼을 쉬세요. 우리는 이미 천 년 전부터 함께 사랑하던 영혼인걸요.

나는 마음에 사랑을 가득 채워 그분의 그 지친 눈을 그윽하게 바라보았다. 우리는 그 순간 서로의 눈에서, 아니 영혼 저 깊은 곳에서 지독히도 그리워했던 전생의 기억을 떠올렸다.

"자, 우리 오늘 즐겁고 편안하게 식사합시다. 이후 회사 이야기는 하지 말고 그저 개인적이고 일상적인 이야기로 몰두합시다. 아시겠죠?"

그와 나는 3시간에 걸쳐서 최고급 와인을 곁들여 이 나라에서 가장 서비스가 좋다는 호텔 뷔페에서 정말 맛있는 음식들을 먹었다. 시간이 흐를수록 그의 어두웠던 안색이 환하게 펴지기 시작했고, 나중에는 정말 즐겁고 유쾌한 기분이 된 듯 나에게 매우 마음씨가 따뜻한 사람인 것 같고 오랫동안 알아왔던 사람 같다고 말하기까지 했다. 나는 불쑥 그럼요, 우리는 전생에서부터 하나였던 걸요

하고 내뱉을 뻔했다.

즐거운 식사가 끝나고 그가 그의 자동차로 나의 숙소인 한남동 외인아파트까지 데려다주었다. 난 그와 헤어지기가 싫었다. 그와 간단한 키스라도 하고 헤어지고 싶었다. 그는 아파트 입구에서 그만 돌아가겠다고 하였다. 난 그에게 차 한 잔 하고 가시라고 말하였다. 그가 잠깐 망설이더니 어떻게 사나 구경이나 하자고 하면서 내 아파트로 들어왔다. 나는 황급히 그가 좋아한다는 중국의 죽순차를 정성들여 끓여 내왔다. 그는 목구멍을 거쳐 창자까지 스며든다는 차의 향기를 천천히 음미하며 감탄했다. 사랑스런 내 사람, 난 그에게 불쑥 안기고 싶어졌다.

하지만 그는 나의 이런 생각을 전혀 모르는 듯 내 거실에 비치되어 있는 온갖 한문 희귀본들을 한 권씩 들여다보며 내용을 살펴보고 있었다. 컴퓨터를 전공한 사람이 동양 문화, 특히 무도와 한의학에 그리도 정통한 것을 이미 알고 있던 나는 그의 높은 식견에 새삼 감탄하고 있었다. 그는 한 시간 뒤 너무 늦어 가봐야겠다고 아파트 문을 나섰다. 난 그를 보내고 싶지 않았다. 난 그윽한 눈길로 그를 바라보았다. 아, 그의 저 입술로 내 입술을 살짝 스치고만 지나가도 난 그 자리에 쓰러져 버릴 텐데.

그는 나에게 악수를 청하였고 나는 나의 작고 긴 손으로 그의 단단하면서도 부드러운 손을 힘껏 잡았다. 전신에 찌르르르 하는 전율이 느껴졌다. 난 갑자기 그에게 달려들어 그의 넓은 품에 안기고 싶었다. 하지만 그는 미소를 지으며 천천히 자기 차로 걸어갔고 난 그의 차가 내 시야에서 완전히 사라질 때까지 그 자리에 꼼짝 않고 서 있었다.

민지는 숨이 점점 가빠져 왔다. 대체 이 어린애가 어디까지 남편과 정분이 난 것일까? 그녀는 책을 덮고 한숨을 내쉬었다. 도저히 간단히 끝날 문제가 아니었다. 이때 민형이 갑자기 눈을 뜨더니 그녀를 바라보며 물었다.

"당신, 안 자고 뭐하는 거예요?"

민지는 당황해서 말을 더듬으면서 책을 침대 밑으로 떨어뜨렸다.

"아주 편안한 데서 자려니 잠이 안 와요. 차라리 그 동굴이 좋았어요."

"당신 다시 그리로 가고 싶어요?"

"그래요. 이젠 당신과 단둘이서만 살 수 있는 절해고도로 갔으면 좋겠어요."

"당신이 참 무인도 생활이 정들었나 보군요. 우리 잡시다. 그리고 내일은 상경을 위해 좀 준비해야지요. 자요, 자. 이제 무인도 생활도 싫증날 때가 되었어요."

"그래요. 우리 자요."

민지는 그의 오른팔을 베고 누웠다. 그녀는 눈물이 한 방울씩 맺히는 것을 느꼈다. 그녀는 민형의 깊디깊은 갈색 눈을 뚫어지게 바라보았다. 내 사랑, 영원한 내 반쪽. 아, 그런데 이런 사람이 자기와 천 년의 사랑을 하고 있다고? 미친년. 여보, 당신은 내 거예요. 우린 영원히 함께 가야 해요. 당신이 죽으면 나도 따라 죽을 거예요.

"여보, 당신 울고 있잖아? 대체 무슨 일예요? 말해 봐요. 우린 한 몸, 한 마음이잖아요."

"여보, 때가 되면 말할 게요. 당신 이제 절대 내게서 멀리 가거나 나를 떠나면 안 돼요, 알겠죠? 약속해요."

그녀는 그에게 약지손가락을 걸어 약속하자고 말했다. 그는 약간 어안이 벙벙해하면서도 사랑하는 아내의 청을 들어주었다. 민지가 갑자기 그의 입에 강렬한 키스를 했다. 그는 그녀의 키스에 즉각 반응했다. 두 사람은 순식간에 정염에 휩싸여 문명사회에서의 첫날밤을 황홀한 섹스로 소진하였다.

다음날 오전 5시에 일찍 깨어난 민지는 민형이 깊이 잠들어 있는 것을 확인하고 침대 밑에 숨겨 놓은 문제의 소설을 다시 꺼내 읽었는데 그녀가 받은 또 다른 충격은 두 사람이 중국으로 갈 때 비행기 안에서 남편이 소정에게 한 말 때문이었다.

"팀장님, 중국에는 몇 번째 오시는 거예요?"

"음, 하도 많아 헤아릴 수가 없어요. 하지만 이번 여행처럼 즐겁고 설렌 적은 없었어요."

"왜 그리 생각하세요?"

"음, 내 마음을 한없이 편하게 해주는 사람과 함께 가기 때문이지요."

"자꾸 그러시면 안 돼요. 서울의 사모님이 들으면 얼마나 서운하시겠어요. 두 분의 러브스토리는 저도 잘 알아요. 그런데 그분이 그걸 아시면 얼마나 서운하시겠어요."

"그래요. 난 그 사람을 진심으로 사랑했고, 아마 내 영혼까지 그녀에게 바쳤지요. 하지만 우리는 서로 모든 점에서 달라요. 성격, 취미, 기호, 심지어는 사고방식까지 너무도 달라요. 우린 완전히 평행선을 가고 있지요."

"하지만 남녀관계는 본질적으로 그런 거 아닐까요? 저도 제 남친이 어쩌나 저를 괴롭히는지 때로는 헤어질까 생각해 보지만 다시 만나면 헤어질 수가 없어요."

민지는 기가 막혔다. 이게 사실이라면 남편은 소정을 정신적 사랑으로, 자신은 그저 부부관계나 유지하는 껍데기 여자로 여긴 것이다. 민지는 속에서 불이 났다. 뒤의 내용은 보나 안 보나 뻔하다. 호텔 나이트에서 저녁 먹고 춤추며 몸을 비벼대다가 호텔에서 진한 키스와 페팅까지 간 후 내 환영을 보고 기절한 것은 그가 스스로 고백한 것이다. 그렇다면 지금 문제는 아직도 그가 그녀를 잊지 못하고 있냐 아니냐이다.

분명 이 사람은 아직도 소정을 잊지 못하고 있을 거야. 둘이 한 번도 같이 잔 적이 없다니 더욱더 그녀에 대해 애틋한 마음을 가지고 있겠지. 차라리 그 애를 한 번 가지게 유도해 볼까? 만일 그래서 그 애에 대한 환상이 사라지면 두 번 다시 그 애를 거들떠보지도 않겠지? 하지만 그 애가 온갖 여수를 떨어 이 착한 사람의 마음을 차지한다면? 아, 그땐 정말 내 발등을 내가 찍는 일이 될 거야. 하지만 이제 이 소설이 수십만 부 팔려 나가면 우리 관계는, 특히 난 세상에 얼굴을 못 들고 다니게 된다. 재판을 걸어 판매금지를 시켜? 아니야, 그건 되레 세상 사람들의 관심을 증폭시켜 그 앙큼한 것에게 도움을 주고, 세상 사람들이 날 더욱 욕하게 되겠지. 어떡하나? 차라리 건달들을 풀어 그년을 걸레로 만들고 반 죽여 버려? 그럼 분명 혐의는 내게 올 것이다. 어떡해야 하나?

민지는 온갖 생각을 다 해보았지만 도저히 해결할 방법이 없었다. 차라리 민형과 소정을 만나게 해서 둘이 육체적 사랑을 해본 후 시들해지면 자신에게 돌아오게 하는 게 상책이 아닌가 하고 그녀는 생각했다. 그러려면 절대 남편이 모르게 일을 꾸며야 할 것이라고 그녀는 생각했다. 그녀는 〈주부저널〉이라는 유명한 월간 잡지사에서 편집 주간을 맡고 있는 대학 동창 조현아가 생각났다. 그 친구에게 부탁해 볼까?

만일 저이가 그 애를 별로로 생각하고 있다면 아무리 그 애가 유혹하여도 안 넘어갈 거고, 만일 그 애 말대로 저이가 그 애에게 처음부터 마음이 있었다면 두 사람은 다시 만나 불이 붙을 것이다. 그 애의 소설 내용이 만일 사실이라면 난 이제 결단을 내려야 한다. 이렇게 세상에 망신당하고 사랑하는 사람은 다른 어린 애를 생각하고 있다면 난 가망성이 없는 결혼생활을 하고 있는 것일 뿐이다.

민지는 소설을 덮고 그것을 침대 밑에 감춘 후 욕실로 들어갔다. 대리석으로 호사스럽게 꾸민 욕실은 남녀가 성행위를 온갖 방법으로 구사할 수 있도록 장치가 되어 있었다. 그녀는 안락의자에 앉아 서로 마주보면서 깊이 삽입할 수 있게 만든 장치를 보며 인간들이란 참으로 끝없는 쾌락을 추구하는 존재들이라고 생각하였다.

그녀는 샤워기에서 쏟아져 나오는 뜨거운 물이 자신의 검붉은 유두를 때리자 갑자기 잠들어 있던 모성이 발동했다. 벌써 다섯 살이 된 아들 지형이 생각났다. 외가 친가 피붙이 하나 제대로 없는 가문에서 태어나 유모와 보모의 손을 전전하는 아들의 운명을 생각하니 갑자기 아이의 안부가 궁금해졌다. 그녀는 큰 가운으로 몸을 가리고 욕실을 나와 침실로 갔다. 민형은 자리에 없었다. 그녀는 신경 쓰지 않고 자신의 침대 머리맡에 놔둔 휴대폰을 들고 욕실로 다시 들어가 뜨거운 물이 가득 채워진 욕조에 편히 누워 서울 집에 전화를 해보았다.

"여보세요. 거기 김민형 씨 댁 맞죠?"

"네, 그런데요. 누구시죠?"

지형의 유모 박정자였다.

"나 지형이 엄마예요."

"아이고 사모님, 지금 어디 계십니까? 지금 두 분을 찾느라고 회사와 극단들에서는 난리입니다. 지형이도 엄마 아빠를 몹시 찾고 있어요"

"아무 걱정 마세요. 그이와 난 잘 있고 곧 귀가할 겁니다. 우리 지형이 잘 있나요? 많이 컸죠?"

"그럼요. 워낙 아이가 튼실해 밥도 잘 먹고 잘 뛰어놉니다. 미술학원 선생님들도 지형이가 아주 똑똑하다고 칭찬이 대단합니다. 지금 게임하고 있는데 한 번 통화해 보실래요?"

"네, 좀 바꾸어 주세요."

민지는 새삼 가슴이 설레었다. 자신의 유일한 핏줄인 아들을 전화상으로나마 만난다고 생각하니 감동이 밀려왔다.

"여보데요."

어리광이 철철 묻은 아이의 목소리가 전화기를 통해 타고 민지의 귀에 들려왔다.

"지형아, 엄마야. 잘 있니?"

민지는 갑자기 울음이 왈칵 쏟아졌다.

"엄마? 엄마 나빠. 날 버려두고 아빠랑 둘이서 어디 간 거야? 지형이 엄마 아빠 보고 싶어 매일 운단 말야. 빨랑 돌아와."

"그래, 그래, 지형아, 엄마가 곧 갈게. 며칠만 참으면 엄마가 선물 많이 사가지고 갈게. 울지 말고 씩씩하게 살아야 돼. 넌 엄마 아빠가 널 얼마나 사랑하는지 잘 알잖아."

"싫어, 싫어. 나도 다른 애들처럼 엄마 아빠 손잡고 대공원에도 가고 싶고, 에버랜드도 가고 싶단 말야. 언제 올 거야?"

"응, 한 이틀 뒤."

"그렇게 오래 있다 온다고? 엄마 아빠 정말 나빠."

아이는 정말 화가 났는지 전화를 탁 끊었다. 아이고, 불쌍한 내 새끼. 민지는 가슴이 미어지는 것 같았다. 그녀는 욕조 속에서 한참 동안 망연자실하고 있다가 이윽고 정신을 수습해 욕실 밖으로 나왔다. 그리고 천천히 몸에 바디클렌저를 칠하기 시작했다.

그녀는 욕실에서 앞으로 소정과 남편을 완전히 떼어놓을 방법을 강구하면서 천천히 목욕을 하고 있었다. 한편, 민형은 어젯밤부터 민지의 행동이 이상해서 깊이 잠든 척하고 그녀의 행동을 살펴보았는데 그녀가 침대 밑에 무슨 책을 숨겨놓고 있다가 자신만 잠들면 읽는 것을 알게 되었다. 그는 그녀가 욕실에 들어간 사이 그 책을 몰래 꺼냈다. 그리고 호텔 맨 꼭대기 층에 있는 스카이라운지로 갔다. 그리고 그 책을 천천히 열었다. 〈울지 않는 새-천년의 사랑, 고소정 지음, 단비출판사〉

민형은 갑자기 가슴이 꽉 막히는 것을 느꼈다.

아니, 소정이가 소설을 쓰다니.

민형은 불길한 느낌을 가지고 그 소설을 단숨에 읽기 시작했다. 원래 수천 권의 교양서적을 읽은 민형의 독서 속도는 엄청 빨랐는데 이미 알고 있는 내용이다 보니 그 책을 읽는 데 40여 분밖에 걸리지 않았다. 그는 그 내용이 자신과 소정 그리고 민지 사이의 삼각관계를 소정의 입장에서만 기술해 놓았기 때문에 큰 사단이 날 것 같은 불길한 예감이 들었다.

그것 때문에 민지가 그리도 괴로워했구나. 그나저나 이제 어떡한담. 이미 책은 세상에 돌아다니는 모양이고, 도대체 민지는 이 책을 어떻게 알았을까?

민형은 어제 아침 문화방송 TV에서 자신들을 찾는 광고 뒤에 무슨 책 선전이 나왔던 것을 기억하였다. 그는 소정의 소설이 TV 광고까지 나오고 있다면 분명히 베스트셀러로서 수십만 부는 팔릴 텐데 참 세상 사람들이 얼마나 책이라는 우상에 속아 소정을 동정하고 민지를 욕해댈지 너무 뻔했다. 그는 무슨 대책을 세워야 하겠다고 생각했다.

그때였다. 민지에게서 자신의 휴대폰으로 전화가 왔다.

"여보, 지금 어디 있어요? 나 무섭고 힘들어요. 빨리 들어오세요."

"나 18층 스카이라운지에 있어요. 조금만 더 있다가 들어갈게요."

"내가 그리로 가면 안 될까요. 우리 와인 한 잔 해요. 너무 힘들어요."

"그럽시다. 빨리 오세요."

민형은 민지가 왔을 때 남세스러워 어떻게 그녀의 얼굴을 볼지 참 걱정이었다.

소정이 그것이 아주 똑똑하고 한없이 편하게 해주더니 참 앙큼하고 엉뚱한 아이구만. 뭐 천 년의 사랑을 한다고? 내가 지가 천 년을 찾던 영혼의 사랑이라고? 흥, 소설가다운 발상이군. 하지만 웬일인지 그녀를 보면 마음이 한없이 편안했던 것은 사실이잖은가? 민지에게는 무조건 퍼붓기만 한 사랑이었다면 그녀의 사랑이 나를 한없이 편안하고 끝없이 배려해 주었던 것은 사실이었어. 하지만 난 민지를 사랑해. 내가 설령 민지와의 사랑으로 인해 죽음에 이른다 해도 난 그녀를 사랑할 거야. 그나저나 이 아이를 어떻게 설득해서 그 소설의 판매를 중단시키나. 상당한 물질적 보상을 해줄까? 아니야, 그녀가 내게 바라는 것은 돈이 아니라 내가 제게 돌아가 주기를 바라는 거겠지. 참, 고민이구만. 잠시 마음을 빼앗긴 내가 죽일 놈이다. 이 사람을 어떻게 위로하지? 차라리 무인도에 있었으면 이 꼴 저 꼴 안 볼 텐데.

민형은 한숨을 내쉬었다. 그때 민지가 젖무덤 위가 살짝 드러나는 시원한 흰 원피스를 입고 아름다운 모습을 드러냈다. 같이 있던 대여섯 명 되는 남자들의 시선이 일제히 그녀의 빛을 뿜는 미모에 집중됐다.

슬픈 표정의 그녀는 더욱 매력적이었다. 민형은 사랑의 감정이 샘솟는 것을 느꼈다. 그녀는 산이 멀리 보이는 창쪽의 민형 옆자리에 앉았다. 그녀는 민형의 테이블에 있는 그 문제의 소설을 보았다. 두 사람은 크림 리큐르주인 베일리스를 두 잔 시켰다.

"여보, 정말 미안해요. 내가 괜한 일로 사랑하는 당신의 가슴을 아프게 하였군요. 하지만 난 그 애에게 아무 감정이 없어요. 한때 당신과 많은 갈등을 느꼈을 때 그 아이에게 잠깐 흔들렸었어요. 하지만 이 이야기는 어디까지나 그 아이의 입장에서 멋대로 쓴 이야기이고 우린 그저 묵살하면 될 것 같아요. 그러니 더 이상 괴로워하지 말아요."

"고마워요, 나를 배려해 줘서. 하지만 난 이제 어떻게 세상에 얼굴을 들고 다니죠? 두 사람의 천 년 사랑을 방해하는 악녀가 바로 난데 세상 사람들이 나를 어떻게 생각하겠어요? 아무리 생각해 봐도 당신이 소정 씨에게 돌아가는 것밖에는 대책이 없겠어요."

"그 무슨 말도 안 되는 소리요? 그게 소정이가 노리는 거라고요. 차라리 내가 그 아이를 설득해서 그 소설의 판매를 중단시키고 경제적인 피해를 출판사와 그 아이에게 보상해주는 선에서 끝낼 게요."

"후후, 과연 그 아이가 그 선에서 끝날까요. 걔가 바라는 것은 당신의 사랑이에요. 자신이 진정한 김민형의 사랑이라는 것을 인정받고 싶은 거예요. 그러니 그 애는 아마 그 책의 판매를 중단하는 조건으로 당신 자신을 요구할 거예요. 차라리 그 애를 가지세요. 첩으로 삼아 버리세요. 날 아내의 지위에서 내쫓지만 않는다면 내가 그 애를 당신 첩으로 삼는 걸 용인할 게요. 그럼, 우린 셋이서 서로의 영역을 지키면 되고 당신은 두 여자 사이를 왔다갔다하면서 즐겁게 살면 되잖아요?"

"당신 지금 그걸 말이라고 하는 거요? 아니, 내가 오직 한 사람 당신만을 사랑하는데 그 어린애를 또 여자로 받아들이란 말이에요? 말도 안 돼요. 죽어도 난 그렇게 못해요. 차라리 우리 둘이 다시 무인도로 들어가서 모든 것을 잊고 행복하게 삽시다."

"호호, 당신 속으로는 지금 좋은 거 아네요? 얼굴은 화를 내지만 눈에선 흥분이 보이는데요. 차라리 내 말을 들으세요. 적당히 그 애에게 당신의 사랑을 보여주세요. 그 길만이 지금 그 아이의 이 미친 짓을 막을 수 있어요. 하나는 버리고 하나는 얻읍시다."

민형은 그녀의 장난기까지 발동한 말에 어이가 없었다. 아무리 자신을 사랑한다고 하지만 어떻게 소정을 첩으로 삼으라고 권할 수 있단 말인가? 도대체 그녀가 사람인지 부처인지 민형은 더욱 헷갈리고 있었다. 두 사람은 술잔을 부딪치며 건배했다. 그날 두 사람은 전격적으로 상경해서 민형이 고소정을 직접 만나 그녀가 원하는 조건을 들어주고 문제의 소설을 판매 중지시키기로 합의했다.

다음날 저녁 6시 15분경, 두 사람은 급거 상경해서 회사에 불시에 들렀다. 모든 임직원들은 그들의 돌연한 귀환에 놀랐고 한편으로는 그들을 열렬하게 환영했다. 회사 기능이 마비될 정도로 민형의 부재가 가져다주는 업무상 손실이 컸기 때문에 그의 귀환은 다시 회사의 업무를 많이 진척시켜 줄 것이 틀림없었다.

민형은 다음날 밤 삼성동 인터콘티넨탈 호텔 레스토랑으로 이미 회사를 그만두고 집에서 작가 생활을 하고 있는 소정을 불러냈다. 그의 목소리를 들은 그녀는 목이 메인 듯 아무 말 못 하고 울기만 하였다. 민형은 그녀가 얼마나 자신을 그리워하고 있었는지 알 수 있을 것 같았다. 가슴이 쓰라렸다. 악연의 수렁에 한 발 한 발 들어선다고 그는 생각했다.

저녁 7시 약속 시간보다 한 5분 늦게 그녀가 분홍색 원피스에 긴 생머리를 하고 나타났다. 상사병 때문인지 그녀의 얼굴엔 윤기가 없었고 눈빛은 세상을 달관한 듯 허무한 표정이었다. 하지만 민형을 만나고서는 물고기가 물을 만난 듯 서서히 안색이 밝아지고 있었다.

"소정 씨, 오랜만입니다. 그동안 잘 지냈습니까?"

"예, 팀장님. 그동안 어디 계셨길래 연락 한 번 안 주셨어요?"

그녀는 가슴이 쓰린 듯 연거푸 물을 들이켰다.

"난 그간 세상을 다 잊고 조용히 살았어요. 모든 게 다 귀찮았고 싫었어요. 한 번 죽었던 목숨이라 마음을 비우니 참 편안했어요. 우리 식사할까요?"

"아니예요. 전 오늘 팀장님과 술 한 잔 하고 싶어요."

"그래요. 오늘 밤은 소정 씨 해달라는 대로 다 해줄게요. 그동안 내가 어린 소정 씨에게 못할 짓을 많이 한 것 같아요."

"그렇게 말씀해 주시니 정말 감사합니다. 전 그간 팀장님이 떠나신 뒤로 삶에 대한 의욕이 없어져 생을 정리한다는 취지에서 자전적 소설을 하나 썼습니다. 혹시 오늘 그것 때문에 절 만나자고 하신 거 아닌가요?"

소정은 약간 경계하는 눈빛으로 민형을 바라보았다. 민형은 가슴이 쓰렸다. 자신의 사랑을 위해 그녀를 버려야 하기에 자신은 오늘밤 그녀의 요구대로 모든 것을 들어줄 각오로 나왔고, 민지 또한 그것을 승낙한 바 있었다.

두 사람은 최고급 위스키인 발렌타인과 과일 및 쇠고기 튀김 등 안주를 푸짐하게 시켜놓은 채 완전히 마음을 터놓고 그간 서로에게 못했던 말들을 털어놓기 시작했다. 민형은 아내에게서 느끼지 못했던 정신적인 평안함과 그녀의 아름다운 마음씨와 춤의 황홀함 그리고 그녀와 같이하고 싶었던 그녀의 생일날 북경에서의 밤을 잊지 못하고 있음을 솔직하게 이야기했다.

소정은 그가 천 년간 찾던 영혼의 사랑인지를 알게 된 전생투시법을 설명했다. 그녀가 스무 살 대학생 시절 중국 곤륜산에 갔을 때 만났던 도인으로부터 배운 전생투시법은 그 사람의 영혼을 들여다

보고 있으면 전생이 환히 보인다는 것이다. 두 사람은 천 년 전 송나라 때 중국 항주에서 같이 살던 부부였는데 이후 두 사람의 영혼은 각각 다른 세상 다른 시간대를 살면서 만나지 못하다가 비로소 한국 서울에서 서로 만났다는 것이다. 민형은 그녀의 말에 어이가 없었다. 그는 그녀의 말을 소설가의 공상으로 치부했지만 묵살하지 않고 들어주는 척했다.

"우리, 오늘 어디 가서 춤출까요."

민형이 그녀에게 제안했다. 그러나 그녀는 고개를 가로저었다.

"지금 전 춤출 만한 힘이 없어요. 팀장님을 그리워하다가 병이 깊어져 이제는 아무것도 할 힘이 남아 있지 않아요. 곧 죽게 될 것 같은데 어디 조용한 데서 그저 팀장님과 함께 있으면 좋겠어요."

그녀는 힘없이 들릴 듯 말 듯한 소리로 말했다. 민형은 잠자코 고개를 끄덕였다.

민형은 그 길로 소정을 데리고 이미 예약해 놓은 호텔로 들어갔다. 그는 참으로 착잡했다. 사랑이 뭐길래 천 년 동안 그 영혼을 찾아다닌다는 것인지, 그리고 목숨까지 바쳐가면서 한 사람을 그리워하고 사랑해야 하는지 도무지 그 방정식이 무엇인지 이해할 수가 없었다. 그날 밤 민형은 죽음을 앞두고 교미를 하는 수벌처럼 신성한 사랑이기보다는 단순한 의무에서 오는 교미를 행하기로 마음먹고 있었다. 그러나 막상 두 사람이 완전한 나신이 되어 한 몸이 되었을 때 민형은 그녀의 몸과 몸짓이 너무도 자신에게 익숙한 데 놀랐고 자신이 진정으로 사랑해야 할 사람이 바로 소정이 아닌가 하고 느낄 정도로 두 사람의 정사는 영육의 완전한 합일이고, 교통이고, 존재의 완성이었다. 민형은 꿈 같은 황홀함과 열락의 절정에서 자신도 모르게 비명을 질러댔다. 두 사람의 정사는 밤새 계속되었는데 영혼과 몸이 완전히 합일된 그들의 그 행위는 참된 인간의 사랑이라고밖에는 달리 표현할 길이 없었다. 소정은 천 년간의 그리움을 한순간의 절정 속에서 몽땅 해소하려는 듯 처녀림의 문을 활짝 열고 열락의 소리를 흐느꼈다.

정사 뒤 소정은 민형을 부둥켜안고 끝없이 울었다. 민형은 가슴이 쓰라리고 아파 왔다. 결코 남 같지 않은 그녀였다. 어쩌면 그렇게 두 사람의 속궁합이 잘 맞는지 그는 도무지 이해할 수가 없었다. 거기다가 마음마저 통하니 그는 참 민지에게 미안하기 짝이 없었다.

"팀장님, 전 이제 죽어도 여한이 없어요. 오늘 절 사랑하셔서 온 게 아니라 제 소설 판매 중지 부탁하러 오신 거 잘 알아요. 사모님께 너무 죄송하다고 전해 주시고 내일부로 그 책 판매 중지하고 전국 서점에 나간 거 다 회수할게요. 이제 아무 걱정 마시고 두 분 행복하게 사세요. 전 이제 다음 세상에서나 다시 팀장님을 내 사랑하는 낭군으로 만나기를 기약하며 먼 길을 떠납니다. 두 번 다시 두 분 앞에 나타나지 않겠어요. 안녕히 가세요."

"혹시 죽으려고 한다면 절대 안 됩니다. 난 소정 씨가 나와 전생에 무슨 인연이었든 지금 나에게 내 아내 못지않은 소중한 사람임을 알았어요. 그러니 제발 죽는다는 생각만은 버리세요. 내가 이렇게 무릎꿇고 빌리다."

민형은 그 자리에서 무릎을 꿇고 두 손을 모아 소정에게 죽음의 길을 택하지 말라고 읍소하였다. 소정은 비 오듯이 눈물을 흘리며 괴로워했다. 그녀는 민형이 진심으로 자신을 걱정하고 그 마음속에 사랑의 싹이 있는 것을 보고 마음이 조금씩 흔들렸다.

"그럼 제가 안 죽으면 절 가끔은 만나 주실 건가요? 제가 팀장님을 사랑해도 죄가 안 될까요?"

"소정 씨, 어느 유명한 영화감독이 이렇게 말했다고 합니다. 모든 사랑은 불륜이든 아니든 모두 무죄라고요. 그래요, 우리 만남은 세상의 잣대로 보면 불륜이겠지만 하늘의 눈으로 보면 천륜일 겁니다. 시간과 공간의 엄청난 차이를 극복 못 하고 우리 영혼이 먼저 만나지 못한 죄일 뿐입니다. 집사람도 소정 씨를 절대 버리지 말라고 했습니다."

"정말이세요?"

"그렇습니다. 자신을 아내의 자리에서 몰아내지만 않는다면 두 사람의 천 년 사랑을 이루라더군요."

소정은 민지의 넓고 깊은 마음, 아니 민형을 향한 그 가없는 사랑에 감동하였다. 그녀는 민형에게 이제 죽음을 포기하고 희망을 가지고 열심히 살아가겠다고 말했다. 민형은 그녀에게 경제적 보상을 제의했으나 그녀는 아버지로부터 물려받은 재산이 많으니 아무 걱정 말라고 하였다. 두 사람은 단 하룻밤의 정사로 만리장성을 쌓고 다음에 또 만나기로 하고 웃으며 헤어졌다.

정말 바로 다음날 TV에서 소정의 책 광고가 사라졌다. 민형이 전국의 책방에 전화를 해서 그녀의 책이 팔리나 알아보았는데 이미 그 책은 절판되었다는 것이다. 민형은 이 사실을 아내 민지에게 전화로 알렸다. 그러자 그녀는 당연한 거 아니냐고, 그 애가 당신을 차지했으니 책은 포기한 것이라고 하면서 담담해하였다. 민형은 머쓱했지만 그녀가 아직 소정과 자신에 대해 마음이 풀리지 않았으리라고 생각하고 저녁 때 일찍 집으로 들어가겠다고 말했다.

그 날 저녁 7시에 민형은 모처럼 일찍 귀가했다. 그가 현관문에 들어서자 지형이 달려나와 그의 품에 안겼다. 민형은 지형의 볼에 자신의 볼을 마구 비비대며 뜨거운 부성애를 보였다. 민지는 파리한 얼굴로 그를 맞이했다.

"아니, 당신 안색이 왜 그래요? 어디 아파요?"

민형은 민지의 이마를 만지고 그녀의 진맥을 보았다. 아무래도 임신 같았다. 그는 빙긋이 웃더니 지형아! 네 동생이 생기겠구나 하고 그를 번쩍 들어 올리면서 아이를 얼러댔다.

"그게 무슨 말예요? 지형이 동생이 생기다니요?"

"당신 임신인 것 같아요. 자꾸 구역질나고 토하고 싶죠? 몸이 추웠다 더웠다 하고 괜히 불안하죠? 그거 다 임신 초기 증상이에요. 자, 우리도 이제 네 가족이 되겠군요. 우리 오늘 밤 모두 모여 파티합시다."

"여보, 나 힘들어요."

"아, 참 그렇군. 내 정신 좀 봐. 자, 안으로 들어갑시다."

민형은 오늘따라 안절부절못하였다. 민지는 그가 소정과 자고 온 뒤로 자신에게 미안하여 어쩔 줄 모르는 것을 눈치 채고 있었다. 아이구, 순둥이 같은 사람. 계집애 하나 따먹고 들어와서 마누라에게 쩔쩔 매는 꼴이란. 그녀는 자기 아버지가 엄마가 눈이 시퍼렇게 살아 계실 때도 해남 시내에 작은댁을 두고 일 년 중 3분의 2는 그 집에서 살던 것을 기억하고 있었다. 그래도 그는 엄마 앞에서 기가 죽기는커녕 더욱 당당했고 틈만 나면 다른 여자들을 건드려 엄마의 마음을 무던히도 썩이던 것을 기억했다. 시집 와서 죽을 때까지 남편의 바람기 때문에 온갖 마음고생을 하던 엄마는 나이 40이 갓 넘어 심장이 오그라드는 이상한 병에 걸려 일찍 세상을 떠나버렸다. 거기에 비하면 민형은 정말 착했다. 하지만 민지는 속으로 두 사람이 어디까지 정분이 났을까 몹시 궁금해졌다.

그날 저녁 잠자리에서 민지는 민형의 팔베개를 하고 누워 그의 눈을 뚫어지게 바라보면서 물었다.

"소정이 어땠어요?"

"뭐가 어때요?"

민형은 가슴이 철렁하면서 못 들은 말을 들은 듯 TV 리모컨을 만지면서 딴전을 피웠다.

"몹시 사랑스러웠죠?"

"사랑은 무슨?"

"홍, 당신은 그 아이와 전생에 부부였다는데 아무런 느낌도 없었어요? 어땠어요, 전생의 아내를 만나 같이 잔 기분이?"

"자꾸 그러지 말아요. 그런 말을 누가 믿는대요? 난 아무 느낌도 없어요. 그저 내겐 당신뿐이니까요."

"후후, 당신은 거짓말하면 눈에 다 나타나요. 지금 속으로 나한테 무척이나 미안해서 그러는 모양인데 여자 관리나 잘 하세요."

그녀는 이렇게 말하고 휑하니 자기 방으로 가버렸다. 민형은 참 자신이 민지나 소정에게 괜한 짓을 저질렀다는 생각이 들었다. 하지만 잠자리에서 그는 소정을 다시 만나서는 안 된다는 생각을 했다.

다음날부터 민지와 민형은 이상하게도 서로 간에 뭔가 얇은 벽 같은 것이 끼어 있다는 느낌이 들기 시작했다. 서로 육체적으로 가까이하고 싶은 생각도 별로 나지 않고 뭔가 남과 같이 살고 있다는 느낌이 앞서곤 했다. 두 사람은 서로 마음을 열어 보려고 했지만 민지는 아무리 해도 그가 예전의 그 같지 않았으며, 민형 또한 민지를 예전처럼 사랑하고자 애써도 애틋한 감정이 들지 않았다.

한편 소정은 민형에게 자신은 아무래도 중국으로 들어가서 사는 게 좋을 것 같아 조용히 떠난다는 전화 한 마디를 남기고 한국 땅을 떠나버렸다.

제8장 감추어진 이드(id)

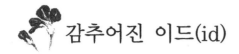 감추어진 이드(id)

　사랑이란 하기는 힘들지만 깨어지기는 쉬운 것인가? 고소정이 한국을 떠난 이후 민형과 민지는 서로의 영역에서 열심히 일하며 소정으로 인한 상처를 치유하고 예전으로 돌아가기 위해 무진 애를 썼다. 하지만 그럴수록 두 사람은 점점 더 상대방에게서 멀어지는 자신을 발견했다.

　그들은 매사에 서로에게 불만이 쌓여가고 있었으며, 서로를 불신하고 서로에 대해 무엇인가 껄끄러운 것을 느꼈다. 이것은 사랑과는 거리가 먼 감정이었다. 민지는 이것이 민형의 바람기가 불러온 파탄이라고 믿었으며, 민형은 민지가 자신을 보호하기 위해 소정에게 자신의 등을 억지로 떠민 결과 돌이킬 수 없는 파국으로 치닫고 있다고 생각했다. 두 사람은 소정이 떠난 날로부터 정확하게 한 달 후에 대판 부부 싸움을 벌였다.

　두 사람은 그동안 마음속에 담아두었던 말, 즉 민지는 민형의 타고난 바람기 때문에 두 사람 사이가 이렇게 악화되었다고 공격했고, 민형이 소정에게 중국으로 가는 비행기 안에서 한 말을 그대로 암기하고 있다가 다시 그 말을 꺼내어 심하게 그를 공격했다. 민형은 분노에 차서 민지가 자신을 보호하려고 억지로 등을 떠밀어 순결을 깨뜨리게 해놓고 이제 와서 자신을 욕한다고 심한 원망을 했다. 두 사람은 시퍼런 칼날을 가진 비수를 상대의 심장, 아니 영혼에 꽂으려고 온갖 공격을 다 시도했다. 심지어 민지는 민형이 다른 여자를 보더니 자신을 우습게 여기기 시작했다고 길길이 뛰었고, 민형은 민지야말로 자신을 위해 남편을 팔아먹은 가장 비겁하고 잔인한 요부라고 심하게 공격했다.

두 사람은 그때부터 서로를 원수같이 보기 시작했고, 밥도 따로 먹고 잠도 따로 자고, 서로 얼굴도 안 마주치려고 온갖 노력을 다했다. 그러다 서로 할 말이 있으면 휴대폰 문자메시지로 전할 뿐 대화가 거의 사라져가고 있었다. 애꿎은 지형만 이참에 피해를 보고 있었다. 어린 그도 두 사람 사이의 심각한 냉전을 의식한 듯 부모의 눈치를 보느라고 전전긍긍하였다. 그가 고사리 같은 어린 손으로 두 사람의 손을 잡게 하려고 했지만 두 사람은 징그러운 뱀이라도 건드린 양 서로 쌀쌀맞게 피하여 어린아이의 울음만 터뜨리게 했다. 집에 일하러 오는 사람들도 두 사람의 눈치를 보느라 설설 기었다. 그들은 두 사람이 서로 못 잡아먹어서 으르렁거리자 사랑싸움 한 번 고약하게 한다고 생각했다.

그러기를 3개월여가 지나자 두 사람은 도저히 숨 막혀서 서로 같이 살 수 없으니 당분간 별거하자고 동시에 제안했다. 민지는 민형에게 중국에 가서 고소정과 더 사랑을 나누는 게 어떻겠느냐고 빈정대며 말했고, 민형은 화가 머리 끝까지 올라 민지에게 잘살라고, 다시는 자기를 찾지 말라고 선언한 후 집을 나가버렸다.

이후 민지는 그가 없는 집에서 되레 편안하게 살았고 아이와 파출부와 보모들까지도 잘 다루어 모조리 자기 편으로 만들었다. 그리고 연극에 더 열심을 보여 날이 갈수록 그녀의 내면 연기가 사람들을 한껏 매료시켰다. 지형은 모처럼 엄마의 품에서 사랑을 흠뻑 받으며 나름대로 행복한 세월을 보내고 있었다.

그해 8월 중순경 휴가를 내어 중국으로 건너온 민형은 강호를 유람하듯 중국 각처를 유람하기 시작했다. 그는 우선 연변에 들러 한인촌을 둘러본 후 백두산을 등반했고, 천지에 발 담그고 시원하다 못해 차가운 물을 느끼며 조국의 잃어버린 산하에 대한 아쉬움을 토로했다. 다음으로는 송화강과 흑룡강에 가서 배를 떠우며 조상들의 아련한 옛 역사를 회고했다. 이후 그는 내몽골-외몽골을 거쳐 중국 대륙 전역을 떠돌기 시작했다.

그의 가슴속에는 사랑도, 정도 다 사라지고 그저 남은 것은 회한뿐이었다. 그는 자신이 진정으로 민지를 위해 남자로서의 순결을 버린 것으로 믿었다. 그러나 민지는 자신이 좋아서 소정에게 몸을 준 것으로 착각하고 계속 들들 볶는 게 싫었다. 결국 자신은 민지에게 이용당하여 소정을 내치고 다시 자신마저 배신당했다고 느끼게 되었다.

그는 중국에서 만나는 사람들과 여자들 중 그 누구에게도 관심을 두지 않았다. 그의 마음속은 그저 텅 빈 상태였기에 그 누구도 그의 관심을 붙잡아둘 수 없었다. 그러던 그가 항주에 들러 어느 호텔에서 혼자 밥을 먹고 나서 인터넷으로 이메일을 검색하던 중 소정에게서 이메일이 와 있는 것을 발견했다.

그가 이메일을 열어보니 자신은 중국에 건너온 뒤 잘 지내고 있으며, 중국에 오실 일이 있으면 자신에게 연락해 달라고 하면서 자기 주소와 약도를 적어 보냈다. 민형은 한 번 가 볼까 생각하다가 그냥 무시하기로 했다. 아무래도 다시 그녀를 만나면 불이 붙어 민지와 영구적으로 헤어지게 될까 봐 두려웠기 때문이었다. 다만 그는 이메일을 잘 보았으며 건강히 잘 살다가 좋은 남자 만나 시집 잘 가게 되기를 빈다고 답장했다. 사실 민형은 선천적으로 여자에게 관심이 별로 없는 정남(貞男)이었기에 민지가 곁에 없는 지금도 여자 생각을 별로 하지 않았다.

그가 중국 대륙을 주유하여 여행을 끝낸 것은 거의 3주 만이었다. 그는 마음의 무거운 짐을 많이 덜고 귀국하여 엠파이어 극장으로 민지를 찾아갔다. 마침 그녀가 연극을 막 시작하려고 분장을 끝내고 무대로 가다가 복도에 서 있는 민형과 마주쳤다. 그녀는 민형을 보자 좀 놀라는 표정을 지었다. 마침 주변에 아무도 없고 두 사람뿐이었다.

"언제 귀국했어요?"

"지금 돌아왔어요."

"소정이는 잘 있어요?"

"아니, 당신은 왜 내가 소정이를 만난다고 생각합니까? 난 그 이후 그애 한 번도 만난 적이 없어요."

"호호, 내가 그 말을 믿을 것 같아요? 얼마나 그애와 정분이 났으면 그다지도 해쓱해지셨나요? 나 같은 건 이제 잊고 그애와 새 출발하세요."

"제발 그만해요. 난 그애 마음에 없고 오직 당신뿐이라고요. 이따 연극 끝나고 같이 저녁이나 합시다."

"홍, 됐어요. 난 이미 약속이 있으니 안 돼요."

민지는 찬 바람을 일으키며 그의 앞에서 사라졌다. 민형은 자신의 가슴이 뻥 뚫린 것을 느끼며 극장으로 들어갔다. 그는 맨 앞자리에 앉아 민지의 불을 뿜는 듯한 혼신의 연기를 찬탄하며 바라보고 있었다. 대단했다. 날이 가면 갈수록 민지의 연기는 빛이 나고 있었으며, 무대는 그녀의 독차지라고 해도 과언이 아니었다. 오늘의 연극은 헨리 밀러의 〈북회귀선〉을 각색한 작품이었는데 그 퇴폐적이고 우울한 아나이스 역이 민지의 내면 연기로 해서 더욱 빛이 났는데, 극은 매우 사실적인 인간의 애환을 그리고 있었다.

민형은 그녀의 연극이 끝날 때까지 연속 3회 공연을 다 지켜보았는데, 민지는 연극이 끝나는 막간에도 그에게 단 한마디 말도 건네지 않는 쌀쌀함을 보였다. 연극이 다 끝나자 민형은 구현식의 차에 같이 타기 싫다고 앙탈하는 민지를 강제로 태웠다. 마치 처음 만날 때 상황으로 돌아간 것 같았다.

"현식아! 우리 어디 가서 시원한 맥주나 한 잔 하자. 당신은 어때요?"

민형이 민지에게 물었다.

"난 됐어요. 그냥 집에 데려다 주세요. 지형이도 봐야 하고요."

"아니, 이 시각에 애가 잠을 자지 당신을 기다린답니까?"

"그애는 내가 가서 안고 재워주어야 잔다고요. 그러니 집으로 차 돌리세요."

그녀는 명령조로 말했다. 현식은 어쩔 수 없이 그녀의 말을 들을 수밖에 없지 않느냐는 눈치를 민형에게 했다. 민형은 인상을 써서 자신의 말을 들으라는 사인을 보냈다. 결국 두 사람은 남산타워 레스토랑에서 모처럼 얼굴을 마주 대할 수 있었다. 민형은 현식에게 먼저 택시를 타고 가라고 1만 원짜리 두 장을 주었다. 그가 떠나고 난 뒤 민형은 애써 미소를 지으며 그녀에게 부드럽게 말했다.

"여보, 이제 마음 좀 푸세요. 난 정말 소정이 마음에도 없고 당신 망신 안 당하게 하려고 당신 부탁에 억지 춘향이로 그 아이와 한 번 잔 것뿐이에요. 그리고 중국에서 그애가 자기 집에 오라고 이메일을 보냈지만 시집 가서 잘 살라고 답장을 보냈을 뿐이에요."

"그럼, 그동안 여자들 전혀 가까이하지 않았어요?"

"그래요. 내가 당신 외에 어떤 여자에게도 관심이 없는 것은 당신이 잘 알잖아요."

"그런데 그때 비행기 안에서 왜 그애에게 그런 소리를 했죠?"

"그땐 솔직히 내가 당신에게 좀 지쳐 있었고 또 잠깐 그애의 순수함에 마음이 끌렸지만 곧 끝났잖아요? 그만 마음 풀고 날 받아줘요."

민형은 사정하듯이 그녀에게 간절한 눈빛으로 매달렸다. 하지만 민지는 아직도 그를 받아들일 의사가 없는 듯했다.

"좋아요. 앞으로 6개월간 더 별거해 보고 당신이 그래도 여자를 가까이하지 않고 소정이와 절대 연락하지 않는다면 내가 용서를 고려해 보죠. 하지만 만일 다시 그애와 만난다든지 다른 여자에게 몸이나 마음을 주면 그땐 끝이에요. 알겠죠?"

"그럼 또 6개월을 방랑하란 말이에요?"

"당신은 내게 60년이 가도 치유되지 못할 상처를 남겨놓고서는 겨우 6개월을 못 견딘단 말이에요? 차라리 어디 기도원에 가서 몸과 마음을 정화하고 나오세요. 더 이상 당신의 그 불결한 몸과 마음을 내가 받아들일 줄로 생각하면 곤란해요. 이 모든 업보는 당신이 뿌린 거니 날 원망 마세요."

민형은 기가 막혔다. 자신이 그녀의 암수(暗數)에 걸린 것이라고 생각했지만 그녀의 말도 틀린 것이 하나도 없으니 자신이 당해도 싸다고 생각했다. 하지만 기도원에 가서 6개월을 보내라는 민지의 말은 완전히 자신을 벌 주는 꼴이라고 생각되어 대답을 망설였다.

"왜 대답이 없으세요? 아직도 변명거리가 있나요?"

"여보, 난 도저히 기도원 체질이 아니잖습니까? 차라리 집 지하실에서 생활하면 안 될까요?"

수개월 전 그들은 은행에서 모기지론을 얻어 역삼동에 2층 단독주택을 샀었다.

"안 돼요. 그러면 당신이 분명 날 강제로 욕보일 게 뻔해요. 죽는다고 쇼를 해서 날 농락해 놓고 어떻게 그런 소리를 해요?"

"좋습니다. 그럼 내가 당신 앞에서 사라져 드리죠. 이제는 정말 끝이니까 다시는 날 찾지 마세요."

"홍, 그 소리는 지난번 집 나갈 때도 해놓고. 당신 말은 하도 변덕이 심해 믿을 수가 없어요. 6개월 동안 몸과 마음을 깨끗이 정화하고 오기 전에는 절대 날 만날 생각 말아요. 이것도 많이 봐주는 거니 여러 말 말고 빨리 가보세요."

"지형이는 한 번 좀 보고 가게 해주세요."

"좋아요. 하지만 내일 밝은 날 밖에서 잠깐 만나고 집에는 들어

오지 말아요. 당신은 하도 거짓말을 잘해 내가 믿을 수 없어요."

민형은 기가 막혔다. 언제부터 그녀가 그다지도 자신을 불신했 단 말인가? 하지만 지금 그녀와 더 이상 다투다가는 산통이 깨질 게 분명했으므로 그는 대리운전을 불러 그녀를 집까지 바래다주고 자신은 선릉역 근처의 회사로 들어갔다. 오랜만에 오는 회사는 웬 일인지 많이 낯이 설었다. 마치 타인의 회사에 들어온 것 같았다. 그의 사무실은 15층 건물의 5층에 있었는데 온갖 컴퓨터 시설과 위성 방송 수신 시설이 설치되어 있었고 멀티미디어 시스템이 갖 추어져 있었다. 물론 결혼 전에 이곳에서 민지의 휴대폰을 불법으 로 복제해 가지고 그녀의 일거수일투족을 지켜보고 보호해 왔던 것이다.

하지만 오늘따라 그의 방이 너무 썰렁했다. 민지에게 일방적으 로 당하고 집에서도 6개월간을 더 쫓겨난 그는 자신이 왜 민지에게 꼼짝도 못하는지 그 이유를 알지 못했다. 단순히 사랑이라고 말하 기에는 왠지 두 사람 사이는 언제나 민지가 자신을 지배하고 자신 은 민지에게 지배당하는 마치 주인과 노예의 변증법 같았다. 민형 은 한숨을 휴우 내쉬었다. 언제나 좀 편안하게 그냥 평범한 남녀처 럼 오순도순 살 수 있을까 생각하니 한숨이 절로 나왔다. 그는 평생 민지에게 끌려다니며 꼼짝도 못하고 살아야 하는 자기의 운명에 막연한 불안감을 느끼고 있었다.

그가 담배를 한 대 피워 물고 이런저런 생각을 하고 있는데 갑 자기 회사 전화벨 소리가 났다. 그는 민지가 전화를 했나 싶어 반갑 게 전화를 받았다. 그러나 전화기에서는 아무 말도 들리지 않았다. 그저 삐삐하는 음이 단속적으로 들렸다. 그는 순간 소정의 짓이라는 직감이 들었다. 얼마나 보고 싶으면 저러랴 하면서도 한편으론 그녀가 측은했다. 하지만 그는 전화를 끊었다. 그가 다시 TV를 켜려고 하는데 또 전화벨 소리가 났다. 그는 받을까 말까 망설이다 혹시 민지일지 몰라 전화를 받았다. 그러나 전화기에서는 다시 아까와 같은 음만 연속적으로 들렸다. 민형은 기분이 이상했다. 스토커에게 시달리는 듯한 느낌이었다. 그는 소정 씨 하고 전화에 대고 말했다. 그러자 전화가 얼른 끊어졌다.

민형은 순간 민지가 자신을 시험하고 있을지도 모른다는 생각이 들었다. 이제 전화를 받지 말아야겠다고 마음먹고 있는데 이번에는 휴대폰으로 전화가 왔다. 발신자 표시를 보니 발신제한표시로 되어 있었다. 그는 전화기를 들고 조용히 말했다.

"소정 씨, 할 말이 있으면 말해야지 왜 전화를 그렇게 합니까? 말씀하세요."

"……."

"뭐라고 말해 보세요."

"……."

민형은 그 전화기에서 흐르는 숨 막히는 그리움과 원망 그리고 고통을 느낄 것 같았다. 하지만 그 말없는 전화는 앞으로도 계속 자신을 짜증나고 귀찮게 만들 것이었으므로 그는 걱정을 하기 시작했다.

이후로도 그런 전화는 수시로 걸려왔다. 그는 애써서 그 전화를 묵살했는데 어느 날은 전화가 하도 여러 번 걸려와 그가 노이로제에 걸릴 지경이 되었다. 그는 문제의 그 전화가 누구 짓인지 밝히기 위해 구태여 전화국에 발신자 추적을 의뢰하거나 경찰에 수사를 요청하지 않았다. 설령 밝혀진다 해도 그 사람을 처벌한다는 것은 인정에 어긋난다고 생각했기 때문이었다. 그는 매일 아침저녁으로 회사에서 민지에게 전화를 걸어 안부를 전했으며, 그녀에 대한 끝없는 충성을 다짐했다.

그렇게 시간을 보낸 지 약 두 달이 흐른 어느 날 불시에 민지가 민형의 회사를 방문했다. 민형은 마치 여왕이 행차한 듯 들떠서 그녀를 회사 여기저기로 데리고 다니며 구경을 시켰고 그녀의 호감을 사기 위해 여러 임직원들을 인사시키는 등 온갖 노력을 다하였다. 그녀는 웬일인지 그날따라 안색이 환해 보였다. 그녀가 선천적으로 날씬하긴 해도 이미 만삭이 되어 오는 배를 숨길 수는 없었다.

그녀는 그에게 갑자기 삼겹살이 먹고 싶다고 했고, 민형은 그녀를 회사 근처의 자기 단골집인 마포 갈비집으로 데리고 갔다. 그는 그녀가 자신을 용서할 마음이 있어 나온 것 아닌가 하는 기대로 은근히 들떠 있었다.

"나 뱃속의 아이 때문에 너무 힘들어요. 그러니 당신이 오늘부터 지형이 돌보고 나를 건사해 줘야겠어요. 당신 아이 때문이지 당신을 아직 용서한 것은 아니니까 그리 알고 오늘 저녁부터 집에 와서 내 수발을 들어줘요, 알겠죠?"

"알았어요. 그렇게 할게요. 당신이 얼마나 힘들면 그런 부탁까지 할까요. 출산 예정일은 언제예요?"

"앞으로 한 달 보름 남았어요."

민지는 평상시와 다르게 삼겹살을 2인분이나 먹어치웠다. 어찌나 맛있게 먹는지 민형은 그녀가 먹는 것만 봐도 배가 부른 것 같았다. 두 사람은 약 1시간 동안 식사를 한 후, 민지는 집으로 민형은 다시 회사로 들어갔다.

그날 민형은 오후 6시에 칼같이 퇴근하여 미리 준비한 지형의 대형 로봇 장난감을 안고 오랜만에 집에 들어갔다. 지형은 그를 보고, 반가운 것인지 로봇이 반가운 것인지 자지러질 듯이 좋아했고 민지는 그런 아들을 보며 빙긋이 웃어보였다.

민형은 그날부터 민지를 보살피기 시작했다. 그녀가 무엇을 먹고 싶다면 즉각 사다 바쳤고, 그녀가 움직일 양이면 부축하여 함께 화장실에도 가주고 그녀의 몸을 손수 씻겨주기도 하였다. 그는 그녀의 앞배가 튀어나온 임산부의 하얀 나신을 황홀한 듯이 바라보며 가끔 배에다 귀를 대고 태아의 움직임을 살펴보았다.

그녀는 그런 그를 빙긋이 바라보며 사랑스러운 표정을 지었다. 아기의 출산을 앞두고 그녀는 민형에게 자꾸 의지하고픈 마음이 드는 것을 어찌할 수 없었다. 하지만 소정을 생각할 때마다 속에서 불길이 치솟는 것도 사실이었다. 그가 그녀와 함께 벌거벗고 뒹군 것을 생각하면 속에서 먹은 것이 튀어나올 정도로 몹시 불결하고 분했다. 자신의 몸 한쪽을 더러운 똥물에다 더럽혔다 생각하니 자신에 대한 그의 눈물 나는 일편단심도 역겹기가 그지없었다. 그러나 질투심이 사라진 상태에서 그를 보고 있노라면 정말 착하고 자신에게 잘해 주는 그야말로 최고의 신랑감이었다.

한 달 반 후 민지는 차병원에서 정상적으로 둘째 아이를 낳았다. 이번에는 민지를 쏙 빼닮은 어여쁜 공주님이었다. 민형은 그 아이를 보자마자 입이 벌어져서 사내가 너무 주책없이 아이를 밝힌다는 소리를 들을 정도로 그 아이를 예뻐했다. 민형은 아이가 귀여운지 아주 그 아이 곁에서 떨어지려고 하지를 않았다.

결국 민지와 지형은 그런 민형의 아기 사랑에 은근히 질투심을 느끼기 시작했다. 두 사람은 그 아이의 이름을 지민이라고 지었다. 민지의 이름을 거꾸로 한 것이었는데 민형은 민지에 대한 가없는 사랑으로 새로운 제2의 민지가 나왔으므로 아이가 예쁘고 사랑스러운 것은 당연했다. 두 사람은 지민의 출생으로 화해를 하였으며, 민지는 당분간 연극을 쉬고 몸조리를 하면서 집에서 지민과 지형을 돌보는 일에 최선을 다하기로 했다.

민형은 회사에서 오후 6시까지 일을 끝내고 정확히 6시 30분에 귀가했다. 그리고 집에 돌아오면 우선 지민에게 달려가서 뺨에 뽀뽀하고 아이들 돌보는 일에 착수했다. 그는 민지는 꼼짝 못하게 하고 자신이 모든 것을 다 해치웠다. 민지는 민형이 퇴근하고 나면 손가락 하나 까딱 않고 여왕처럼 그의 위에 군림하며 그를 자신의 시종처럼 부렸다. 그래도 민형은 좋았다. 끔찍이 사랑하는 아내와 또 다른 그녀인 딸을 그야말로 눈에 넣어도 안 아플 사랑을 하니 얼마나 행복했을까? 게다가 듬직한 개구쟁이 아들이 아빠를 가끔 고사리 손으로 만지작거리거나 때리며 장난을 할 때 그는 행복하다 못해 이 행복이 깨질까 두려워질 때도 있었다.

그러나 신은 민형과 민지의 이런 행복을 오랫동안 지속되게 허용하지 않았다. 우선 그들에게 균열을 가져다 준 것은 민형이 화장실 간 사이에 민지가 대신 받은 휴대전화 한 통 때문이었다. 민지가 민형의 휴대전화를 대신 받았는데 그녀가 전화를 받아 여보세요라고 말하자마자 전화가 끊어졌다. 그녀는 즉각 그 전화가 소정의 짓이라고 생각했다. 하지만 잘못 걸려온 전화일 수도 있다고 애써 자위하며 그녀는 마음을 가라앉혔다. 하지만 이후에도 그런 전화가 수시로 오더니 민형이 전화를 받으면 아무 소리 않고 한참이나 가 만히 있는 것이 그녀의 눈에 띄었다.

민지는 다시 가슴의 상처가 되살아났다. 소정에 대한 증오와 질 투를 잊으려고 무진 애를 썼고 지민의 출생과 더불어 민형을 용서 하고 행복하게 살려고 했는데 다시 그녀가 민형을 쫓아다닌다면 순둥이 같은 민형은 다시 그녀에게 동정심을 보일 거고, 여자는 그 것을 사랑이라고 착각하고 끝없이 그를 탐할 것이었기에 그녀는 도저히 마음의 평정을 찾을 수 없었다. 그러기를 약 한 달이 지난 어느 날 민지는 민형을 위협하여 KT 전화국 및 이동전화 회사에 가 서 그 괴전화의 실체, 즉 발신자를 파악해 달라고 정식으로 요청하 였다. 전화 수신 내역을 살펴보니 그것은 놀랍게도 민형의 회사 전 화였다.

민형은 회사 내에서 누군가가 자신을 스토킹하고 있는 것을 알 았다. 그는 다행히 소정의 짓이 아니라는 것을 알았으므로 안도의 한숨을 내쉬었다. 그러나 그 얼굴 없는 전화의 주인을 잡아야 하기 에 그는 마음이 편하지 않았다. 하지만 민지의 사랑을 계속 붙잡기 위해서는 범인을 잡아 두 번 다시 그런 짓을 못하게 하여야 한다고 생각했다.

약 보름간의 치밀한 추적 끝에 마침내 그 스토커의 정체가 밝혀 졌는데, 그 사람은 민형의 회사 비서실에 근무하는 성유나라는 25 세 된 여성이었다. 그녀는 미모가 상당했고, 학벌도 좋고, 업무능력 도 뛰어나서 모두에게 인정받는 재원이었다. 그녀는 같은 회사에서 자주 마주치는 민형을 보면서 그의 남자다움과 섬세함 그리고 문 화예술과 전통문화에 대한 관심에 깊이 감동하고 있었고, 한 여자에 대한 끝없는 사랑에 자신도 모르게 그를 깊이 흠모하게 되었다. 그러던 중 그녀는 그가 몹시도 그리워 혼자서 그의 사진을 회사 홈페이지에서 복사해 가슴에 품고 살았다. 그가 집을 나와 혼자서 생활하는 것을 알게 된 그녀는 그의 곁에 다가가고 싶었다. 하지만 배울 만큼 배우고 자존심이 센 그녀인지라 차마 자신이 먼저 나서서 그에게 접근할 수 없었고 그에게 전화를 걸어 그의 목소리라도 들음으로써 그에 대한 끝없는 사모의 정을 달랠 수 있었다.

민형은 그녀에 대해 익히 알고 있었고 정말 아까운 재원을 형사처벌하거나 회사에서 징계할 경우 그녀의 장래를 그르칠 수 있었으므로 모른 체하고 넘어가기를 원했다. 하지만 민지는 강경하게 그녀를 형사 처벌하고 회사에서 내보내야 한다고 주장했다. 두 사람은 그 문제로 거의 일주일을 심하게 다투었는데 민지는 이번 일을 그냥 놔두면 제2, 제3의 사건이 발생할 것이고, 그렇게 되면 그가 여러 여성들의 표적이 되어 자신이 불안해서 살 수 없으니 시범적으로 그녀를 처벌하여야 한다고 우기는 것이었다. 민형은 그녀의 말에도 상당한 일리가 있다고 생각했으나 차마 그녀를 처벌할 수 없었다.

그가 계속 그녀의 처벌을 뭉그적거리니까 이번에는 그녀가 직접 나섰다. 그녀는 회사 대표이사인 이상철을 회사 근처 커피숍에서 만나 그녀의 처벌을 요구했다. 이상철은 난감했다. 피해자인 김민형의 의중을 알고 있던 그이기에 그는 민지의 요구를 그냥 들어줄 수도 없고, 그렇다고 민형에게 막강한 영향력을 행사하고 있는 부인의 모처럼의 요구를 거절할 수도 없어 이러지도 저러지도 못하고 머뭇거리기만 했다.

그러던 중 성유나가 회사에서 자신에 대한 공기가 이상한 것을 눈치 채고 유서를 남기고 음독자살을 시도하는 사건이 일어났다. 그녀는 유서에서 자신이 잘못한 점에 대해 민형과 민지 그리고 대표이사인 이상철에게 용서를 빌었다. 하지만 그녀는 그들에게 자신의 순정만은 알아달라고 읍소하고 있었다. 다행히 그녀는 투숙한 호텔의 종업원들의 발견과 기민한 대처에 의해 일찍 병원으로 실려 가는 바람에 간신히 생명은 건졌다. 그러나 그 후유증은 상당 기간 계속 되리라는 것이 의료진의 소견이었다. 민형은 너무 가슴이 아파 사람을 보내 꽃다발과 금일봉으로 그녀를 위로하고 용기를 내어 잘살라고 격려의 카드까지 보냈다. 민지가 이 사실을 알고 길길이 뛰었다. 그렇게 하니까 어린 여성들이 착각하여 계속 그의 주변에 맴돈다는 것이었다.

민형은 민지의 인정머리 없음과 잔혹함에 정나미가 뚝 떨어졌다. 비록 자신의 사랑을 지키기 위한 것이라고 하나 사람들에게 너무 차가운 그녀를 민형은 도무지 이해할 수 없었다. 애정 문제에 대해서만은 야차 같은 여성이 민지라고 그는 생각했다. 이 사건으로 인해 두 사람 사이에 틈이 벌어져가고 있었고, 그럴수록 민형은 민지를 거들떠보지도 않고 오직 지민이만 예뻐하여 다시 민지의 공격을 받는 상황이 되었다. 그날 밤도 민형은 자기 침대에서 지민이를 안고서 어르고 있었다. 갑자기 민지가 그의 방으로 들어왔다.

"지민이 이리 줘요. 내가 돌볼 테니까요."

그녀는 침대에 누인 지민을 무조건 안고 일어서려고 했다.

"놔두세요. 지민이는 내가 키웁니다."

"아니, 당신은 남자가 창피하게 무슨 딸내미를 키운다는 그런 소리를 해요? 당신은 가만히 보니까 아예 지민이에게 빠져 있는 것 같아요. 난 뭐예요? 당신 지민이 핑계대고 나를 피하는 거 맞죠?"

"지금 질투하는 겁니까? 이 세상에서 내가 제일 사랑하는 건 바로 이 공주님입니다. 그만 나가보세요. 가서 지형이 공부나 좀 봐주세요."

"흥, 이제 나는 당신의 영원한 사랑이 아니라 그저 지민이 엄마가 되었군요. 당신 말해 봐요. 나와 지민이 중 누구를 더 사랑해요?"

"정말 이 사람 유치하기 짝이 없는 질문을 하는군. 그래요. 난 지민이가 이 세상에서 가장 사랑스럽고 예쁘고 내 모든 것을 바쳐도 아깝지 않아요. 이제 됐습니까?"

"기가 막혀서, 지민이가 아내인 나보다 더 사랑스럽다고요? 당신 정신 이상자 아녜요?"

"그건 당신이 더 심한 거 아니었나요? 당신은 자기 친오빠를 첫 사랑의 대상으로 삼지 않았던가요? 자기 딸을 아버지가 사랑하는 게 뭐가 이상합니까?"

민지의 얼굴이 파랗게 변해 갔다. 민형은 아차 했지만 이미 엎질러진 물이었다. 그가 그녀의 눈치를 살피니 그녀가 눈물을 흘리고 있었다.

"당신 내 앞에서 절대 오빠 이야기 안 하기로 내게 맹세했죠? 그런데 아직도 그 이야기를 내 앞에서 해요? 알았어요. 당신이란 사람의 마음을. 이제 당신과는 끝이에요. 내가 그렇게 경고했는데도 나를 이렇게 짓밟다니, 잘 있어요."

민지는 울음을 터뜨리며 방을 뛰쳐나갔고, 민형은 자리에서 벌떡 일어나 그녀의 뒤를 따라가며 외쳤다.

"여보, 내가 잘못했어요, 그저 농담이 지나친 겁니다. 용서하세요."

민지는 그날 밤 아무 준비도 없이 무작정 집을 나갔다. 그녀는 민형의 그 한 마디에 오만 정이 다 떨어졌다. 그녀는 민형을 가까이 하다가는 평생 자신의 그 첫사랑으로 인한 상처가 아물기는커녕 계속 고름이 나고 진물이 날 거라고 생각했다. 그녀는 독하게 마음 먹고 집을 나섰으나 우선 갈 데가 없어 청담동에서 혼자 원룸을 얻어 살고 있는 고교 동창 신규희에게 전화를 걸어 하룻밤 유숙을 부탁했다. 부부싸움을 한 것을 알고 신규희는 파안대소하며 남편이 굴복할 때까지는 아예 여기서 머물라고 응원을 하였다.

그녀는 신규희와 함께 밤늦게까지 남편에 대해 씹어대다가 잠자리에 들었다. 잠자리 속에서도 그녀는 아무리 생각해도 민형의 마음을 이해할 수 없었다. 심히 다정다감한 사람이 가끔 상대의 깊은 상처에 비수를 꽂는 것을 보면 한편으로는 그가 매우 잔인한 면이 있다는 생각이 들었다. 그녀는 민형이 죽은 오빠 이야기를 꺼낼 때마다 온 몸에 소름이 돋았으며, 전신에 쥐가 날 정도로 긴장되는 것을 느끼곤 하였다.

그녀는 누구도 자신의 내밀한 첫사랑에 대하여 언급하는 것을 싫어했다. 그런 그녀가 지민에 대한 민형의 병적인 사랑을 보면 어째서 아빠와 딸은 또 다른 의미에서 연인인지를 알 것 같았다. 아내인 자신이 보아도 도무지 샘이 나서 견딜 수 없는 지민에 대한 민형의 사랑은 또 다른 의미에서 자신과 같은 정신적 근친상간이라는 생각이 문득문득 들곤 하는 그녀였다.

그녀는 천장을 바라보며 자신의 앞날을 어떻게 살 것인지 생각해 보았다. 역시 민형과는 안 되겠다는 것이 그녀의 판단이었다. 그와 살다가는 자신마저 정신적으로 이상한 사람이 될 것 같다는 생각이 들었다. 그녀는 민형에 대한 생각이 사랑에서 불신으로 그리고 증오로 변하리라는 불길한 느낌을 갖게 되었다. 하지만 자식새끼들은 어떻게 하나 생각해 보니 무조건 자신이 참아야 한다는 것이 그날 밤 내린 결론이었다. 하지만 민형의 의기를 콱 질러놓을 필요는 있다고 결심했다.

다음날 새벽 5시경이 되자 민형이 민지에게 휴대폰으로 전화를 하여 자신이 너무 심했고 크게 잘못했으며 다시는 그런 잔인한 소리를 안 하겠다고 맹세하였다. 그리고는 아직도 민지를 이 세상에서 가장 사랑하고 있고, 지민이는 천륜이기 때문에 사랑할 뿐이라고 고백함으로 그녀의 자존심을 세워주었다. 민지는 못 이기는 척하고 다음날 점심 때쯤 귀가를 하여 아이들과 민형의 열렬한 환영을 받았다.

하지만 그들의 이런 평탄한 생활은 얼마 지나지 않아 깨지기 시작했다. 그것은 민지를 짝사랑하던 연극배우 김혁이 저지른 짓 때문이었다. 김혁은 그간 민형에게 당한 수모와 민지에게 8년여 간을 일편단심 구애해 왔지만 철저히 무시당해 온 것에 원한을 품어왔다. 어느 날 그는 그녀의 차의 운전기사로 일하고 있는 구현식이 없는 틈을 타서 엠파이어 극장 주차장에 세워놓은 민지의 차의 엔진을 불량배들을 시켜 사고가 나도록 조작하게 하였다. 그래서 그녀가 연극을 마치고 집으로 돌아가는 길에 큰 교통사고가 났다. 차가 남산 중턱에서 갑자기 엔진 사고를 일으켜 중앙선을 침범함으로써 마주 오던 차와 3중 충돌을 일으켜 운전석에 있던 현식은 그 자리

에서 즉사하고 뒷좌석에 앉아 있던 민지는 큰 부상을 입고 119 구
조대에 의해 인근 순천향 병원으로 실려가는 불상사가 일어났다.

민지의 사고는 심각하였다. 갈비뼈가 두 대가 나갔고, 오른쪽 다
리가 부러졌으며, 전신에는 극심한 타박상을 입는 등 중태였다. 민
지는 교통사고 시 충돌로 인한 충격과 극심한 부상에서 오는 통증
때문에 의식을 잃었는데 그날 밤이 지나도록 의식을 회복하지 못
했다. 경찰의 연락으로 급히 병원에 달려온 민형은 민지의 참혹한
부상을 보고 충격을 받아 실신할 뻔했는데 설상가상으로 자기 불
알친구인 구현식이 교통사고로 사망하여 그 시신이 병원 영안실에
안치되어 있다는 말을 담당 경관으로부터 듣고 충격을 받아 한참
동안이나 넋을 잃고 있었다.

그는 잠시 후 정신을 가다듬고 지하 2층에 있는 영안실로 내려
가서 끔찍한 충돌로 인해 얼굴도 제대로 알아볼 수 없는 현식을 보
고 너무도 가슴이 아파 눈물이 솟구치고 목이 메었다. 초등학교 시
절 이후 절친한 죽마고우로 자신이 어려울 때마다 자신을 힘껏 도
우며 살아온 그의 급작스러운 죽음은 그에게 한쪽 팔이 잘려나간
것 같은 아픔이었다. 민형은 그의 시신을 어루만지며 끝없이 오열
했다. 자신과 민지의 사랑 때문에 결국 이렇게 전도가 창창한 젊은
친구의 죽음을 불러온 것 같아 심한 자책감이 들었다.

"흐흑, 현식아, 이 무슨 날벼락이냐? 어째 이런 일이 네게 일어
났단 말이냐? 현식아 현식아, 뭐라고 말 좀 해봐라. 현식아, 이제 누
구 믿고 이 세상을 살라고 날 버리고 떠난 거냐? 현식아 현식
아……."

50대 초로의 영안실 담당자는 민형이 끝없이 오열하자 가슴이

찡했다. 하지만 이런 죽음을 하루에도 수십 건씩 목격하는 그로서는 민형의 오열을 마냥 놔둘 수 없었다.

"저기요, 그만 우십시오. 이제 그만 시신을 제 자리에 넣어야 합니다. 여름에는 부패가 심해 이렇게 마냥 놔둘 수 없습니다. 그러니 그만 우시고 일어나십시오. 죄송합니다."

그가 시신을 냉동고에 넣기 위해 현식의 시신 곁으로 섰고 민형은 그의 싸늘한 두 손을 마지막으로 어루만지며 자리에서 일어섰다. 그는 현식같이 운전솜씨가 뛰어나고 운동신경이 발달한 사람이 이렇게 무참하게 교통사고로 죽었다는 게 도저히 믿어지지가 않았다. 문득 교통사고를 빙자한 타살 의혹이 들면서 갑자기 김혁의 그 유들유들한 얼굴이 떠올랐다.

그는 현식의 죽음과 민지의 중상에는 분명히 김혁이 개입되어 있다는 느낌이 들어 철저히 알아보아야 하겠다고 마음먹고 즉시 용산서의 김강수 경위에게 연락하였다. 그는 김강수에게 부하 경관들을 시켜 엠파이어 극장 지하주차장의 CCTV에 최근에 찍힌 사진을 무슨 일이 있어도 확보하라고 신신당부를 하였다.

김강수는 민형의 제보에 경악했지만 한편으론 회심의 미소를 띠었다. 그는 이번 기회가 김혁을 잡아넣을 수 있는 마지막 기회라고 생각하고 자신이 직접 부하 경관 한 명과 함께 엠파이어 극장으로 가서 그 건물 보안책임자를 만나 극장 지하주차장의 CCTV에 찍힌 사진들을 확보하였다.

김강수는 그 파일을 철저히 분석하도록 컴퓨터실에 부탁했고, 결국 그날 오후 민지의 차에 접근하여 엔진을 조작하는 자들의 인상이 드러났다. 그들은 경찰청의 협조를 얻어 그자들의 인상착의를 토대로 경찰청에 보관되어 있는 동일수법의 전과자들을 일주일 동안 철저히 조사한 끝에 그자들의 신원을 파악하였다. 속칭 미아리파라는 조직폭력배들의 일원이었는데 일단 그들의 손에 차량사고를 청부하면 백발백중 성공한다는 게 그 업계(?)의 평이었다.

전국 경찰에 내린 긴급 수배를 통해 범인들의 소재가 며칠 만에 파악되었고, 그들은 충북 청주의 어느 안마시술소에서 체포되어 서울 남대문 경찰서로 긴급 호송되었다. 그들은 경찰의 집요한 심문과 과학적인 증거 앞에 자신들이 김혁으로부터 일금 1,000만 원을 받고 청부 차량 사고를 일으켰음을 자백했다.

경찰은 즉각 김혁을 공연 도중 체포하여 남대문 경찰서 유치장에 수감하고 철저한 수사를 시작했다. 그러나 김혁이 삼 일간을 무죄라고 주장하는 바람에 경찰이 그의 자금 추적을 통해 사건을 전후해서 일금 1,000만 원이 어디로 빠져나갔는지 자금 용도를 매섭게 추궁하였다. 김혁은 이리저리 거짓말을 둘러대며 경찰의 애를 먹이고 있었다. 하지만 김민형이 경찰서에 출두하여 수년 전 그가 손민지를 동네 불량배들에게 윤간시키려는 척 자작극을 벌였으나 자신의 개입으로 실패한 사실과, 증인으로 그때 당시의 건달들 중 개과천선하여 민형의 회사 모기업 SM개발에서 현장 십장으로 근무하고 있는 박동수라는 자를 등장시키자 힘없이 고개를 떨어뜨렸다.

결국 그는 자신이 청부한 자들의 결정적인 증언과 민형 및 박동수의 진술로 인해 죄가 명백해지자 얼굴이 하얗게 질리며 혀를 깨물고 자살을 시도하였으나 미수에 그치고 말았다. 이후 그는 살인교사죄로 긴급 구속되어 사회에 온갖 충격과 파문을 일으키며 민지에 대한 사련(邪戀)의 종지부를 찍었다.

그러나 삼 일 뒤 의식을 되찾은 민지는 교통사고의 충격으로 완전히 기억을 상실하여 민형의 가슴을 더욱 아프게 하였다. 그녀는 자신이 누구이며, 어떻게 살아왔고 또 자신의 인간관계가 어떠한지 전혀 알지 못했다. 그녀는 민형과 지형 그리고 지민을 보고 누구인지 궁금한 표정을 지어 그들의 가슴을 찢어지게 했다. 그녀는 이후 휠체어에 앉아 민형이 이끄는 대로 병원 여기저기를 산책하면서 자신에 관한 민형의 이야기를 흥미롭게 들었으나 도저히 알 수 없다는 표정을 지었다. 그녀는 민형조차도 대단히 낯설어했고 그의 깊고 넓은 사랑마저 어색해했다.

약 6개월 뒤, 민지는 일단 몸은 정상이 되어 퇴원했다. 하지만 그녀는 민형에게 이끌려 그의 집으로 가는 것을 필사적으로 저항했다. 자신과 그는 아무 관계도 없으니 자신은 자기 집으로 가야 한다는 것이었다. 민형은 애가 타서 그녀는 자신이 목숨보다 더 사랑하는 아내이며, 지형과 지민 두 아이의 엄마로서 한국을 대표하는 대배우였다는 것을 차근차근 말해 주었고, 그녀는 조용히 그의 말을 듣고 또 그가 가져온 자신들의 결혼생활과 그간 지내면서 찍은 사진첩 등을 보여주자 비로소 자신의 과거가 어떠했다는 것을 믿게되어 민형의 집으로 들어가는 것을 동의하게 되었다.

이후 민형은 그녀의 기억을 되살리기 위해 무진 애를 썼다. 그는 그녀와 함께 다녔던 극장, 레스토랑, 호텔, 고궁, 유원지, 서울 근교의 강과 산 등 모든 과거를 재현해 보기 위해 온갖 노력을 다했다. 그러나 그녀는 그저 슬며시 미소 지을 뿐 도무지 그 장소들과 자신들의 추억을 기억하는 것 같지 않았다.

민형은 그녀의 기억을 되돌리기 위해 온갖 노력을 해도 안 되자 친구인 강남삼성병원 정신과 의사인 조상진에게 민지의 상태를 설명하고 그의 협조를 구했다. 그는 치료할 방법이 있지만 이것은 민지의 깊은 상처를 다시 자극하여 더욱 상처가 깊이 남는 방법이라고 시술하기를 거절하였다. 민형은 자신이 결혼 전 조상진과의 술자리에서 민지의 쌍둥이 오빠와의 정신적 첫 사랑이 정신병이 아닌가 하고 상담했던 것을 기억했다.

"자네, 다시 민지 씨의 그 힘든 상처를 되살릴 셈인가? 그녀가 그러다가 미치면 어쩌려고?"

조상진은 퉁명스럽게 말했다.

"혹시, 자넨 그녀의 오빠인 손수현이와의 그 과거를 떠올려 충격을 줄 작정인가?"

민형은 말을 더듬고 있었다.

"그렇지. 그녀에게 원초적인 상처는 그것밖에 없어. 즉 그녀의 의식속에서 가장 내밀하고, 가장 본질적이며, 가장 원초적인 이드(id) 그것은 바로 오빠 손수현에 대한 정신적 사랑이었지. 그녀는 그것이 천륜을 어기는 사랑임을 알면서도 그와 영혼이 일치하는 본원적인 사랑을 했네. 따라서 지금 그녀에게 남아 있는 유일한 기억은 그 이드밖에 없지. 그러니 내가 다시 그 상처를 건드린다면 그녀는 미쳐 발광할지도 몰라. 차라리 이대로 기억을 잃은 민지 씨를 사랑하며 그녀의 과거는 버리고 미래만 취하도록 하게. 난 친구로서 자네에게 진심으로 권하고 싶어."

"하지만 그녀가 날 완전히 남으로 대하고 내 근처에 오지도 않는 걸 어찌 하나. 우린 그저 이방인이고 다른 세계에 살게 되었어.

이봐, 조 박사, 단 하루라도 좋으니 그녀에게 예전 기억을 되살려줘. 내 간절한 부탁이야."

민형은 정말 두 손을 모아 기도하는 자세로 그에게 사정하더니 조상진의 손을 꼭 잡고 눈물을 글썽이며 그의 안경 너머로 흔들리는 동공을 주시하고 있었다.

"좋아. 자네의 소원이라니 들어주지. 우선 손수현의 사진 또는 그녀가 그를 가장 잘 기억하는 물건이 있는지 그녀의 주변에서 뒤져봐. 분명히 무언가 있을 거야. 그 뒤 그걸 가지고 그녀와 함께 와. 단 어떤 일이 일어나도 날 원망하지 않겠다는 각서를 쓰게."

민형은 사람 참, 각서는 무슨 각서 하고 거부했지만 조상진이 그렇지 않으면 시술할 수 없다고 한사코 거부하여 할 수 없이 민형은 그의 말대로 그 자리에서 각서를 썼다. 그리고 집으로 돌아가 민지가 잠들었을 때 민지의 소지품을 샅샅이 뒤졌다. 하지만 별로 특별한 것이 없었다. 그가 마지막으로 민지의 핸드백을 샅샅이 뒤지다가 실망하여 일어나려고 하는데 자그만 빨간 비단 주머니가 그녀의 핸드백 맨 밑창에 있는 것을 알았다. 열어 보니 웬 18K 목걸이였다.

그가 그 목걸이의 하트형 장식 속을 열어 보니 무슨 작은 구슬 같은 것이 있었고, 그 속에는 맑기가 천사 같은 한 소년의 모습이 새겨져 있었다. 민형은 즉각 그것이 손수현임을 알았다. 그는 마음 저편에서 질투의 불길이 활활 타오르고 있음을 똑똑히 보았다. 그래, 그녀는 평생 그의 환영을 버리지 않고 살아온 거야. 자신의 자웅동체 중 한쪽인 그를 가슴에 품고 살아온 거고 앞으로도 그럴 것이다. 하지만 그가 그녀의 수호령인지도 모르지.

그는 그 목걸이를 비단주머니에다 다시 잘 넣어 자신의 양복 호주머니에 넣고는 자신의 방으로 들어가 잠을 청했다. 다음날 그는 민지를 설득하여 그녀의 기억을 되찾게 해줄 유일한 정신과 의사를 소개하겠다고 하면서 강남삼성병원의 조상진에게 그녀를 데리고 갔다. 상진이 민지를 보니 완전히 백치 같은 모습에 천진난만하기가 10대 소녀 같아서 되레 그녀에 대한 무한한 동정심이 들었다. 그는 그녀에게 천사 같은 미소를 지어보였고, 그녀 또한 화사하게 웃으며 그의 미소를 받아넘겼다.

상진은 그녀를 자신의 진료실로 데리고 가서 침상에 눕혔다. 그리고 민형으로부터 받은 목걸이를 그녀에게 보여주었다. 그러나 그녀는 아무런 반응도 보이지 않았다. 상진은 그 목걸이의 하트형 장식을 열었다.

"자, 이 속에 있는 인물은 손민지 씨의 첫사랑이자 한 몸 같은 영원한 사랑입니다. 그를 자세히 보세요. 무언가 보이죠? 그는 천사 같은 소년이었습니다. 그는 마음이 깨끗해 세상의 모든 것이 다 비칠 정도였습니다. 그에게는 사랑스럽기가 공주님보다 더하고 하늘의 천사와 숲의 요정보다 더 아름다운 연인이 있었습니다. 두 사람은 바람이 윙윙 울어대는 대나무 숲속에서 가끔 태초의 혼돈과 우주의 창조 시절 한 몸이었던 남과 여가 갈라지는 환상을 보았습니다. 그들은 때로는 자신들은 강물처럼 나무들처럼 하나였다고 믿었습니다. 그들은 서로 사랑했고, 신뢰했고, 의식이 하나였고, 언제나 지극히 행복했습니다. 하나가 아프면 다른 하나도 아팠고, 하나가 괴로우면 다른 하나도 괴로웠습니다. 두 사람은 자신들을 감시하는 한 늙은 남자가 싫었습니다. 그만 없다면 영원히 하나로 살 것을, 그만 아니라면 두 사람은 자웅동체로 살 것을, 두 사람은 그를 가끔 죽이고 싶다는 끔찍한 망상이 떠올라 화들짝 놀라기도 했지요. 자, 두 사람은 그 이후 어찌 되었을까요? 이제 당신은 머나먼 태초의 의식 속으로 들어갑니다. 이제 거기서 당신은 당신의 영원한 연인을 만나게 됩니다. 당신은 그에게 안겨 한없이 울면서 살아남은 자의 슬픔과 비극 속에서 그동안 잊고 지냈던 그 옛날의 사랑의 기억을 되살리고 그 시절의 그 바다와 바람과 풀과 비와 하늘의 울음을 보게 됩니다. 자, 무엇이 보이는가요?"

민지의 두 눈은 몽환적으로 변해 갔다. 그녀의 입술은 누군가와 속삭이듯이 오물거렸고, 얼굴에는 화색이 돌기 시작했다. 그녀는 머나먼 태초의 세계로 들어가서 자신의 유일한 존재의 원형과 하나가 되고 있었다. 그녀는 자신의 전신에 이상한 기운이 돌아다니고 있음을 느끼고 있었다. 자신을 감싸는 그 기운과 하나가 되어 그녀는 서서히 자신의 몸속으로 무언가가 들어오고 있는 것을 느끼고 있었다. 황홀했다. 그녀는 그 기운의 실체가 서서히 보이기 시작했다. 사랑스런 사람, 영원히 나와 함께 있는 나의 또 다른 나. 그녀는 그를 힘껏 안았다. 그리고 천천히 자신의 몸을 비틀었다.

"아아, 선생님, 사랑해요. 어디 갔었어요. 나 정말 외롭고 힘들었어요. 선생님, 선생님 사랑해요. 아아, 선생님……"

그녀의 무의식 속에서 내뱉는 선생님이란 단어는 조상진과 민형을 몹시 경악시켰다. 그렇다. 그녀의 의식 저 깊은 곳에 자리한 상처는 선생님이라는 자와의 진정한 사랑을 상실한 자에게서 오는 비극인 것이고, 그것은 도저히 인간의 사랑의 힘으로 치유할 수 있는 것이 아니었다. 그녀의 상처는 자신들의 힘으로는 도무지 어쩔 수 없는 존재의 운명이라고나 할까. 민형은 절망 속에서 자신의 존재는 영원히 혼자임을 느끼고 있었다.

그 순간 최면에서 깨어난 민지는 주변을 두리번거렸다.

"여기가 어디죠? 언젠가 한 번 왔던 곳 같은데."

"부인, 절 기억하시겠습니까?"

"아, 조상진 박사님. 근데 제가 어떻게 여기에……."

"여보, 이제 기억이 좀 살아납니까?"

"여보, 당신이 날 여기 데려왔군요. 무슨 일이 있었군요?"

민형은 그녀가 교통사고 이전의 기억을 되찾은 것을 다행으로 여기면서도 그녀의 무의식 세계에 자리한 선생님이라는 자가 준 깊디깊은 상처에 대해 도저히 질투가 생기는 것을 어찌할 수가 없었으며 그녀 자신에 대해서도 사랑보다는 증오의 심정이 생기는 것을 막을 수가 없었다. 민형은 조상진에게 서글픈 표정으로 고맙다고 인사하였지만 상진 또한 민형을 보며 서글픈 표정을 지었다.

이후 민지는 전보다 더욱 명랑해지고 활달해져 다시 연극계로 돌아갔으며 가정생활 또한 활력적으로 잘 해내고 있었다. 아이들은 기억이 돌아온 그녀를 착살맞게 빠치고 있었고 주변 사람 모두가 그녀를 여왕 받들듯이 그렇게 그녀를 중심으로 모든 것이 돌아가고 있었다.

하지만 그날 이후 민형은 그녀의 잠자리 요구에 의무적으로 응하기는 했지만 예전처럼 애틋한 사랑을 할 수는 없었다. 아내의 의식 저편 무의식 세계 속에 숨은 그 사련에 대해 도저히 그녀를 용서할 수가 없었기 때문이었다.

민형은 가정생활에 충실하려고 온갖 노력을 기울였지만 자신의 숨통이 서서히 막혀 오는 것을 느꼈다. 그러기를 칠 개월 동안 그는 내면의 고통과 싸우다가 급기야는 협심증 증세를 보여 병원에 입원할 수밖에 없었다. 민지가 그를 정성껏 간호하기는 했지만 예전에 비해 그의 곁에 있는 시간은 5분의 1도 안 되었다. 약 보름간의 치료를 끝낸 민형은 밤마다 민지의 내면에 원초적으로 자리 잡은 선생님이라는 자에 대한 증오로 시달렸다. 그는 그자가 지형의 생부임이 틀림없다고 생각했다.

　그는 민지가 없는 날을 틈타서 집의 컴퓨터에 모든 사용자의 비밀번호를 파악할 수 있는 프로그램을 깔아놓았다. 그리고 집에 돌아온 민지가 밤중에 컴퓨터를 사용해서 이메일을 체크한 것을 확인하고 그날 밤 그녀가 잠든 사이에 그녀의 비밀번호를 파악하였다. 그는 그녀의 메일로 들어가서 모든 이메일을 체크하며 선생님이라는 자의 신원을 파악하고자 하였다. 모든 메일을 뒤져보았으나 그런 자의 이메일은 이미 지워지고 없는 것 같았다. 민형은 그녀가 결혼 직전 모든 메일을 다 삭제하고 결혼 이후에 온 메일만 몇 가지 보관하고 있다는 것을 알았다. 보관 중이던 메일의 주인 신규희라는 사람의 신원을 우선 파악하기로 했다. 그는 그녀가 민지의 고등학교 동창이라는 것을 짐작하고서 그녀의 소재지를 파악하기 위해 온갖 노력을 기울였다. 그는 5시간의 노력 끝에 결국 그녀가 가입해 있는 한메일 네트를 해킹해서 그녀의 정보를 빼내는 데 성공하였다.

　그녀는 세종대학교 음대 피아노학과 전임강사로 근무하고 있었다. 그는 그녀의 강의시간을 알아내어 다음날 광진구 능동 어린이대공원 근처에 있는 세종대 음대로 갔다. 그리고 그녀의 수업 후가 바로 점심시간이라는 것을 이용하여 그녀를 만나 점심을 사주며 그 선생님이라는 자에 대하여 알아보기로 했다.

신규희는 수업 후 교실에서 학생들과 한참 이야기를 하고 나서야 나왔다. 강의실 밖에 서서 그는 민지에게 휴대폰이 걸려올까 봐 근심을 하며 신규희를 초조하게 기다렸다. 그녀는 키가 작고 인물은 별로 없었으나 상냥하고 사근사근한 성격의 소유자 같았다. 그를 본 규희가 처음에는 많이 놀라는 것 같았으나 그가 민지의 남편이며 자신도 그 결혼식에 참석하였던 것을 기억하고 환하게 웃으며 그에게 악수를 청하였다. 그녀의 손을 잡으며 민형은 그녀가 매우 활달한 성격의 소유자라 민지와는 매우 대조적이라고 생각했다.

"민지 남편이시라고요? 안녕하세요? 근데 왜 민지랑 함께 오시지 않으시고……."

그녀는 좀 이상한 듯 그의 표정을 살폈다. 이 말썽 많은 커플에게 또 무언가 문제가 생겼음을 그녀는 짐작했다.

"아 네, 지형 엄마는 아이들 때문에 오늘 집에 있고 제가 좀 알아볼 일이 있어서 실례를 무릅쓰고 왔습니다. 어디 가서 점심이라도 함께하시면 안 될까요?"

"호호, 민지한테 걸리면 제가 혼날 텐데요. 개가 무척 샘이 많은 아이라 제 낭군님을 다른 여자가 만난다면 가만히 안 있을 텐데요."

그녀는 장난기가 발동하는지 민형에게 친숙한 농담을 걸었다. 그녀는 아마도 두 사람의 러브스토리 전개에 대해 자못 흥미를 느끼는 것 같았다. 민형이 그녀에게 근처에 가서 식사를 함께하자고 하여 두 사람은 능동역 부근의 툴레아 양식 레스토랑으로 갔다. 대학생들이 바글거려서 다소 시끄러웠지만 좌석이 칸막이로 막혀 있어 이야기하는 데는 안성맞춤이었다.

두 사람은 식사로 함박스테이크를 시켰고 식사가 나오기 전 우선 와인을 한 병 주문했다. 와인이 나오자 민형이 그녀에게 먼저 한 잔을 따라주었다. 그리고는 자기 잔에 와인을 따르려고 하자 그녀가 술병을 빼앗아 그의 잔에 따라주었다. 두 사람은 민지와 아이들을 위해 건배하자는 규희의 제의에 따라 잔을 부딪히며 건배를 한 후 반 컵쯤 죽 들이켰다.

"민지 씨 고등학교 때 사랑하던 그 선생님 박 무엇이던가, 잘 계십니까?"

지형은 규희에게 슬쩍 덫을 놓아보았다. 여기에서 그가 말한 박 무엇이던가의 박 씨는 순전히 김, 박, 이 중 자신의 성을 뺀 다음의 성을 대충 주워섬긴 것이다.

규희는 갑자기 잔을 떨어뜨릴 뻔했다. 이 사람, 민지의 과거를 다 알고 나온 거 아냐? 박지현 영어선생과 민지의 러브스토리는 당시 그들이 다니던 해남여고에서는 이미 전설이었다. 그 학교 동창들 대부분이 기억하는 민지는 자신들 중 가장 예쁘고 도도하고 앙큼스러웠으며 공부도 가장 잘하는 애였다. 그들 사이에는 민지가 사랑하는 박지현 영어선생과 머지않아 결혼할 거라는 소문이 파다했었다. 그런데 그가 얼마 있다가 뜬금없이 가톨릭의 신부가 되어 모두 경악하였다. 그리고 또 얼마 안 있다가 민지가 한국 톱클래스의 연극배우가 된 스토리를 그들은 잘 알고 있었다.

그런데 규희는 이미 민지에게 들어서 그녀가 그와 완전히 헤어졌다고 생각하고 있었다. 그런데 이 사람이 왜 그 이야기를 꺼내는 걸까? 그녀의 두뇌는 음악적으로는 뛰어나지만 이런 인간적인 관계에 대해서는 좀 무뎠다. 그녀가 한 마디를 툭 내던졌다.

"아마 그 사람하고는 이미 헤어졌죠. 신부가 되었을 때 끝난 거 아녜요."

민형은 가슴이 쿵하는 충격을 받았다.

이때 그들이 주문한 식사가 나왔다. 두 사람은 함박스테이크에 곁들여 와인을 마시며 대화를 진행해 나갔다.

"그 선생님과 민지 씨가 많이 사랑했나요?"

그가 와인을 빠르게 반쯤 마시면서 물었다.

민형은 이 대목이 몹시 궁금했다. 그는 박지현이 민지의 의식을 아직도 지배하고 있는 것을 보면 그들은 몹시 심각한 사이였을 것이라고 깊이 의심하고 있었다.

"에이, 여고생 시절에 학교에 온 총각 선생님을 좋아하지 않았던 애들이 어디 있나요?"

그녀는 이 대목에서 민지를 보호하여야 할 필요를 느꼈다. 민형은 규희의 이 대답에서 그녀가 민지를 강력히 보호하고 있다는 사실을 알았다.

"그분 성함 좀 알려주시겠습니까?"

규희는 위험하다 싶었다. 드디어 이 사람이 민지의 과거 남자를 만나려고 한다는 생각이 퍼뜩 들었다. 그녀는 절친한 친구의 가정이 깨지는 것을 원치 않았다. 그렇다고 여기서 대답을 안 하면 정말 이 사람에게 의심을 살 게 뻔했다. 그녀는 몹시 고민이 되었다. 에이, 어차피 밝혀질 일 다 가르쳐줘? 아냐, 그러다가는 내가 평생 민지와 웬수가 되고 말 거야. 잊어버렸다고 하자.

"글쎄, 너무 오래 돼서……."

"절대 민지 씨에게 불리한 일도 아니고 가정불화가 일어날 일도 아닙니다. 그저 그분에 대해 제가 알고 있는 것이 좋을 것 같아서 그렇습니다. 제발 부탁하는데 좀 가르쳐 주세요."

민형은 두 손을 모아 통사정하는 자세를 취했다. 하지만 규희는 도대체 이 사태를 어찌해야 할지 몰랐다. 설마 이 사람이 민지의 과거 남자를 만나 어떻게 하랴, 이미 신부가 되어 있는 사람인데. 이렇게 생각하면서 규희는 수업을 하느라고 시장해진 뱃속에 연한 쇠고기 조각을 씹어서 계속 밀어 넣으며 중얼거렸다.

"아마 그 사람 이름이 박 무엇이었는데 끝자가 현 자였고 가운데 자가 뭐더라……."

김민형은 숨을 죽이고 다음 말을 기다렸으나 그녀는 더 이상 생각이 안 난다는 표정을 지었다.

"혹시 박상현?"

"아니, 아닌 것 같아요."

"그럼 박기현?"

"그것과 비슷한데……."

"박지현?"

"아, 맞아요. 그랬던 것 같아요. 그래 박지현 선생이었어."

그녀는 혼잣말처럼 중얼거렸다. 김민형은 됐다, 이제 너를 내가 만나러 간다. 너란 인간이 가톨릭 사제라니. 너는 정말 지옥에나 떨어질 인간이다. 민형은 머릿속이 갑자기 혼란스러워졌다. 십자가가 머리에 떠올랐다.

"지금 그분은 어디 성당에 시무하신답니까?"

"왜요? 만나시게요? 안 돼요, 그건. 이러시면 나는 민지와 평생 지형 아빠 얼굴을 볼 수 없어요."

그녀는 몹시도 걱정이 되는 표정이었다.

"아뇨, 멀리서 그냥 어떤 사람인가 보고 오려고요."

민형은 거짓말을 하고 있었다.

"아마 인천 제물포 근처에 있는 성당에 시무한다는 말을 얼핏 들었어요. 지형 아빠 마음은 이해하지만 정말 민지와 그분은 그저 선생과 제자로 그 이상도 그 이하도 아니었어요. 절대 과거 문제로 인해 민지와 더 이상 다투지 마세요. 민지가 얼마나 민형 씨를 사랑하는지 잘 아시죠? 걔는 그야말로 한 사람밖에 모르는 순둥이예요. 그러니 찾아가서 만나 가지고 긁어 부스럼 만들지 마시고 그냥 현재에 충실하게 사세요. 누가 뭐라 해도 민지의 지금 남편은 지형 아빠고, 또 걔가 가장 사랑하는 사람도 민형 씨라는 것을 명심하세요. 친구로서 충고드리는 데 박지현 선생님은 이미 신부가 되어 신에게 바쳐진 사람이라 더 이상 그분의 과거를 보지 마세요. 그리고 오늘 내가 한 이야기는 절대 민지에게 하시면 안 돼요. 우리는 소꿉친구라 이런 일로 의리 상하지 않았으면 합니다."

두 사람은 서로 씁쓸한 마음을 품고 헤어졌다. 규희는 민형이 차를 타러 주차장으로 가는 뒷모습이 너무나 씁쓸해 보였다. 규희는 두 사람의 장래에 먹구름이 몰려오고 있다고 느꼈다. 언제나 두 사람이 평범한 부부로 살지 한없이 걱정이 되는 그녀였다. 불쌍한 사람들, 무엇 때문에 사랑하고 헤어지고 결혼하고 싸우고 살아야 하는지 독신주의자인 자신으로서는 도무지 이해할 수가 없었다. 그녀 또한 박지현이 신부가 된 순간 자신도 사랑하던 그를 위해 예수 그리스도와 결합한 것이 정말 다행이라고 생각하며 그녀는 항상 결혼한 사람들을 불쌍히 여겼다.

제9장 밀려오는 폭풍우

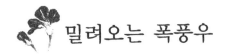# 밀려오는 폭풍우

규희를 만나고 돌아오면서 민형은 박지현을 만날 것인가, 아니면 민지에 대한 회의와 의혹을 일소하고 새로운 자세로 그녀를 사랑하기 위해 마음을 다잡을 것인가 며칠을 고민하고 또 고민하였다. 규희의 충고대로 이미 신부가 된 박지현을 만나면 무엇하랴 싶은 생각도 들었다.

하지만 지형이의 생부가 그인지에 대해서는 자신이 확인하여야 한다고 생각했다. 언젠가 지형이가 자랐을 때 자신의 출생의 비밀을 전해 주는 것이 도리가 아닐까 하는 생각도 들었다. 하지만 지금까지 자기 자식으로 애지중지하던 지형이를 생부가 알게 되면 환속을 고려할지도 모르고, 그러다가 다시 민지와 불이 붙는 상황이 발생하지 말라는 법이 없잖은가 하고 그는 깊이 생각하였다.

우선 그는 온갖 정성을 다하여 민지의 마음을 붙잡기 위해 최선을 다하기로 다짐했다. 하지만 민지는 예전보다 더욱 말수가 줄어

들었으며 행동이 눈에 띄게 조용해졌다. 그녀는 민형의 곁에 있기 보다는 아이들 곁에서 그들과 함께 놀아주는 시간이 더 많아졌으며, 민형이 가까이 다가오면 무슨 핑계를 대고서라도 자리를 피하곤 했다.

민형은 자신에 대한 그녀의 감정의 앙금이 상당히 깊이 패여있는 것을 느끼고 더욱 그녀의 마음을 살피며 그녀의 마음에 들려고 온갖 노력을 기울였다. 하지만 민지가 소정과의 불륜으로 인해 받은 자존심의 붕괴와 패배의식 그리고 불신은 상상을 초월하는 것이었다. 그녀는 그가 자신의 영원하고 유일무이한 남자라고 믿고 있었다. 하지만 민형은 자신을 걸레짝처럼 취급하여 소정과 제멋대로 놀아나는 파렴치한 짓을 저질렀다. 게다가 별거까지 제기하는 등 도저히 용서할 수 없는 만행을 저지르고 만 것이다.

결국 그녀는 이 세상 남자들의 사랑이란 일시적이고 이기적이며 자신들의 필요에 따라 재단되는 생물학적 충동일 뿐이라는 어느 생물학자의 말이 옳았다는 것을 뼈저리게 느끼고 있었다. 그녀는 이제 마음속에서 민형에 대한 사랑을 지워가기로 했다. 서서히 그를 잊어 가면 궁극적으로 혼자가 되고, 차라리 그 외로움과 슬픔의 끝에서 자아가 산산이 부서져가는 끝을 그리고 있었다. 그녀는 지금 무의식 속에 자리한 박지현에 대한 사랑마저도 철저히 부인하고 오직 자기 혼자만의 세계에 침잠하고 있었다.

민형은 민형대로 괴로워하고 있었다. 이미 민지가 자신을 마음속에서 버린 것을 느끼기 시작한 그는 그녀의 마음을 돌이킬 방법이 없다는 것을 한탄하고 있었다. 마치 애지중지하던 보물 도자기가 금이 가서 도저히 예전의 그 아름다움을 완상할 수 없는 지경에까지 도달한 것 같았다. 그는 서서히 애가 타들어갔다. 그럴 때마다 소정과 함께 있었던 그 꿈 같은 시간들이 생각났다. 하지만 그는 민지를 생각하고 그녀에 대한 기억을 의식 속에서 강하게 억눌렀다.

두 사람은 완전히 별개의 세계를 살아가고 있었다. 민지는 낮에는 그저 연극에 미쳐 지내다가 밤에는 아이들과 함께 놀아주는 게 유일한 낙이었다. 그녀는 민형의 존재를 잊은 듯 그렇게 그를 못 본 체하고 살았고, 민형은 그녀가 부담스러워 느지막한 시간에 귀가하여 지하실에 있는 자기 서재에서 혼자 잠을 자곤 했다. 그는 민지에게 용서를 빌 자신도, 사랑을 되찾을 자신도 다 상실하였다.

그날따라 그는 술이 많이 취해 서재에 들어오자마자 불을 끄고는 옷과 양말도 벗지 않고 넥타이도 풀지 않은 채 침대에 머리를 박고 잠에 곯아떨어졌다. 이때 그의 머리맡에 웬 유령 같은 그림자가 어른거렸다. 그녀는 한참이나 그를 곁에서 바라보더니 그냥 방을 나갔다.

그러던 어느 날, 천둥 번개가 치고 폭우가 무섭게 쏟아져서 세상이 온통 물바다가 되어가는 것을 걱정하던 8월 중순의 무서운 밤이었다. 민형은 역시 지하실 서재에서 술에 취해 쓰러져 옷도 벗지 않고 잠을 자고 있었는데 다시 그 유령 같은 그림자가 그의 곁에 나타났다.

민형은 그녀가 옷을 벗기기 시작하자 얼른 불을 켜고 그녀의 얼굴을 똑바로 바라보았다. 아, 그러나 민형은 그 순간 보지 못할 것을 보고 말았다. 민지가 독한 양주에 만취해 눈의 동공이 풀리고 머리는 귀신처럼 산발하였으며 얼굴은 유령처럼 하얗기가 백지장 같은 모습으로 몸을 떨며 그의 목을 짓누르는 것이었다. 민형은 순간 그녀가 완전히 다른 사람으로 보였고 마치 그녀의 원혼이 자신을 해치려고 하는 것으로 여길 정도였다.

"여보, 이게 웬일이오? 당신 괜찮소?"

그러자 민지가 갑자기 그의 목을 누르던 것을 멈추고 그의 품으로 달려들었다.

"흑흑, 선생님, 난 이제 어떻게 살아요? 남편이란 자는 날 배신했고, 이제 선생님을 사랑할 자격도 난 없으니 이제 난 누굴 사랑하며 살아야죠? 선생님, 난 이제 죽음밖에 없어요. 선생님을 배신한 난 이제 죽어야 해요. 모든 남자들은 다 한결같다는 것을 왜 몰랐을까요? 선생님……"

민형이 갑자기 그녀의 뺨을 후려갈겼다. 그러자 그녀가 뒤로 벌렁 나자빠져 숨이 멎은 듯 조용해졌다. 민형이 놀라서 가까이 다가가 그녀를 살펴보니 그녀는 이미 잠이 들어 있었다. 역겨운 술 냄새가 온 방안에 진동했다. 민형은 그녀를 안고 자신의 침대에 눕히고 난 후 그녀의 헝클어진 머리를 단정히 빗어주고 그녀의 유령 같은 옷들을 다 벗기었다.

민형은 더 이상 박지현을 만나는 것을 피할 수 없다는 결론을 내렸다. 그녀의 의식 속에 내재한 박지현의 그림자를 지우지 않고서는 자신들의 결혼생활이 파탄나리라는 생각이 들었기 때문이었다. 민형은 자신의 컴퓨터로 인천 제물포 근방의 성당들의 홈페이지들을 찾아 박지현 신부가 인천 도화동 성당에서 시무하고 있다는 것을 알았다. 그는 이번 일요일 오전 10시에 그가 집전하는 미사에 참석하여 그가 어떤 사제인지, 과연 그가 지형의 생부인지를 좀 보고 난 후 저녁 때 그를 월미도로 불러내어 손을 좀 보아야겠다고 생각하였다.

2006년 11월 중순의 일요일이었다. 민형은 인천 도화동 성당의 오전 10시 미사에 참석하여 신자석 맨 앞자리에 앉아 박지현 신부를 뚫어지게 관찰하고 있었다. 한눈에 그는 박지현 신부가 지형의 생부임을 알아차렸다. 지형과 생긴 것이 붕어빵처럼 닮았기 때문에 두 사람을 함께 세워놓으면 누구라도 부자지간이라고 판단할 정도였다.

그런데 왜 그는 박지현에게 증오심이 생기지 않고 친근한 감정을 느끼는지 도무지 이해할 수가 없었다. 차 안에서는 그를 어떻게 혼내고 복수할 것인지에 대해 이를 부득부득 갈면서 왔는데 막상 그를 보자 어디서 많이 보던 사람 같고 전생부터 무척이나 가까운 사람이 아니었나 하는 생각이 들 정도로 친근감을 느꼈으며 마치 가까운 핏줄 같았다. 지형이 생부라 그런가 하고 그는 그 원인을 생각해 보았지만 도무지 알 수가 없어 복잡한 머리를 잠시 접고 미사를 지켜보기로 했다. 사제로서 그는 당당하고 목소리도 낭랑하며 힘이 있어 200여 명쯤 되는 회중을 잘 장악하고 있었다. 하지만 그의 눈이 빨간 게 잠을 많이 못 잔 것 같았다.

미사는 한창 말씀의 성찬이 진행되고 있었는데 오늘의 말씀은 요한복음 8장 1절에서 11절까지였다. 그 내용은 다음과 같았다.

"이스라엘의 지도층이었던 서기관들과 바리새인들이 예수를 시험하기 위하여 간음하다 현장에서 붙잡혀 온 여자를 예수 앞으로 끌고 왔다. 그들은 말하기를 '모세는 율법에서 이러한 여자를 돌로 치라고 했는데 당신은 어떻게 말하겠습니까?' 하고 예수를 고소하기 위한 빌미를 찾았다. 예수는 몸을 굽히고 땅바닥에다 무엇인가를 손으로 쓰더니 일어나서는 '너희들 중에 죄가 없는 자들부터 저 여자를 돌로 치라' 하고 다시 몸을 굽혀 손가락으로 무엇인가를 땅에 쓰고 있었다. 그러자 어른으로부터 시작하여 젊은이들까지 양심의 가책을 받아 한 사람씩 다 가버렸다. 이제 오직 간음한 그 여자와 예수만 남았는데 예수가 그 여자에게 '너를 고소한 사람들이 어디 갔느냐 너를 정죄한 자가 없느냐'고 물었다. 그 여자가 '아무도 저를 정죄한 사람이 없습니다' 라고 하니까 예수가 '나도 너를 정죄하지 않으니 가서 다시는 죄를 범하지 말라' 고 했다는 내용이다.

박지현의 강론은, 인간은 누구나 다 죄를 범할 수밖에 없는 존재로 이 세상에 사람으로 태어난 자 중 오직 예수님을 빼놓고서는 아무도 인간인 이상 죄를 짓지 않고 살 수는 없다. 하지만 죄를 짓는 것이 문제가 아니고 회개하느냐 안 하느냐에 참된 십자가에 의한 구원이 달려 있다는 것이다.

성경에서 보면 하나님께서 당신의 뜻에 가장 맞는 사람이라고 칭찬했던 다윗 왕도 밧세바와 간음하고 살인까지 저질렀지만 하나님께서는 그를 용서하셨다. 하지만 그 죄의 대가는 엄청나서 이후 다윗 왕의 전 생애 동안 그 집안에 칼바람이 멈추는 날이 없었고 가족 간에 살인과 반역과 음모에 의한 피바람이 계속 이어졌다.

이것은 용서와 공의라는 하나님의 중요한 두 속성이다. 설령 용서받아도 죗값은 자신 아니면 그 후손이라도 받아야 하는 것이다. 그런데 우리 모두는 사실상 매일 이런저런 방식으로 이 세상을 살면서 간음을 저지르고 산다. 주님께서는 여자를 보고 음욕을 품어도 간음한 것이라고 정죄하셨다. 우리는 매일 영화, 드라마, 연극,

만화 심지어는 포르노를 보며 간음하고 있고, 십계명을 어기고 배우자 외의 사람들과 간음하고 있으며, 집 문만 나서면 온갖 간음을 유혹하는 전단들과 명함들 그리고 도처에 지뢰처럼 널려 있는 호텔, 모텔, 여관, 안마시술소, 스포츠 마사지실 등등에 의해 간음의 유혹을 받고 사는 등 이 나라는 과연 간음의 천국이라고 해도 과언이 아닌 것이다. 이 신부야말로 가장 큰 간음의 죄인으로서 주께 죽어 마땅한 죄인이다. 간음의 결과는 지옥행이기에 우리는 십자가에서 흘리신 우리 주 예수 그리스도의 보혈을 의지하여 우리 죄를 진심으로 회개하고 이 이야기의 여주인공을 용서하셨던 우리 주님의 말씀처럼 다시는 간음의 죄를 범하지 말아야 한다 하는 내용이었다.

강론을 들으며 민형은 박지현에 대한 적개심이 크게 자리한 가운데서도 그가 그간 회개하고 새롭게 태어나기 위하여 무진 노력해 왔음을 느꼈는데, 사실상 자신도 소정과 간음한 죄인으로서 오늘 주인공인 간음한 여자와 다를 게 뭔가 하는 생각이 들었다. 그러나 그의 내부에서는 다시 자신의 여자인 민지와 혼전에 간음하여 그녀와 자신에게 씻을 수 없는 상처를 안긴 박지현을 어떤 식으로든지 징벌하여야 한다고 이를 악물었다. 민지의 의식 속에서 아예 박지현을 빼내려면 철저한 응징만이 최선이라는 결론이었다.

한 시간 반 만에 미사가 끝나자 그는 대예배당 앞에서 박지현이 나오기를 기다렸다. 막 대예배당 문을 나섰을 때 지현은 자신의 앞을 가로막는 웬 30대 초의 청년을 보고 몹시 놀랐다. 그는 박지현에게 하얀 봉투를 하나 내밀더니 잽싸게 사라졌다. 의아해했지만 얼떨결에 그것을 받아 바지 주머니에 넣고 나서 그는 사제관의 화장실에 들어갈 때까지 그것을 열어보지 않았다. 점심식사 전 그는 볼일을 보려고 화장실에 앉았을 때 비로소 그 하얀 봉투가 생각나서 그것을 열어 보았다. 컴퓨터로 친 메모였다.

박지현 신부에게
오늘 오후 5시 월미도 선착장으로 나오시오.
손민지 남편 김민형

그게 전부였다. 지현은 까무러칠 듯이 놀랐다. 민지의 남편과 민지 사이에 벌어지는 러브스토리는 자신도 인터넷이나 미디어를 통하여 잘 알고 있지만 그가 자신에게 나타났다는 것은 지금 자신과 민지의 과거 문제가 드러났다는 것을 의미했다. 박지현은 모골이 송연했다. 민지를 마지막으로 만났을 때 그녀를 갖지 말았어야 했는데 결국 일이 여기까지 왔나 생각하니 앞이 캄캄했다. 죄의 대가를 받는다는 생각이 들었다.

화장실에서 볼일을 보고 나온 그는 오후에 한 번 더 남은 미사와 앞으로의 행사와 심방 등의 모든 일정을 보좌 신부에게 넘기고 자신은 사제관의 기도실로 들어가 문을 걸어 잠그고 하나님께 눈물 어린 기도를 하기 시작했다.

주여, 이제 이 일을 어떻게 해야 합니까? 민지의 앞날이 크게 걱정입니다. 두 사람 사이에 뭔가 심각한 문제가 발생하고 있습니다. 주여, 두 사람을 보호하소서. 둘 사이에 낳은 아이들도 보호하소서. 주여, 오늘 이 죄인은 죽을 각오로 그를 맞이하겠습니다. 설령 그가 이 죄인을 죽인다 해도 달게 받겠습니다. 그렇게 해서 사랑하는 민지가 행복해질 수만 있다면 제가 죽음이라도 감수하겠습니다. 주여, 이제 저는 당신의 은총을 간구하는 것도 지쳤습니다. 지난 5년간 제게 주셨던 혹독한 징벌은 아직도 부족함을 잘 압니다. 이제 천형처럼 저를 짓눌렀던 죄악의 열매를 거두어 들이기 시작할 때인가 봅니다. 주여, 이 죄인을 더욱 치소서. 그러나 민지에게는 죄를 묻지 마소서. 그녀는 아무 죄도 없는 눈같이 깨끗한 여인입니다. 이 죄인을 긍휼히 여겼던 여인일 뿐입니다. 주여, 지난 세월 이 죄인이 얼마나 참회의 피눈물을 흘렸습니까? 그러나 아직도 제 영혼에서는 그녀를 향한 그리움에 문득문득 당신에 대한 사랑을 접고 어디론가 그녀와 손잡고 떠나는 망상을 하는 한심한 이 죄인입니다. 주여, 이 죄인을 심히 치소서. 그를 도구삼아 이 죄인을 마구 치소서, 벌하소서, 죽도록 치게 하소서. 오, 주여! 당신을 사랑한다 하면서도 가슴에 한 여인을 품고 살아야 하는 이 한심한 죄인을 죽여주소서. 주여, 주여……!

지현의 피 토하는 기도는 지쳐 그 자리에 고꾸라질 때까지 계속되었다. 한편 민형은 미사가 끝나고 바로 월미도로 차를 몰고 가서 주차장에 주차를 한 후 월미도 횟집에서 회 한 접시를 시켜놓고 앉아 소주잔을 기울이기 시작했다. 그의 동공은 휑하게 열려 바다 위를 나는 갈매기들을 멍하니 응시하고 있었다. 파도가 철썩철썩 해안에 부딪쳤다 사라지곤 했다. 선창 특유의 비릿한 바다 냄새가 오늘 따라 무척이나 역겨웠다.

삶에 있어 결혼은 무엇이고 그 인간처럼 독신은 무엇인가? 친자식은 무엇이고 의붓자식은 무엇인가? 간음과 사랑의 차이는 무엇

인가? 영혼의 사랑과 육체의 사랑은 무엇인가? 성(聖)과 속(俗)은
또 무엇이기에 강단에서 그리 성스럽게 하느님의 말씀을 외쳐대던
자가 자신을 쫓아다니던 제자를 간음할 수 있단 말인가? 과연 그
간음한 여인에 대한 예수의 용서 이야기는 무슨 가치가 있는 것일
까? 차라리 모두가 돌을 들어 그녀를 쳐 죽이라고 명령했더라면 더
욱 정의로운 하느님의 율법을 완성하는 것이 아니었을까? 그렇다.
박지현이야말로 간음한 여인이다. 예수는 분명히 그를 용서했을 것
이다. 하지만 난, 난, 그가 용서가 안 된다. 그와 어떤 동질감을 느끼
지만 우린 원수다. 원수를 사랑하라고? 오른뺨을 때리면 왼뺨을 내
밀라고? 웃기는 소리다. 아예 원수는 종자를 멸해야 하는 것이 아닐
까? 삼족을 멸하고 더 나아가서는 구족을 멸해야 하는 것이 현실
아닐까?

그가 이렇게 혼자서 깊은 상념에 잠겨 있을 때 민지는 그날따라
지난 밤 꿈자리가 몹시 뒤숭숭하여 영 기분이 좋지 않았다. 꿈에서
박지현이 한없이 피를 흘리며 자신에게 나타나 어디론가 가자고
자꾸 자기 팔을 잡아당기고 있었다. 그녀는 아이들 걱정에 뒤돌아
보다 끌려가다, 뒤돌아보다 끌려가다 온 몸에 잔뜩 땀을 흘리며 깨
어났다. 그녀는 아침부터 민형이 충남 청양의 당숙이 몹시 편찮아
서 문병 차 다녀오겠다며 차를 끌고 나갈 때 그의 안색이 몹시 음
울한 게 마음에 걸렸다.

그녀는 그가 떠나고 나서 아이들과 아침을 먹은 후 계속 박지현
생각을 하고 있었다. 잘 계실까? 나로 인해 그간 얼마나 고통스러우
셨을까? 파계한 사제로서 얼마나 힘들게 살고 계실까? 그동안 연락
을 전혀 끊고 살아 이제는 잊은 줄 알았더니 왜 이렇게 생생하게 꿈

에 나타난 것일까?

그때 고교 동창 신규희에게서 전화가 왔다. 그녀는 잘 있느냐고, 집에 별일 없느냐고 걱정스럽게 물었다. 별일 없다고 했더니 그녀는 무언가 할 말이 있는 듯 쭈뼛쭈뼛하다가 전화를 끊으려고 했다. 민지가 무언가 짚히는 게 있어 그녀에게 어젯밤 꿈 이야기를 하니 자신도 박지현에 대해 몹시 좋지 않은 꿈을 꾸었다고 하면서 사실 약 한 달 전 민형이 자신한테 와서 박지현에 대해 꼬치꼬치 캐물었다는 것을 불어버렸다. 민지는 그녀에게 그날 있었던 일을 상세히 물어보고 결국 뭔가 박지현에게 잘못되어 가고 있다는 결론을 내렸다. 그녀가 오랜만에 박지현의 인천 도화동 성당에 전화를 해보았으나 지금 통화할 수 없다는 주임신부의 말뿐이었다. 이때 이미 박지현은 사제관에서 일체 외부와의 접촉을 끊고 기도하는 중이었다. 이번에는 민지가 김민형의 휴대폰에 전화를 해보았으나 휴대폰이 꺼져 있었다. 결국 민지가 김민형의 청양 당숙댁에 전화를 해보니 그는 아직 도착하지 않았다는 것이며 당숙은 오늘 읍내에 있는 축협회관에서 축협 회장 선거가 있어 거기 갔다는 것이었다. 그 말에 민지는 이제 사태가 조금 파악이 되는 듯했다. 분명히 그가 오늘 인천으로 선생님을 만나러 간 것이다. 선생님은 그의 출현에 너무 충격을 받아 지금 어디엔가 은신해 계신다. 그녀의 추리는 만화경처럼 그렇게 잽싸게 돌아갔다.

그녀는 어떡할까 고민하다 신규희에게 전화를 하였다. 규희는 너하고 박 신부가 뭐 대단한 일을 저지른 것도 아닌데 뭐 걱정할 게 있느냐며 대수롭지 않은 듯 말했다. 그리고 민형이 그분을 그냥 만나보고 두 사람 사이가 그저 평범한 고교생과 선생님의 흔한 정신적 사랑이었다는 것을 알게 되어 앞으로 두 사람의 결혼생활이 더 순탄해지리라고 생각한다고 말했다. 하긴 민지로서도 자신이 마지막 만났을 때 지현에게 순결을 주고 또 그의 아이까지 낳아 기르고 있다는 말은 죽어도 할 수가 없었다. 그녀는 규희에게 별일 없겠지 하고 재삼재사 다짐을 받는 듯 위장하고서 대화를 마쳤다.

이제 그녀는 박지현이 믿는 신한테 모든 운명을 맡기리라고 각오하였다. 자신은 철저히 중립적 입장에 서서 우선 아이들을 보호하는 것이 급선무라고 생각하였다. 하지만 시간이 자꾸 흘러갈수록 그녀는 불안하여 견딜 수가 없었다. 그녀는 아이들 보모에게 전화하여 특근수당을 줄 테니 오후 3시부터 자기가 돌아올 때까지 아이들을 돌봐 달라고 통사정을 하였다. 일요일에 모처럼 편히 쉬고 있던 그녀가 마지못해 승낙을 했다.

오후 3시 5분쯤 민지는 인천까지 가는 지하철을 탔다. 그리고 제물포역에 도착해 인천 도화동 성당까지 택시를 탔다. 성당에 도착하여 보니 오후 4시 40분이 막 넘어가고 있었다. 사제관에 가보니 박지현은 이미 어디론가 떠났는데 그곳을 지키고 있던 늙은 수녀 한 분이 웬 밀봉한 편지를 그녀에게 건네주면서 박지현 신부가 손민지라는 분이 오면 건네주라고 했다면서 "손민지 씨 맞죠?" 하는 것이었다.

그녀가 사제관을 나오면서 그 편지를 급히 뜯어 보니 거기에는 민형이 그에게 준 메모지가 있었다. 그리고 그 메모지에는 박지현의 친필로 죽으면 죽으리라라고 쓰여 있었다. 민지는 막 성당에서 나오는 빈 택시를 잡아타고 월미도 선착장으로 향했다. 그녀는 차 안에서 두 손을 잡고 박지현의 신에게 기도를 했다. "하느님, 그분을 보호해 주세요. 당신의 종이니까 당신이 보호해 주세요. 그는 아무 죄도 없습니다. 다 제가 유혹해서 간음의 죄를 저질렀습니다. 그는 결백합니다. 저를 벌하시고 그분을 구해 주세요. 분명 제 남편은 그를 죽일 겁니다. 지금 그는 질투에 눈이 멀어 있습니다. 주여, 그도 더 이상 죄를 짓지 않게 해주세요. 이번에 선생님만 구해 주시면 다시는 그에게 나타나지 않고 제 남편을 진심으로 사랑하며 아이들 잘 기르고 조용히 살겠습니다. 하느님, 예수님, 두 사람을 다 구해 주세요."

그녀는 절박한 심정으로 난생 처음 기도를 했다. 그런데 오늘따라 월미도로 가는 길이 막혀 차가 시속 20킬로미터도 안 되는 속도로 느릿느릿 가고 있었다. 동동 걸음을 하던 그녀가 시계를 보니 이미 5시가 넘어가고 있었다.

정확하게 박지현은 오후 5시에 선착장에 도착하여 민형을 찾느라고 주변을 두리번거렸다. 멀리 해변에서 민형이 그를 향해 손을 들었다. 박지현은 도살장으로 끌려가는 희생양의 심정을 생각하며 그를 향해 천천히 발걸음을 옮겼다. 민형은 해변에서 으슥한 곳을 찾아 거닐었고, 박지현 또한 그의 뒤를 바싹 따라갔다. 얼마 뒤 두 사람은 월미도에서 가장 후미진 해변에 마주 섰다.

민형은 뒤돌아서서 자신을 향해 천천히 발걸음을 옮기고 있는 박지현을 향해 증오의 눈초리를 번득였다.

내 오늘 너를 죽이고 나도 죽으리라. 너로 인해 우리 가정은 끝장났다. 사랑도 이해도 아무것도 없는 지옥 같은 가정으로 변한 것은 네놈이 사제의 신분을 잊고 제자를 유혹하여 간음한 죄 때문이다. 이놈, 나는 간음한 여인을 용서한 예수가 아니다. 그러니 나에게 일말의 동정도 바라지 마라.

두 사람이 마주 섰다. 조금을 맞아 밀물의 파도가 더욱 요란하게 해변을 때리고 있었고, 어둑어둑해지는 하늘에는 갈매기들이 꾸룩꾸룩 구슬프게 울어대고 있었다.

갑자기 박지현이 김민형 앞에 무릎을 꿇었다. 그는 마치 목을 늘어뜨리고 백정의 칼을 기다리는 얌전한 양 같았다.

"저를 마음대로 하십시오. 죽이려면 죽이시고 병신을 만들려면 병신으로 만드시고 김민형 씨 마음대로 하십시오. 하느님도 당신을 벌하지는 않으실 것입니다."

민형은 참 얄밉게도 그가 자신의 의표를 찔렀다고 생각했다.

"신부님이 무엇을 잘못하셨나요?"

그는 마치 고해성사를 받고 있는 신부의 기분으로 지현에게 한마디 던져보았다.

"사랑하지 말았어야 할 사람을 사랑한 죄입니다."

민형은 이 말을 듣자 피가 거꾸로 치솟았다.

"신부로서 간음한 죄가 아니고요?"

"……"

"신부님은 십계명 중 제7계명인 '간음하지 말라' 는 당신의 하느님의 계명을 어긴 죄를 지셨습니다. 사랑 운운하시는 것은 아직도 자신의 행위를 정당화하는 것 아닙니까?"

"김민형 씨에게는 죄송한 일이지만 손민지와 저는 영육이 일치되는 사랑을 한 것이 사실입니다. 저는 아직도 그녀를 내 영혼 속에서 깊이 사랑하고 있습니다. 우리는 지금도 서로 정신적으로 교통하고 있습니다. 우리는 하느님 안에서 하나입니다."

민형은 이 말을 듣고 박지현에게는 사제로서는 몰라도 인간으로서는 간음의 죄를 저질렀다는 논리가 성립이 안 되는 것을 느꼈다. 두 사람은 민지의 결혼 전부터 영혼의 사랑을 나누다가 민지가 결혼을 앞두고 그와 한 몸이 되었을 뿐 박지현이 고의로 간음을 한 것은 아니라는 말이었다. 하지만 이 사람을 그냥 놔두면 우리의 결혼 생활은 끝장이다, 이자가 다시는 민지를 영혼의 사랑 운운하지 못하게 죽도록 패서 스스로 물러나게 하는 수밖에 없다고 그는 순간 결론을 내렸다.

민형은 그를 일으켜 세우고는 오른손으로 그의 복부 한 가운데로 어퍼컷을 날렸다. 그리고는 그가 정신을 차리지 못할 정도로 사정없이 온 몸을 두 손 두 발과 팔꿈치와 무릎 등을 써서 정신없이 패고, 짓이기고, 밟고, 온갖 잔인한 폭력을 행사하였다. 그리고 민형은 저질적인 욕을 퍼부어댔다.

"이런 개자식아, 네가 사제냐? 너는 인간 이하의 말종이야, 너 같은 놈들로 지옥은 초만원이라고 하더라. 죽일 놈아, 결혼을 앞둔 제자를 사제가 간음해? 그러고도 사랑한다고? 그게 사랑이라면 교회는 무얼 가르치고 있냐? 네놈이 믿는 예수가 가르치는 교리가 여자는 무조건 따먹으라는 거냐? 씹할놈, 너는 가장 저주받아 마땅한 인간이다. 너는 우리 가정을 망치고 우리 아이들 장래를 망친 가장 악독한 살인마 괴수보다 더한 사탄 같은 놈이다. 네놈 입에서 사랑 운운하다니 가증스럽기 그지없다. 너 오늘 나에게 죽어봐라. 너 나를 원망 마라. 네 입으로 하느님도 날 벌하지 않으시리라고 했으니까."

민형은 입술이 터지고, 코피가 줄줄 쏟아지며, 얼굴이 빨갛게 퉁

퉁 붓고 있는 박지현을 사정없이 들고 팼다. 나중에는 박지현이 땅에 고꾸라지자 다시 그를 일으키고 물병에 물을 담아다가 머리에 부어 다시 깨어나게 한 후 그의 몸을 미리 준비해 온 가마니로 칭칭 두르고 곡괭이 자루로 사정없이 치기 시작했다. 30대 가량을 휘둘러댔을 때 어디서 아악! 하는 여자의 비명 소리가 났다. 민형이 돌아보니 민지가 이쪽으로 마구 달려오고 있었다.

개년, 어떻게 알았을까? 두 연놈이 연통한 게 틀림없다. 민형은 지현을 더욱 세차게 곡괭이 자루로 치고 또 쳤다. 박지현은 아무 저항도 없이 신음을 흘리면서 계속 무방비로 얻어맞고 있었다. 이윽고 민지가 그들 앞으로 뛰어와 박지현을 자기 몸으로 덮쳤다.

"때리려면 나를 때리세요. 이분은 아무 잘못이 없어요. 내가, 내가 사랑해서 이분을 유혹한 거예요. 됐어요? 그래요 우린 진심으로 사랑했어요. 우린 당신이 적어도 내게 와 죽는다고 쇼를 하기 전까지는 영혼과 영혼이 서로 행복하게 교통하면서 살았다고요. 모든 게 당신이 나타나서 우리의 사랑을 깨뜨린 거라고요. 사제는 여자와 사랑을 나누면 안 된다는 법이 어디 있어요? 흑흑……"

그녀의 출현에 놀랐지만 더욱 그를 절망시킨 것은 두 사람이 진짜 사랑하는 사이였다는 것이다.

자신이야말로 두 사람의 영원한 사랑을 망친 악당인 것이다. 아아! 내가 죽일 놈이다, 내가 죽일 놈이야!

그는 한탄하며 하늘을 향해 한 마리의 늑대처럼 울부짖었다. 그러더니 그가 갑자기 바다 쪽으로 빠르게 뛰어가 바닷물을 향하여 몸을 던졌다. 민지는 박지현을 돌보느라고 그가 물속으로 들어가는 줄도 몰랐다. 민형의 몸이 점점 깊은 파도 속으로 빠져 들어가고 있었다. 이때 민지의 품에서 고통스럽게 신음하던 박지현이 일어나 다리를 절뚝거리며 달려가 민형을 구하러 파도 속으로 몸을 던졌다. 너무도 순식간에 일어난 일이라 민지는 당황하여 어찌할 바를 몰랐다. 잠시 뒤 박지현이 능숙한 수영 솜씨로 민형을 물 밖으로 구해 내고 자신은 탈진하여 바닷가에 쓰러지고 말았다.

정신을 차린 민형은 박지현을 업고 민지와 함께 주차장으로 내달렸다. 그리고는 그를 자기 차 뒷좌석에 싣고 민지에게 무릎에 안고 돌봐주라고 시켰다.

병원 응급실에서는 난리가 났고 가톨릭 신자인 당직 의사는 인천에서 가장 사람 좋기로, 그리고 가장 인간적이고 설교에 능한 훌륭한 가톨릭 사제인 박지현이 이렇게 엄청난 테러를 당했다는 것에 놀라움을 감추지 못하고 있었다. 다행히 테러를 가한 인간이 인체를 아는지 급소는 피해서 팼기에 생명에는 지장이 없었지만 적어도 두 달 이상은 치료를 받아야 할 만큼 온 몸에 타박상이 심했다.

박지현은 담당의사에게 그 누구에게도 이 사실을 발설치 말아달라고 신신당부를 했고 의사는 성당과 교구장에게 연락해야 할 것이라고 말했지만 그는 괜찮다며 한사코 손사래를 쳤다.

그날 밤 박지현의 병상을 지키고 있던 민지에게 그는 민형을 좀 데려오라고 했다. 병실 밖에서 담배를 연거푸 다섯 대나 피고 있던 민형은 마지못해 민지의 손에 이끌려 박지현 앞에 왔다. 병실이 특실이라 주변에 그 세 사람밖에는 아무도 없었다.

그는 두 사람이 손을 마주잡게 하더니 나지막한 목소리로 물었다.

"민지는 이분 김민형 씨를 남편으로, 또 아이들의 아버지로서 진심으로 사랑하나?"

"네."

민지는 조용하지만 단호하게 말했다.

"민형 씨는 민지를 아내로서, 또 아이들의 엄마로서 진심으로 사랑합니까?"

"……."

"왜, 나 때문입니까? 오해 말아요. 이제 민지에 대한 내 사랑은 그리스도께서 죄인인 우리를 사랑하셨던 것처럼 그런 아가페적 사랑입니다. 굳이 표현한다면 아버지가 딸을 그리워하고 걱정하는 그런 사랑입니다. 이제 민형 씨도 그리스도 안에서 나의 사랑하는 사람이 되었습니다. 평생 두 사람과 두 사람의 아이들을 위해 기도하면서 속죄할 것입니다. 왜 예수께서 간음한 여인을 돌로 쳐죽이라고 안 하시고 그저 용서하셨을까요? 가장 힘든 것은 용서하는 것이고 또한 가장 위대한 일도 용서하는 일입니다. 나도 오늘 죽을 만큼 맞았지만 민형 씨를 깨끗이 용서하겠습니다. 민형 씨도 힘들겠지만 나와 민지를 용서하세요. 민형 씨에게 다시 묻습니다. 민형 씨는 민지를 아내로서 또 아이들의 엄마로서 진심으로 사랑합니까?"

"네."

빌어먹을, 지금 결혼식하는 거야 뭐야. 민형은 지현의 행동이 황당했지만 죽도록 팬 죄가 있어 일단 시인하였다. 물론 민지에 대한 사랑과 증오의 감정은 여전했다.

"되었습니다. 이제 두 분은 서울로 돌아가세요. 그리고 예수 그리스도를 자신의 구세주로 영접해 보세요. 인간의 사랑은 영원할 수가 없습니다. 다 착각하는 것입니다. 주님을 마음 가운데 모시고 두 분이 사랑한다면 두 분의 사랑은 영원할 것입니다. 그럼 얼른 가세요. 조금 있으면 성당의 교우들과 교구 식구들이 몰려와서 두 분이 곤란해질 겁니다."

박지현은 두 사람의 손을 꼭 잡았다. 그리고 자기 가슴에 둘을 다 안고 포옹해 주더니 조용히 눈을 감고 침대에 누웠다. 두 사람은 무거운 마음을 안고 병원을 나와 서울 역삼동 집을 향해 어두운 경인가도를 달렸다. 11월의 찬 바람 속에서 낙엽이 이리저리 흩날리고 있었다.

제10장 절망 속의 몸부림

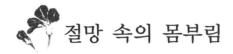 절망 속의 몸부림

박지현에게 엄청난 테러를 가하고 온 후 두 사람은 거의 남남처럼 변해 갔다. 우선 민형은 민지와 박지현의 끊을래야 끊을 수 없는 인연과 깊은 사랑에 절망했다. 민지는 민형이 박지현에게 가한 그 야수 같은 폭력성에 진저리를 쳤고 그가 도저히 사람 같지 않아서 다시는 상종하기조차 싫었다.

민형은 회사가 끝나면 바로 카페 르네로 가서 마담 양선미와 대작하는 것으로 저녁 일과를 시작하였다. 처음에는 맥주나 고급 위스키나 복분자주 같은 전통주를 아주 가볍게 마셨다. 그러나 민지와 지현에 대한 증오가 점점 그의 영혼을 파먹어 들어가자 그는 독한 술을 찾게 되었다. 폭탄주, 보드카, 배갈 등 온갖 독한 술을 찾고 또 찾았다. 점점 더 그는 술에 빠져들어 갔다. 그리고 얼마 후에는 소주를 즐겨 찾더니 매일 소줏잔을 곁에 끼고 살았다.

회사는 그저 형식적으로 나가면서 자신의 업무량을 간신히 소화해 내고, 오후 6시에 칼같이 퇴근하여 술집을 전전했다. 신용카드로 매번 결제하다 보니 첫달부터 술값이 엄청나게 나와 족히 월 300만 원 이상이 술값으로 나가고 있었는데 그 금액은 매월 집에다 가져다주는 급여의 3분의 2가 넘고 있었다. 민지는 그에게 날아 오는 신용카드 내역을 보고 한숨을 쉬었지만 돈 문제로 다투기 싫어 자신의 수입으로 파출부와 보모의 급여를 지불하고 월 200만 원도 안 되는 적은 돈으로 은행에 모기지론을 내고 남는 돈으로 겨우 목구멍에 풀칠하는 수준으로 살게 되었다. 결국 민형은 술을 먹지 않고는 도저히 잠을 잘 수 없는 지경의 알코올 중독에 빠지고 말았다. 집에 돌아와서도 반드시 소주 한 병 이상을 먹어야 잠이 들었다. 두 사람이 각방을 쓴 지는 오래 되었고 온 집안에는 그의 몸에서 풍기는 술 냄새가 진동하였으며 민지와 아이들은 그를 뱀 보듯이 피하게 되었다.

그는 지하실 서재에서 잠을 잤는데 민지가 가끔 내려가 보면 그가 한밤중에 자다가 일어나 컴퓨터 앞에서 무언가 열심히 작업을 하고 있었다. 처음에는 그가 회사의 밀린 업무를 처리하나 보다 생각하고 별로 신경을 쓰지 않았다. 그러나 어느 날 그녀가 지하실 서재에 밤늦게 불이 켜져 있어 내려가 봤더니 그가 그녀가 들어오자 얼른 컴퓨터를 꺼버렸다. 이상하다 싶었지만 그날은 그냥 넘어갔다.

그러나 그런 일이 몇 번 반복되자 그녀가 어느 날 그가 회사에 출근한 뒤 그의 서재에 내려가서 그의 컴퓨터를 열어보았다. 그의 하드 디스크에는 엄청난 포르노 하드 코어물이 저장되어 있었다. 그녀가 호기심이 동해 몇 편을 열어 보니 이건 정말 인간적으로 너무 야한 포르노들이었다. 그가 특히 즐겨 보는 것들은 레즈비언물인 것 같았는데 그 화면의 생생함과 깨끗함 그리고 그 표현성이 가히 예술 수준이었다. 거기다가 로리타 섹스, 호모섹스, 강간, 근친상간, 수간 등 발견된 온갖 변태적인 엽기물 등은 그녀로 하여금 그가 이제는 포르노 중독자가 되었고, 거의 변태로 변해 가고 있음을 확신케 했다.

그녀는 왜 남자들이 포르노에 중독되는지 이해할 수가 없었다. 너무도 더럽고 역겨웠다. 그녀는 상상 속의 민형의 모습에서 치한보다 더한 변태성욕자의 모습을 느꼈다. 그녀는 네이버 검색창에 들어가서 포르노 중독증 치료의 방법을 알아보았다. 모 의과대학의 정신병 전문의가 내린 결론은 중독자 본인의 결심 여하에 달려 있고, 결혼한 사람은 배우자가 성적 만족을 주어야 한다는 것이다. 그녀는 말도 안 되는 결론이라고 비웃고 컴퓨터를 꺼버렸다. 그녀는 더 이상 이 상태로 살다가는 애들을 굶길 수밖에 없는 상황에 처하리라고 보고 무슨 특단의 대책을 수립하지 않으면 안 된다고 속으로 결심했다.

민형의 음주 패턴은 일정했는데 술집에 앉아 혼자서 술을 홀짝거리기 일쑤였다. 그 동네 술집 마담들은 그에 대해 대부분 알고 있었으므로 그가 원하는 대로 온갖 서비스를 제공하려고 하였다. 하지만 그는 그 술집에서 가장 예쁘다는 호스티스나 주인마담과 그저 어쩌다 대작할 뿐 그들의 몸에는 손끝 하나 대지 않았다. 그는 그녀들과 2차, 소위 외박을 나가는 적이 절대 없었다. 그는 그저 취하고, 괴로워하고, 영혼을 파먹는 민지와 박지현에 대한 끝없는 증오 때문에 속으로 울고 또 울었다.

그러던 어느 날 그가 한참 르네 카페에서 양선미와 해롱거리며 술을 마시고 있는데 휴대폰이 요란하게 울려댔다. 아내 민지였다. 흥, 웬일이냐? 네가 나에게 전화를 다하고.

　　그는 무슨 일인가 하고 전화를 받았다.

　　"당신 어디예요?"

　　"나, 술집."

　　"지금 내가 그리로 갈 테니 어딘지 말해요."

　　"이리로? 야호! 드디어 우리 퀸께서 오신다고? 그래 와. 근데 우리 아기들은 어찌하고?"

　　"어딘지 빨리 말해요."

　　"여긴 회사 옆에 있는 르네 까페야, 르네. 근데 올 때 술값 좀 가져와. 알았지?"

　　잠시 뒤 그녀가 르네 카페에 모습을 드러냈다. 그녀는 그리 화난 모습도 아니고 덤덤한 표정이었다. 시간은 이미 저녁 8시가 넘어가고 있었다.

　　"양 마담, 인사하쇼. 이분이 그 유명한 연극배우 손민지셔. 소위 내 사랑스런 마누라지."

　　"어머, 반가워요. 영광이에요. 양선미라고 합니다. 정말 예쁘시네."

　　그녀는 손을 내밀었다. 민지는 그녀의 손을 잡으며 간단히 목례를 했다. 민지는 그녀의 눈 속에서 이글거리는 질투심과 함께 자신에 대한 노골적인 적개심과 선망을 느꼈다.

　　"나도 술 한 잔 주세요."

　　그녀가 양선미에게 말했다.

"무슨 술로 드릴까요? 맥주? 양주? 산사춘?"

"양주로 주세요. 얼음 넣지 말고 그냥 주세요."

"이봐, 당신 술 잘 못하잖아."

"왜, 난 술 마시면 안 돼요?"

"아니, 안 될 것은 없지만……."

두 사람은 건배를 했다. 양선미는 다른 손님들이 들어오자 얼른 그들을 맞이하러 다른 테이블로 갔다.

"어쩐 일로 여기까지 납시었소? 아기들은 어찌하고?"

민형은 오랜만에 이렇게 아내와 술집에서 마주하니 기분이 묘했다. 요염하게 화장을 하고 나온 민지를 보니 그녀에 대한 증오심이 사라지고 대단한 성적 매력을 느꼈다.

"아이들은 보모가 아직 퇴근을 안 하고 돌보고 있어요. 당신, 술이 그렇게도 좋아요?"

그녀는 양주잔을 홀짝이며 그 독한 맛에 얼굴을 찡그렸다.

"술은 모든 고통을 잊게 하지."

"대체 당신 고통이 뭔데요?"

"갖지 못할 것을 가지고 있는 나 자신에 대한 모멸감?"

"갖지 못할 것이 나예요? 우리 사랑이에요?"

"우리가 언제 사랑이 있었나? 그냥 우린 법적 부부일 뿐이지."

"이봐요, 민형 씨, 난 당신의 아내고 우린 사랑하는 사이였어요. 당신이 인천에 가서 그 난동을 부리기 전에는. 내가 결혼 후 언제 그분을 만났어요? 연락했어요? 왜 자신을 학대하고 난리예요? 당신 이젠 알코올 중독증에다 포르노 중독증까지 걸렸다는 거 알아요?"

양선미가 두 사람의 대화에 귀를 기울이고 있었다. 민형은 그녀의 호기심에 찬 눈초리를 느끼며 민지에게 나가자고 눈짓을 했다. 민지는 즉각 눈치를 채고 자신의 신용카드로 술값을 계산했다. 15만 원이 넘는 술값이었다. 민지는 피 같은 생활비가 이런 쓸데없는 술값에 낭비되자 너무도 아까웠다. 하지만 민형을 더 이상 이렇게 방치할 수 없었다.

민지가 술값 계산을 끝내고 밖으로 나오자 민형이 혼자서 저만큼 걷고 있었다. 민지가 종종걸음으로 쫓아가 그녀의 오른팔로 그의 왼팔에 팔짱을 꼈다. 그는 갑자기 신혼 초의 기분을 느꼈다. 선릉역 부근의 화려한 네온사인에 비친 민지의 얼굴은 어느 때보다 아름답고 섹시해 보였다. 그는 왠지 그녀에 대하여 음심이 발동하는 것을 느꼈다.

"오늘 당신 왜 그래? 뭐 잘못 먹었소?"

"오늘 밤 당신은 내 거예요."

"우와, 이거 세상이 잘못되었나?"

"오늘 근사한 호텔에 가서 우리 한 번 자요. 오늘은 내가 다 쏠게요."

"미치겠구만 이거. 좋아, 우리 한 번 같이 자자."

두 사람은 하룻밤에 35만 원이나 하는 삼성동 인터콘티넨탈호텔로 갔다. 호텔방의 입구는 한식 창호지 문의 형태였으나 내부는 양식으로 매우 편안하고 안정된 느낌을 주었다. 호텔방에 들어서자 민형은 마치 첫날밤같이 흥분되는 자신을 느꼈다. 소파에 앉은 민지가 굉장히 섹시해 보였다. 그는 자신의 술기운 때문인가 하고 생각했지만 양주 한 잔에 발그스레해진 민지의 얼굴은 어느 때보다 요염했다. 게다가 민지의 촉촉히 풀린 눈동자에서 민형은 그날 민지가 몹시도 자신과 함께하고 싶음을 느껴 흐뭇했다.

민지는 먼저 옷을 벗더니 민형에게 목욕을 시켜주겠다고 제안하였다. 민형은 아내로부터 그런 제안을 처음 받았으므로 많이 놀라고 어이가 없었다. 그 도도한 민지가 마치 하녀처럼 자신의 몸을 씻겨주겠다니 흥미롭기까지 했다. 기꺼이 그는 아내의 손에 이끌려 넓기가 10평은 넘는 듯한 호화스런 욕실로 들어갔다.

그녀는 그를 욕조 안에 앉히더니 샤워기로 그의 전신에 물을 뿌렸다. 그러고는 아주 향긋한 바디 샴푸로 그의 발끝에서 머리끝까지 거품이 일도록 했다. 민형은 마음이 풀리고 푸근해졌다. 그녀의 그 긴 섬섬옥수가 자신의 몸을 자극해 오자 그는 이상한 기분이 들고 마치 자신이 황제로서 시녀의 목욕 서비스를 받는 기분이 들었다. 그녀는 벌거벗은 몸으로 욕조에 들어와 그에게 목욕을 시켜주었다. 그리고는 부드럽게 그를 애무하기 시작하자 그도 그녀를 애무하기 시작했다. 민형은 실로 넋이 나갈 정도로 황홀해졌다.

"여보, 우리 침대로 가요, 네?"

민지의 코맹맹이 같은 비음에 그는 순간 불 같은 성욕이 일었다. 그가 침대 위에 눕자 민지가 그의 몸을 천천히 안마하기 시작했다. 그녀가 길고 가느다란 손으로 자신의 전신을 사랑스럽게 매만지자 그는 전신에 성감이 생기고 마음이 평안해짐을 느꼈다.

그는 그녀의 손길에서 사랑과 평안을 느꼈으며, 진심으로 그녀가 자신과 하나가 되고 싶어한다는 것을 느꼈다. 민형이 이윽고 자리에서 일어나 그녀를 눕히고 그녀의 전신을 애무하기 시작했다.

이윽고 자웅동체가 된 두 사람은 끝없는 열락 속에서 환희의 비명을 질러댔고 우주의 기운과 완전히 하나가 되는 사랑의 신비한 엑스터시를 경험하였다.

민형은 민지를 팔에 안고 그녀의 그 고혹적인 눈을 바라보았다. 아무리 들여다봐도 신비스럽기만 한 눈, 그는 그녀의 몸에서 절대적인 신비와 사랑을 느꼈다.

"여보, 사랑해요. 우리 이제 두 번 다시 헤어지지 말아요. 우린 영원히 한 몸이잖아요?"

민지가 사랑스럽게 말했다. 민지의 눈에 맺힌 한 방울의 눈물의 의미를 민형은 짐작하였다. 그렇다, 나의 사랑은 오직 그녀뿐이다. 소정의 천 년의 사랑도, 박지현의 관념적인 사랑도 다 헛된 망상일 뿐이다. 내 사랑, 내 몸의 반쪽인 그녀야말로 내가 가질 수 있고, 내가 지켜야 할 유일한 안식처인 것이다.

"여보, 사랑해요. 당신만이 내 영원한 사랑이고, 내 유일한 여자예요. 이제 당신의 과거 문제로 더 이상 당신을 괴롭히지 않을게요."

민지의 두 눈에 오색 다이아몬드가 영롱하게 맺혔다. 민형의 두 눈에도 오색 무지개빛의 진주가 찬란하게 생겼다.

그날 밤 이후 두 사람은 겉으로는 완전히 화해를 하는 것 같았다. 다음날 민지가 민형에게 앞으로 술을 마실 때마다 자신도 언제나 동행하겠다고 선언하고 또 자신도 그와 함께 포르노를 감상할 테니 그리 알라고 말하자 민형은 어이가 없었다. 하지만 민지의 독한 성격으로 보아 충분히 그럴 수 있다고 생각했다. 이후 여러 차례 민지는 연극이 끝나거나 연극이 없는 날 민형과 술집에 동행했으며, 심지어는 자신이 먼저 회사 앞에서 그를 기다리기도 했다. 그런 날은 술이라고 마셔봤자 얼마 못 마시고 그녀 손에 이끌려 집으로 일찍 오거나 선릉 앞의 모텔에 가서 함께 정사를 치르거나 하였다. 그녀와 함께 서재에서 포르노물을 몇 편 감상하기도 했지만 그녀가 그것을 즐기기보다는 역겨워한다는 것을 눈치 채고 부득이 자신의 컴퓨터에서 모든 파일을 삭제하여 버렸다.

그러나 이미 알코올 중독증에 걸린 민형의 음주벽은 하루아침에 고칠 수 없었다. 술을 안 마시면 그의 손이 떨리고 불안하여 좌불안석이 되었다. 그녀가 민형과 함께 알코올 중독 전문치료센터에 가서 그의 상태를 상담도 하고 치료도 받게 했지만 그때뿐이었다. 도저히 그의 음주벽은 치유가 불가능한 듯했다.

그는 이제 회사에서 퇴근하여 술집에 가서 술을 마시는 것이 아니라 집에다가 술을 박스로 사다놓고 마시거나 공원이나 산에 혼자 올라가서 마시고 인사불성이 되어 밤을 지새우기가 일쑤였다. 게다가 그녀의 감시를 벗어나서 동네 성인 인터넷방에 가서 다시 포르노물을 즐기고 있는 것 같았다. 그녀가 퇴근하다가 우연히 동네 성인 인터넷방에서 나오는 그를 가끔 목격했기 때문이었다.

요즘 그녀의 생활은 온통 뒤죽박죽이 되어가고 있었다. 민형의 음주로 말미암은 가계의 적자가 너무 심한데다가 서너 차례 밀린 모기지론으로 인해 은행에서 채무 이행 독촉장이 계속 날아오고 있었다. 그녀는 우선 파출부를 더 이상 오지 못하게 했다. 그리고는 연극하다 밤늦게 돌아와서는 피곤한 몸을 이끌고 자신이 모든 빨래며 살림이며 김치 담그는 일, 집안 청소하는 일까지 도맡아 처리해야 했다. 맞벌이 부부였기 때문에 보모만은 도저히 해고할 수 없어 그녀는 부족한 생활비를 줄이느라 허리띠를 졸라매야 했다. 회사에서도 민형의 근무 상태가 안 좋은데다 술에 절어 산다는 소문이 파다하자 사장이 어느 날 그를 불러 강력한 경고를 했다. 하지만 그의 이런 파행적인 생활은 도무지 나아지지 않고 악화만 되어갈 뿐이었다.

이런 상황 속에서 그들에게 너무도 비극적인 일이 발생하였다. 다섯 살 배기 지형이 집 앞에서 놀다가 달리던 뺑소니 오토바이에 치여 머리를 다치는 중상을 입게 된 것이다. 다행히 일요일이라 그들이 차에다 아이를 싣고 영동세브란스 병원 응급실로 내달렸다. 응급조치를 받았지만 지형이 깨어나지 않아 정밀진단을 받기 위해 입원 수속을 했는데 입원실이 없어 병원측 배려로 6인실 입원실이 날 때까지 독실에 있어야 했다.

영동세브란스 병원에 입원한 지형을 문병하러 신규희가 왔을 때 그녀는 민지와 민형의 몰골에 놀라고 말았다. 규희가 보니 반짝반짝 빛나던 그녀의 얼굴은 반 년도 채 안 되어 근심과 시름에 가득 차 있었고, 민형은 틀림없이 중병이 들었다고 판단될 정도로 초췌한 몰골이었다. 그의 입에서는 대낮인데도 술 냄새가 진동하고 있었다. 그녀는 소꿉친구의 연속되는 불행에 가슴이 너무도 아팠다. 두 사람은 병원 대기실에서 근황을 이야기하며 이 사태를 함께 걱정하였다. 규희가 문병을 하고 돌아가는 길에 내일 아침부터 자신과 함께 강남역 뒤 아가페교회에 새벽기도를 다니자고 민지를 설득했다.

지형이 의식이 깨어나려면 네가 지금 이렇게 한가롭게 앉아서 세상과 남편 탓만 해서는 안 된다는 게 그녀의 주장이었다. 우리 인생사는 다 하나님이 주장하고 계시는데 너의 이 온갖 불행은 두 사람이 다 하나님과 예수님을 믿지 않고 너희들 뜻대로 제멋대로 살아서 그렇다고 하면서 아이의 회복을 위해 하나님께 눈물로 매달려보자고 그녀에게 진심으로 호소했다.

민지는 집안 전통이 미신, 즉 샤머니즘을 추종하던 집이라 예수라면 딱 질색인 집안 분위기에서 자랐기에 처음에는 규희의 말에 심한 거부감을 느꼈다. 하지만 지형이가 삼 일이 지나도록 의식을 회복하지 못하자 모성의 본능으로 이제는 절대자에게라도 매달려 보아야 한다는 결론을 내리고 다음날부터 규희와 함께 새벽 5시 15분에 시작하는 새벽기도회를 나가기 시작했다.

첫날 새벽기도회에서 그녀가 놀란 것은 1,000여 명은 족히 될 듯한 많은 사람들이 새벽기도회에 참석하고 있다는 것이었다. 이렇게도 많은 사람들이 부지런도 하지, 어떻게 이렇게 일찍 일어나 새벽기도회에 참석하는지 놀랍고 신기할 따름이었다.

그날은 2007년 7월 중순의 화요일이었다. 사회를 보는 김철수 목사의 찬송 인도와 설교가 있었는데 그날 설교제목은 '회당장 야이로의 딸을 살리신 예수님' (눅 8:40-56)이었다. 그 성경 말씀은 유대교 회당장인 야이로가 열두 살 된 딸이 죽어가니까 예수의 발 앞에 엎드려 살려달라고 간구하였다. 예수가 그 집으로 가던 중 수많은 무리 사이에서 12년간 혈루증을 앓아왔으나 어떤 의원들로부터 치료가 안 되어 고통당하던 한 여인이 예수의 옷자락이라도 만지면 나을 것이라고 믿고 군중 속에서 몰래 예수의 옷자락을 만져 즉시 치료를 받았다. 즉각 자신에게서 능력이 나간 것을 알아차린 예수가 누가 내 옷을 만졌느냐고 묻자 그녀가 떨며 그 앞으로 나아가 자신의 질병과, 믿음과 나은 경위 등을 고백하였다. 예수는 그녀의 믿음을 칭찬하면서 그녀를 축복하고 보내셨다. 와중에 회당장의 딸이 이미 죽어 사람들이 예수께 오실 필요가 없다고 하였다. 예수는 자신이 그 아이를 살려주겠다고 장담하고 베드로, 야곱, 요한 및 그 아이의 부모를 데리고 죽은 아이가 누워 있는 방 안에 들어가 아이의 손을 잡고 "아이야, 일어나라" 하고 부르니 죽은 아이가 살아나서 부모에게 인계하였다는 내용이다.

김철수 목사의 설교의 핵심은 우리가 아프고 고통당하는 모든 것의 핵심은 우리가 우리 영혼의 주님을 믿지 않고 온갖 세상적인 욕망과 쾌락과 죄악을 행하여 하나님으로부터 멀어져 있기 때문이라는 것이다. 여기서 아픈 분들은 손들어 보라고 하니까 수많은 사람이 손을 들었다. 믿지도 엉겁결에 손을 들었다. 그는 함께 하나님께 믿음의 기도를 드리자고 하더니 큰 소리로 기도를 하였다.

"사랑의 하나님, 오늘 당신의 은총을 구하며 이렇게 많은 당신의 자녀들이 새벽부터 이 자리에 왔습니다. 주여, 저희들의 죄를 사하여 주시고 온 영과 혼과 몸에 숨어 있는 모든 병마를 나사렛 예수의 이름으로 물리쳐 주십시오. 죽은 자도 살리시는 주 예수시여, 당신이 원하신다면 여기에 있는 모든 환우들의 질병을 깨끗이 하실 수 있습니다. 저희는 아무런 능력도 권능도 없습니다. 오직 우리 주님께서 십자가에서 흘리신 보혈만이 우리를 구원하실 수 있사오니 주여, 우리를 구원하소서. 우리의 영육을 구원하소서. 당신만을 찬양하며, 당신만을 사랑하며 살아가는 여기 주의 권속들에게 당신의 크신 권능의 팔을 펴시어 믿음으로 치유되는 기적을 베풀어주소서. 주여, 주여, 주여!"

그의 기도 소리에 맞추어 모두가 아멘 아멘 하고 난리였다. 민지도 옆사람들 눈치를 보며 아멘 아멘 하였다. 진실로 우리 지형이가 살아날 수만 있다면, 이 한 몸을 바쳐서라도 내 아들이 살아날 수만 있다면, 예수면 어떻고 여호와면 어떠랴, 주여, 주여, 내 아들을 살려주소서!

민지는 울부짖으며 그들과 함께 기도를 했다. 목사의 설교와 기도가 끝난 후 민지는 30분도 넘는 시간을 통곡하며 지형이를 살려달라고 기도하였다. 옆의 규희 또한 지형이를 살려달라고 눈물로 기도하고 있었다.

두 사람이 실컷 울면서 기도를 하고 나니 배가 고팠다. 두 사람은 혹시 하나님이 자신들의 기도를 들어주셨을까 하는 생각이 들어 병원에 있는 민형에게 전화를 해보았지만 아직 아무런 차도도 없다는 퉁명스러운 대답만 들었다. 두 사람은 교회 근처 콩나물 국밥집에 가서 조반을 먹고 가기로 했다. 그리고 콩나물 국밥을 시켜 먹으며 대화를 나누기 시작했다.

"넌 참 타고난 하나님의 사람 같다. 어쩜 그렇게 교회 첫날인데 기도를 지성으로 할 수 있니?"

규희가 놀랐다는 듯 민지에게 말했다.

"글쎄, 절실하니까 그런지 정말 기도가 잘되더라. 이렇게 많은 사람들이 매일 새벽기도회에 나오니?"

"그럼, 토요일은 30분 전에 안 오면 본당에 들어갈 자리가 없어. 그날은 담임목사인 강현수 목사님이 예배를 인도하시는데 은혜가 충만하단다. 이번 주 토요일에 꼭 함께 출석하자."

규희는 한 불신자를 전도하는 것이 정말 기쁜지 좀 들떠 있는 것 같았다. 민지는 이런 규희의 태도가 기독교 신자들의 극성인지 사랑인지 헷갈렸다.

"이 교회는 참 뭔가 다른 것 같아. 모든 것이 살아 있는 것 같아. 신자들도 모두 친절하고 부드러운 것 같아. 그런데 넌 아까 그 성경에 나오는 이야기, 회당장 야이로의 딸을 예수가 살렸다는 이야기를 진짜 믿는 거야?"

민지는 도무지 그 이야기가 믿어지지 않았다. 어떻게 죽은 사람을 사람인 예수가 살릴 수 있단 말인가?

"응, 난 믿어. 그건 충분히 가능한 이야기야. 예수님은 사람이 아니라 하나님 자신이 이 땅에 내려오신 것이거든. 하나님은 누구시니? 바로 너와 나 그리고 우리 모두와 이 천지를 창조하신 분이야. 그분은 능치 못할 일이 없으시거든. 죽은 사람 살리는 것쯤 아무것도 아니야. 네가 예수님이 너의 영혼의 주인이고 구세주라고 진심으로 입술로 고백하면 너는 하나님의 자녀가 되는 엄청난 특권을 받는 거지. 즉 이제 너는 하늘나라의 시민이 되어서 영생을 누리는 거야."

규희는 신이 나서 민지에게 전도를 시작했다.

"기집애, 너 아주 예수쟁이가 다 되었구나. 너 도대체 나 모르게 언제 예수교 신자가 된 거냐?"

민지는 도무지 규희의 입에서 쏟아져 나오는 말이 신기하기가 그지 없었다. 그녀는 이 말을 하는 순간 맞아서 퉁퉁 부은 박지현의 얼굴이 생각났다. 그에게도 지형이를 살려달라고 기도를 부탁해볼까? 그의 아들이고 그는 하느님의 사제이니 만일 하느님이 있다면 혹시 그의 기도소리를 들어주지 않으실까?

"응, 사실 박지현 선생님이 신부가 되었을 때 나도 그처럼 예수 그리스도와 결합하여 한 몸이 되었지."

규희는 큰 비밀을 털어놓는 듯 엄숙히 말했다.

"너 그럼, 너도 박지현 선생님을 좋아했었구나, 그렇지?"

민지는 충격을 받아 어지러워지는 자신을 간신히 수습하고 규희에게 물음을 던졌다.

"그래, 나도 그분을 엄청나게 좋아했어. 하지만 그건 나 말고도 여러 명이야. 그 사람이 너에게 홀딱 빠져 있어서 우리는 그저 멀리서나마 그를 마음에 품고 살아온 거야. 너 경미라고 왜 우리 반에 키 크고 면장 딸이었던 애 있지? 걔는 수녀가 되었어. 우리는 박지현 신부에게 너처럼 인간적인 사랑을 받아보지는 못했지만 그와 그리스도 안에서 하나로 살아가고 있어. 예수님이 말하자면 우리 영혼의 신랑이야."

규희의 말이 좀 의기양양한 것 같아 민지는 기분이 나빴다. 자신은 이제까지 인간적인 사랑과 결혼, 출산, 갈등, 삶의 노고 속에서 온갖 풍파를 겪어왔는데 규희를 비롯한 여러 동창들이 박지현의 뒤를 따라 예수의 길을 걷고 있다니 기가 막혔다. 그녀는 자신도 좀 더 예수라는 사람에 대하여 알아봐야 하겠다고 생각했다. 두 사람은 그날 서로 서먹함을 느끼며 헤어졌다.

병원 입원실로 돌아온 민지는 아직도 깨어나지 못하고 있는 지형이의 손을 잡으며 다시 눈물을 뚝뚝 떨어뜨렸다. 민형은 아들이 이 지경인데도 아직 술에 절어 입에서 토할 것 같은 술 냄새를 풍풍 풍기고 있었다. 친아버지가 아니라 그런가 하고 민지는 그런 그가 몹시도 야속했다.

"어디 갔다 왔소?"

그는 의심어린 눈초리로 민지를 바라봤다.

"교회 새벽기도회에 갔었어요."

그녀는 지형의 손을 어루만지며 조용히 말했다. 갑자기 민형의 눈이 야수처럼 빛났다. 갑자기 그는 그녀에게 따라오라고 명령조로 말했다. 그녀는 그를 따라 병원 옥상으로 올라갔다. 그는 담배를 입으로 잘근잘근 씹으면서 사납게 물었다.

"왜 교회에 가는 거요?"

"지형이 회복을 빌러 규희와 함께 갔었어요."

"그자 땜에 가는 게 아니고?"

"기가 막혀서, 당신 아직도 나와 박 신부님을 의심하는 거예요?"

민지는 앙칼지게 반문했다. 아이를 낫게 해보자고 규희 따라 교회 새벽기도회에 나간 첫날부터 이런 시비조의 질문을 받으니 그녀는 기분이 확 상했다.

"앞으로 교회 같은 데 가지 마시오. 교회 다니는 인간들은 다 이중적인 것 같아. 겉으로는 착한 척하지만 속으로는 자신의 이익과 욕심에 따라 살아가는 아주 야비한 자들이야. 박지현이도 예외는 아니지."

그는 비아냥거리는 투로 말을 내뱉었다.

"이봐요, 당신은 그런 말 할 자격이 없어요. 당신의 술타령 때문에 우린 이제 굶어죽게 되었어요. 지형이 병원비는 어떻게 할 거예요?"

그녀는 정말 화가 나 있었다. 무책임하다 못해 한심하다는 경멸감이 들었다.

"당신이 교회에 나가면 누가 그 아이 병원비를 대준대? 내가 회사에서 대출을 신청해 볼 테니 기다려 봐요. 앞으로 절대 교회에 가지 마시오. 이건 가장으로서의 명령이요, 알겠소?"

민형은 엄숙하게 명령을 내리듯 말하고 회사로 출근했다. 민지는 답답했다. 하지만 자신은 또다시 일상으로 돌아가야 했다. 그녀는 보모에게 전화를 해서 병원으로 와서 지민을 돌보며 지형의 간호까지 부탁하였다. 보모가 흔쾌히 승낙하여 그녀는 지민에게 아침을 먹이고 옷을 갈아입히고 나서 보모가 도착하기를 기다렸다. 40여 분이 지나 그녀가 도착하자 민지는 집으로 돌아가 샤워를 하고 화장을 하였다. 그녀는 화장을 하면서 오늘 무대 위에서 공연될 〈회전문〉이라는 작품의 내용이 어쩌면 자신의 인생과 그리도 닮았는지 모르겠다고 생각하였다.

오후 1시경 극장에 들어서자 그녀는 갑자기 어질어질하였다. 새벽 잠을 설쳐서 그런가보다 하고 급히 타이레놀을 두 알 꺼내 먹었다. 잠시 뒤 조금 진정되는 것 같았다. 그날 그녀는 어떻게 3회 공연을 끝냈는지 모를 정도로 힘든 하루를 보냈다. 집으로 돌아오는 2호선 전철 속에서 그녀는 자신의 인생이 왜 이리 꼬여 가는지 한심하다는 생각이 들었다. 전철 안에 앉아 잠깐 졸고 있는데 갑자기 핸드백에서 휴대폰이 울려댔다. 받아 보니 놀랍게도 박지현 신부였다. 민지는 가슴이 쿵쾅거렸다. 어떻게 자기 아들이 아픈 것을 알고 전화했을까? 옆에 누군가 없나 둘러보고 나서 그녀는 전화를 받았다.

"신부님, 어쩐 일이세요?"

이제 그녀는 그의 호칭을 선생님에서 신부님으로 부르는 것이 마땅하다고 생각했다. 예전 같았으면 그의 전화를 받으면 가슴이 설렜겠지만 삶에 찌들어가는 요즈음 그녀는 모든 것이 짜증만 나는 상황이었기에 그의 급작스런 전화에도 별로 깊은 감흥이 없었다.

"아들이 많이 아프다며?"

그는 근심어린 목소리로 물었다. 그녀는 갑자기 눈물이 핑 돌았다. 그래요. 나와 당신의 아들이 지금 몹시도 아프답니다. 살지 죽을지 모르겠어요. 다 우리의 죄악 때문일까요?

"벌써 나흘째 의식이 안 돌아오고 있어요. 그런데 어떻게 아셨어요?"

"응, 규희에게서 들었어. 규희가 우리 중보기도팀에 연락을 한 거지. 너 그때 해남여고 동창들 중 나랑 가깝던 애들이 만든 막달레나 마리아 중보기도회가 있다는 거 모르지?"

"중보기도회가 뭐예요?"

그녀는 엉뚱하다는 느낌을 받으며 물었다.

"중보기도회란 여러 사람들이 기도의 네트워크를 형성해서 무슨 기도 제목이 생기면 합심으로 기도를 해주는 모임이지. 현재 5명인데, 네가 가입하면 이제 6명이 되는구나. 우린 벌써 10년 이상 이 모임을 운영해 오고 있단다. 이번에 네가 당한 일을 위해 모두 합심으로 기도하기로 했다. 이 세상에는 사람의 힘으로 안 되는 일이 너무나 많단다. 하느님께 기도로 비는 수밖에 없는 일이 수두룩하지. 내가 전화한 것은 네가 처음 교회를 나갔다고 하는데 우선 축하한다. 절대 중도에 포기하지 마라. 그리고 네 남편이 몹시 핍박하더라도 절대 대들거나 싸우지 말고 조용히 순종하며 신앙만은 목숨 걸고 지켜라. 네 아들 지형이를 위해 모두 힘껏 기도할 테니 너도 열심히 교회를 다녀 꼭 하느님의 자녀가 되거라."

박지현은 그녀의 아들이 아픈 것을 문병도 할 겸 성직자로서 이제 막 교회에 발을 내디딘 그녀를 격려하기 위해서 전화를 한 것이었다. 민지는 그 말을 들으며 그래요, 당신의 아이예요, 아버지가 아들을 위해 중보기도인가 뭔가를 가동하는군요 하고 생각했다.

그녀가 그의 부상당한 상처가 다 치료되었는지 묻자, 그는 자신은 다 나았으며 자신은 평생 민지와 민형 그리고 두 아이의 영혼과 범사에 잘되기를 기도하겠다고 말하며 전화를 마무리하였다.

민지는 가슴이 몹시 아려 왔다. 이분이 차라리 기독교 목사가 되었더라면 그와 결혼하여 행복하게 살았을 텐데, 왜 하필이면 천주교 신부가 되어 이렇게 힘들게 사는지 이해할 수가 없었다. 물에 빠져 죽은 약혼자와 태중의 아이가 죽은 것은 어쩔 수 없는 일인데 그걸 평생 살인했다고 의식하며 살아가는 그가 못내 이상했다. 이제는 애틋한 남자로서의 그가 아니라는 느낌에 민지는 자신의 자아가 많이 늙었다고 생각했다.

집에 돌아와서 부엌을 치우고, 쓰레기를 갖다버리고, 빨래를 세탁기에 돌리며 민지는 점점 어지러워져 오는 자신을 주체할 수가 없게 되자 소파에 누워 숨을 헐떡였다. 그녀는 민형에게 휴대폰으로 전화를 했으나 그는 전화를 받지 않았다. 아들이 의식이 깨어나지도 못한 상태에서 또 술타령인가 생각하니 증오감이 치밀었다. 내가 지금 아프면 안 되는데 하고 생각한 그녀는 다시 타이레놀을 두 알 꺼내 먹고 정신을 간신히 차려 병원으로 가져갈 음식들을 급

히 만들었다. 그리고 밤 11시가 다 되어서 아픈 몸을 이끌고 영동세
브란스 병원으로 갔다.

보모는 담당의사가 다녀갔는데 곧 아이의 뇌를 수술해야 할 것
같다고 말하며 보호자와 내일 오전 10시경 회진 시간 후에 직접 면
담을 원한다고 하더라는 말을 민지에게 전했다. 민지는 억장이 무
너지는 것 같았다. 뇌 수술이라니, 이 어린 게 뇌 수술이라니, 민지
는 현실을 믿을 수가 없었다. 민지는 새벽기도회고 중보기도회고
하나님이고 예수고 나발이고 다 소용없는 짓 같았다. 그녀는 지형
의 손을 붙잡고 숨을 죽이며 흐느껴 울었다. 지민이가 다가와 "엄
마, 왜 우더? 우디마" 하고 말하자 그녀는 지민을 끌어안고 통곡하
였다.

그녀는 병원비에 수술비에 모든 것이 막막했다. 회사에서 대출
을 알아본다던 민형은 소식도 없었다. 분명 또 어느 술집에 앉아 술
타령을 벌이고 있을 것이 틀림없었다. 지긋지긋한 인간이라는 생각
이 들었다. 민지는 이 상황을 어떻게 할 것인지 고민하고 또 고민하
였지만 뾰족한 대책이 없었다. 그녀는 자신의 무능과 남편의 무관
심에 한탄하며 괴로워하다가 지형이 옆자리에서 지민이를 옆에 끼
고 잠에 곯아 떨어졌다.

한편 민형은 오늘 회사에 신청한 대출금이 2-3일 안에 결재가
난다는 말을 듣고 안심하고서는 아무래도 지형이를 위해 자신이
직접 조상 신들에게 기도를 해야 하겠다고 결심했다. 그래서 그는
회사에 만 3일간을 아들 간호를 핑계대고 휴가를 냈다.

원래 그의 집안은 대대로 무속을 믿는 집안이었는데 그래서 그
런지 민형은 어려서부터 민족의 전통 종교와 문화 및 무도 등에 관

심이 많았다. 홍익대 전산학과에 다닐 때 단군교 계통의 단전호흡 동아리에 들어 활동했던 관계로 그는 자주 강화도 마리산의 참성단에 가서 기 훈련과 기도를 하곤 했었다. 그는 오늘 조퇴하고 난 후 늦은 오후라도 참성단에 가서 3일간 목욕재계하고 단식하며 지형이를 위해 하늘과 땅과 조상들에게 기도를 해야 하겠다고 결심하였다. 그는 민지에게 전화를 걸까 하다가 비웃음을 받을 게 분명하므로 혼자서 산 기도를 가기로 하였다.

그는 회사에서 오후 4시쯤 나와 근처 사우나에서 깨끗이 몸을 씻은 후 집에 들어가서 개량 한복으로 갈아입었다. 그리고는 강화를 향하여 차를 몰았다. 오후 시간이라 그런지 길이 몹시 막히더니 서울 행주대교 남단을 거쳐 김포 방향 48번 국도를 들어서자 김포 부근에서 대형 추돌사고가 있어 30분 이상을 차가 거북이 걸음을 해야 했다. 간신히 강화대교를 거쳐 강화 읍내에 들어서서 그는 간단한 제수를 준비하고 난 후 부지런히 화도면의 마리산을 향하여 차를 몰았다.

그는 마리산 아래 주차장에 차를 세우고는 약 1시간 반 동안 부지런히 걸어서 참성단에 도착하였다. 숨이 차고 온 몸이 쑤시고 다리가 후들거리며 입에서는 단내가 날 정도로 힘이 들었다. 하지만 비록 친자식은 아니라 하더라도 5년을 기른 금쪽 같은 자식을 살려야 한다는 심정으로 그는 악착같이 마리산 참성단으로 가는 길고 긴 917개의 계단들을 기다시피 올라갔다. 도처에 입산금지라는 팻말이 붙어 있었고, 적발되면 벌금 100만 원형이라는 위협적인 경고 문구가 있었지만 그는 3일 밤낮을 여기서 지형이 회복을 위해 기도할 작정이었다.

이미 저녁 8시가 다 되어 참성단 주변은 칠흑 같은 어둠에 잠겨 있었다. 그는 지형이 나이와 같은 큰 양초 6개에 불을 붙여서 제단에 올려놓고 싸가지고 온 삼색 나물과 삼색 과일 및 쌀 등을 진설하였다. 그리고 나서 삼고구배를 한 후 무릎을 꿇고 아까 낮에 회사에서 정성 들여 써가지고 온 축문을 읽기 시작했다.

"하늘과 땅과 인간을 주관하시는 삼신하느님 그리고 우리 조상 환인, 환웅, 단군 왕검님들이시여. 오늘 이 불초 후손 김민형이 아들 6세 임오 갑진 무진 을묘 사주를 가진 김지형의 회복을 위하여 3일 단식하며 서원기도 올리나이다. 대저 아이들은 삼신할미의 보호 아래 있으니 우리 아들 하루 빨리 의식을 회복하게 도와주시고 불초 후손이 아비로서 아이를 이후 잘 기를 수 있도록 도와주소서. 비나이다 비나이다 삼신께 비나이다, 조상 신께 비나이다. 아이의 목숨을 살려주셔서 눈 번쩍 뜨게 하시고 튼튼하고 훌륭한 장부 되어 국가 동량지재 되게 인도하여 주소서. 비나이다 비나이다 삼신께 비나이다"

민형은 술기운이 떨어지자 팔다리가 후들거렸지만 불쌍한 자식을 생각하며 참고 또 참으며 지성으로 기도를 하였다. 그러자 갑자기 바람이 휙 불어와 여섯 개의 촛불이 다 꺼져버렸다. 이 무슨 불길한 징조인가. 지형이가 죽을 건가? 그는 다시 라이터를 켜서 여섯 개의 촛불을 켰다.

시간이 너무 느리게 가고 있었다. 온 몸이 얼어맞은 것처럼 쑤셔오자 제수로 사온 술이 먹고 싶어 안달이 났다. 하지만 그는 아들을 살리려면 꼬박 3일간을 물 한 모금 안 먹고 단식을 해야 한다고 이미 결심했기에 이를 악물고 술의 유혹을 참고 또 참으며 그가 믿는 신들을 향하여 기도를 올리고 있었다. 산 아래와 주변에서는 늑대인지 승냥이인지 짐승들의 울음소리가 요란해서 두려움을 안겨주고 있었다.

그는 밤새 기도를 하다 졸다, 기도하다 졸다 그러기를 반복하더니 참성단 앞 땅바닥에 쓰러져 깜빡 잠이 드는가 했다. 이때 갑자기 그의 앞에 십자가가 나타나더니 십자가에서 붉은 피가 줄줄 흘러내렸다. 민형은 잠을 깨어 이상하다, 왜 십자가가 보이지? 마누라가 또 교회 새벽기도회에 갔는가 하고 생각하며 다시 일어나 기도를 시작했다. 그러다 또 꼬박꼬박 졸기 시작하는데 이번에는 박지현의 얼굴이 떠오르는 것이 아닌가? 그는 벌떡 일어나면서 재수없다고 생각하며 또 기도를 시작하였다. 여하튼 민형은 만 3일 밤낮을 금주 금연 금식 금색을 실천하며 아들 지형이를 살린답시고 최대한의 치성을 드렸는데 엉뚱하게도 그곳 참성단에서 이상한 기독교적인 신비한 현상들을 많이 체험하였다는 것이다. 여하튼 그는 그곳에서 등산객들이나 관리사무소 직원들의 과태료 부과 여부 등에 전혀 신경을 쓰지 않고 자기가 믿는 조상신들에게 지형을 위한 단식기도를 하며 지내고 있었다.

다음날 아침도 시간이 되자 여지없이 규희에게서 새벽기도회에 가자는 전화가 민지에게 걸려왔다. 그녀는 시큰둥했지만 이미 병원에 도착해서 가자고 우기는 규희로 인해 도살장에 끌려가는 소처럼 마지 못해 아가페교회 새벽기도회에 또 참석하게 되었다. 오늘 인도하는 목사는 홍인환 목사였는데 설교제목은 '한나의 기도' (삼상 1:9-11)였다. 그 성경 내용은 다음과 같았다.

사사시대가 끝나갈 무렵, 에브라임 사람 엘가나에게는 한나라는 아내와 브닌나라는 두 아내가 있었는데 브닌나는 자식이 있고 한나는 자식이 없었다. 엘가나는 매년 실로에 올라가서 여호와께 제사를 드리고 오곤 했는데 한나를 더 사랑하므로 그 제물의 분깃을 브닌나와 그 자식들보다 갑절을 주었고 브닌나는 자식이 없는 한나를 항상 경멸하여 격분시켰다. 한나는 견디다 못해 실로에서 여호와에게 서원 기도를 하는데 하나님께서 자신에게 자식을 주시면 그 아이를 하나님께 바치겠다고 서원하였다. 이를 받아들이신 하나님께서 그녀에게 아들을 주시니 그가 사사시대와 이스라엘 왕국 시대를 잇는 징검다리 역할을 한 사무엘이라는 사람이다. 그녀는 아들이 태어난 후 약속을 지켜 어린 아들의 젖을 떼자마자 하나님의 사람 엘리에게 보내어 하나님을 섬기게 하였다는 것이다.

홍인환 목사의 설교 요지인즉 우리 인간들은 생명이 왔다갔다 하는 수술을 앞에 두고 있거나, 큰 사업을 목전에 두고 있거나 큰 선거 등을 앞두고 있으면 꼭 하나님께 도와 달라고, 이번에 도와주시면 반드시 하나님께 여차저차하게 은혜를 갚겠다고 서원을 드리고는 한다. 하지만 화장실에 갈 때와 화장실에서 나올 때가 다른 것이 간사한 인간의 본성이다. 그러나 하나님은 반드시 당신에게 성도들이 한 서원 기도를 모두 기억하고 계신다. 그래서 그 서원을 이행하지 않는 성도들에게는 거기에 합당한 축복을 빼앗아 가버리시며 그 성도가 회개하기 전에는 절대 다른 축복을 허용하지 않으신다. 여기 성경 속의 한나를 보라. 얼마나 귀한 아들인가? 그가 없을 때 아이 없는 여자로서 온갖 수모와 망신을 당했는데 그를 하나님께서 주시자 젖을 떼고 바로 하나님께 돌려드렸다. 그러자 하나님은 그녀를 더욱 축복하시어 세 아들과 두 딸을 더 주셨다. 여러분들도 잘 알다시피 이 아이가 바로 위대한 사무엘 선지자이다. 그는 사사(재판관)이자 총사령관이었고 예언자로서 사울 왕을 세웠고 또 사울이 하나님을 버리자 다윗 왕을 세워 이스라엘 왕국의 토대를 든든히 세웠지 않은가? 여러분도 잘 생각해 보라. 혹시 하나님께 서원하고 하나님이 들어주셨는데 그 서원을 이행하지 않은 것이 있는가를. 서원 기도, 그것은 바로 하나님과의 약속이며, 축복의 통로이며, 하나님을 영광스럽게 할 수 있는 길이다…….

이런 내용을 귀기울여 들으면서 민지는 자신도 하나님께서 지형이를 살려주시면 하나님께 바치겠다고 서원기도를 해보면 어떨까 그러면 하나님께서 그를 살려주시지 않을까 생각하였다. 목사의 설교와 기도가 끝난 후 통성 기도 시간에 민지는 자신도 한나를 흉내내어 하나님께서 이번에 지형이를 살려주시면 하나님께 바치겠다는 서원기도를 하고 말았다.

그날 오전 지형이 주치의를 만나기 전 민지는 민형에게 전화를 시도했지만 여전히 그의 전화는 불통이었다. 민지는 가슴에 천불이 났다. 사랑하는 아들이 다 죽어가는 이때 애비라는 자가 밤새 어디에서 술을 퍼먹고 고꾸라져 자고 있을 생각을 하니 그 인간이 죽이고 싶도록 미웠다. 차마 자기 핏줄이 아니라고 죽기를 기다리는 것은 아닌가 하는 극단적인 생각까지 들었다.

오전 10시가 조금 지나 그녀는 주치의 고형길을 만나러 그의 진료실로 들어갔다. 그는 웬 필름을 불빛에 비춰보고 있었다. 그는 40대 초의 약간 느끼운 형의 의사였는데 도수 높은 안경을 쓰고 말할 때마다 입안 양 옆에서 찬란한 황금니가 드러났다. 그는 민지를 보자 몹시 반가운 표정을 지었다. 자신도 민지의 팬이라고 소개하며 악수를 청해 민지는 다소 마음이 편해졌다. 그는 지형의 차트와 두 뇌 MRA 촬영 필름을 민지의 앞에다 놓고 아주 쉬운 용어로 친절하게 지형의 증세를 설명하기 시작했다. 그는 민지의 몸에서 나는 화장품 냄새를 코로 슬쩍 음미하며 그녀의 날씬한 몸매와 섹시한 다리에 침을 꿀꺽 삼키고 있었다.

"에 또, 지금 보시는 왼쪽 머리 아래 부분 여기 혈관에 피가 고여서 지형이가 의식을 회복하지 못한다고 우리 의료진은 판단하고 있습니다. 원래 뇌진탕으로 의식을 잃을 경우 수 시간 내에 의식을 회복하는 것이 일반적입니다만 이 아이의 경우 뇌가 심하게 흔들리면서 뇌혈관이 터졌습니다. 거기서 흘러나온 피가 고여서 대뇌의 혈관이 정상적으로 피의 공급을 받지 못함으로써 대뇌기능이 지금 정지되어 있다고 봅니다. 에 또, 그런데 문제는 이 수술이 좀 위험하다는 것입니다. 에 또, 수술 후 자칫 잘못하면 식물인간으로 평생을 저렇게 살 수도 있습니다. 에 또, 저희들로서는 현재 수술하여 뇌에서 혈전을 제거하고 뇌의 기능을 정상화시켜 에 또, 의식을 회복하기를 기대할 수밖에 없다는 결론입니다."

민지가 그 사진을 보려고 몸을 앞으로 내밀자 그녀의 가슴 앞 패인 부분의 탐스러운 젖봉우리가 그의 도수 높은 안경너머로 보였다. 그는 자꾸 앞으로 고개를 숙이며 그 부위를 감상하려고 하였다. 민지는 그의 이상한 태도를 눈치 채고 정색을 한 후 모기만한 목소리로 물었다.

"회복될 가능성은 있나요?"

"에 또, 100퍼센트 장담드릴 수는 없습니다."

그는 이렇게 말하며 그녀의 가슴 부위를 아쉬운 듯이 주목했다.

"그럼 죽을 수도 있겠네요?"

그녀는 금세 울상이 되어가고 있었다.

"에 또, 죽고 사는 것은 절대자에게 속한 것이고 에 또, 우리는 최선을 다할 뿐입니다. 에 또……."

그녀는 잽싸게 말을 잘랐다.

"그럼 수술비는 얼마나 들까요?"

"에 또, 아마 1,500 정도는 들 겁니다. 에 또, 의료보험도 일부밖에는 안 됩니다."

민지는 암담했다. 자신들이 살고 있는 역삼동 집도 지금 은행에서 경매에 넘기겠다고 계속 독촉을 받고 있는 마당에 자신의 능력으로 1,500만 원을 무슨 수로 마련하나. 게다가 입원비 등을 생각하니 앞이 캄캄했다. 그녀가 언제쯤 수술할 예정이냐고 물으니까 그는 5일 이내에 수술에 들어가지 않으면 생명도 위험하다고 하였다. 그녀가 알겠다고 하면서 수술비는 언제 내야 하느냐고 물으니 수술 전까지는 원무과에 내야 한다고 하였다. 나흘 안에 그 큰돈을 마련해야 한다고 생각하니 앞이 캄캄했다. 그녀가 그에게 가볍게 목례를 하고 나오려니까 그가 그녀에게 종이 석 장을 내밀며 사인을 부탁했다. 그녀는 어이가 없었지만 그가 지형의 생사를 쥐고 있는 주치의라 어쩔 수 없이 사인을 해주었다. 그는 자기 명함을 주면서 힘들고 어려운 일이 있으면 언제라도 연락을 달라고 금이빨을 번쩍이며 말하였다.

그날 민지는 연극을 하러 극장으로 출근하기 전 지형의 수술비를 마련하기 위해 빌려 줄 만하다고 판단되는 사람 몇 명에게 전화를 해보았지만 모두들 딱 잡아떼는 것이 아닌가? 평생 남에게 단

돈 100원짜리 한 번 빌려 본 적이 없는 그녀였다. 그녀는 생각다 못해 해남집을 담보로 어디서 사채라도 빌려볼까 생각하고 일간지에 광고를 내는 몇 군데 큰 사채업자들에게 전화를 해보았더니 그런 집은 거저 줘도 들어갈 사람이 없다고 하면서 전혀 담보 가치가 없다고 잘라 말하였다.

절망한 그녀는 남편에게 계속 문자 메시지를 보내고 음성녹음을 남기고 별짓을 다했지만 아무런 소식이 없었다. 이 인간이 어디서 술을 먹고 비명횡사를 했나 하는 생각이 들자 한편으로 걱정이 되기 시작했다. 그녀는 갑자기 회사에 전화를 해보면 되겠구나 하고 생각했다. 회사에서는 그가 만 3일간 아들 간호를 한다고 휴가를 내고 요즘 안 나온다는 것이다. 기가 막혔다. 아들 간호를 해? 어디서 분명 술이나 마시며 딩까딩까 놀고 있다는 판단을 안 할 수 없었다.

출근 전 계속 돈 때문에 고민하던 그녀는 우선 일을 하고 오자고 마음먹고 극장으로 발걸음을 옮겼다. 그날도 몸에 열이 나고 머리가 빠개지는 듯 아파서 그녀는 온갖 고통을 겪으며 간신히 연극을 마치고 집에 돌아와 집안일을 마치고 음식을 장만하여 다시 병원으로 왔다.

병원에 왔을 때 백지장처럼 창백한 지형을 보자마자 그녀는 아이를 붙잡고 속으로 울었다. 그때 갑자기 박지현의 얼굴이 그녀의 뇌리에 떠올랐다. 아이 아버지이니 부탁을 한 번 해보는 것이 좋지 않을까? 이러다 아이가 죽으면 어찌하나? 이 아이가 죽으면 나도 죽은 몸이다.

그녀는 이런 생각을 해보았지만 한편 강하게 그런 생각을 부정했다. 아니다, 이 아이의 아빠는 어찌되었건 이제껏 핏덩어리에서부터 기른 민형이다. 그 사람은 씨만 뿌렸지 아버지로서 아무것도 한 게 없다. 민지가 복잡한 상념에 잠겨 들다 노곤한 몸을 견디지 못하고 잠에 빠지려고 하는데 규희에게서 전화가 왔다. 민지는 내일 아침 또 기도하러 가자는 소리이겠지 하고 시큰둥한 목소리로 전화를 받았다.

"민지야, 너 오해 말고 내 이야기 들어라. 이건 절대 전도하자는 것이 아니고 네 아들을 살려보자고 하는 거니까 잘 들어라. 지금 거기 네 신랑 있냐?"

이 기집애가 지금 무슨 자다가 봉창 두드리는 소리야?

"왜 그래? 무슨 일이 있니? 지형 아빠는 벌써 이틀째 행방불명이다. 왜 그러는데?"

민지는 뭔가 좀 이상한 낌새를 챘다.

"저기 우리 막달레나 마리아 중보기도회 있지? 그 모임 애들이 지형이에게 찾아가서 직접 기도를 해주고 싶대. 근데 박지현 신부님이 직접 걔네들과 함께 가서 네 아들에게 안수기도를 해주고 싶다는 거야. 괜찮겠니? 네 남편이 지금 없으면 우리가 오늘 모임이 끝났는데 지금 가면 안 될까?"

민지는 박지현이 지형이를 보는 순간 틀림없이 붕어빵처럼 생긴 자기 아들이라고 확신할 것이다. 이거 큰일 아닌가? 그렇다고 오지 말라고 할 수도 없고 이거 무슨 난리냐? 그녀는 당황해서 어찌할 바를 몰랐다. 시계를 보니 밤 9시를 겨우 넘기고 있었다. 거절할 명분이 없었다. 아들을 위해 중보기도하러 오겠다는데 어떻게 거절하나? 그러나 아, 박지현이 지형이를 보면 안 되는데, 이거 어떡하나? 그녀는 안절부절 못하였다.

"네 남편이 온다 해도 자기 아들을 위해 기도하러 왔다는데 뭐 별일 없겠지? 우리가 지금 청담동 우리 집에 모여 있으니까 곧 그 병원으로 갈게."

규희는 일방적으로 말하고 전화를 끊었다. 민지는 우선 거울을 들여다보며 부스스한 머리를 매만졌다. 화장실에 들어가 얼른 세수를 하고 간단한 화장을 했다. 그리고는 지형이를 알아보지 못하도록 이불을 코 아래까지 씌워 가렸다. 그리고 그녀는 초조히 그들을 기다렸다. 그녀는 오늘 밤도 남편이 오지 않기를 하나님께 빌었다. 한 20여 분 뒤 박지현 신부와 4명의 해남여고 동창생들인 신규희, 조경미(수녀), 박해경(복음성가 가수), 김지혜(목사 사모)가 좁은 지형의 입원실을 가득 채웠다.

"민지야, 정말 오래간만이다. 넌 여전히 예쁘구나. 하나도 변한 데가 없네."

복음성가 가수이며 미혼인 박해경이 호들갑스럽게 말했다. 고등학교 때 가수가 된다고 한 번 가출하여 학교와 동네를 발칵 뒤집어 놓았던 애가 이렇게 하나님을 찬양하는 가수가 되다니 참으로 믿기지 않았다.

"민지야, 네가 하느님 아버지께 돌아오게 되어 참 기쁘다."

잿빛 수녀복을 입은 조경미는 아직도 애잔한 것이 옛날과 하나도 달라진 것이 없었다. 게다가 눈가에 진 잔주름은 그녀가 벌써 서른세 살의 나이라는 것을 말해 주고 있었다.

"민지야, 그간 혼자서 얼마나 힘들었니? 우리는 네가 그리 유명한 연극배우라 바쁠 것이라고만 생각하고 연락을 못했어. 이제 우리 서로 하나님 품안에서 함께 잘 지내자."

약간 신경질적으로 항상 내성적이고 혼자만의 세계에 빠져 지내던 김지혜가 대전 목원대에서 현재 감리교 목사인 남편을 만나 목사 사모가 된 것은 민지도 규희에게 들어 잘 알고 있었다. 그녀는 옛날과 달리 살이 약간 찌고 성격이 많이 부드러워진 것 같았다.

박지현 신부는 문에 들어서자마자 민지가 자신들을 반기기보다 몹시 당황해하는 것을 느끼고 무언가 이상한 낌새를 챘다. 그가 민지의 눈을 뚫어지게 바라보았는데 그것이 민지를 더욱 불편하게 만들었다. 어찌되었든 그들 5명은 간호사실에서 접이 의자를 빌려다가 박지현 신부를 중심으로 앉고 오늘 밤새 지형이를 위해 중보기도를 하기로 했다고 일방적으로 민지에게 통고했다. 민지는 그저 민형이 오늘 밤 돌아오지 않기를, 그리고 박지현이 지형이 얼굴을 보지 못하게 되기를 하나님께 빌었다.

박지현이 모두를 자리에 앉히고 약식 예배를 집도하기 시작했다. 그들은 찬송가 300장(통일 406장) '내 맘이 낙심되며'를 개회 찬송으로 불렀다. 박지현 신부는 가톨릭 신부지만 기도회 회원 대부분이 개신교인이므로 개신교식 예배를 집도하였다.

내 맘이 낙심되며 근심에 눌릴 때
주께서 내게 오사 위로해주시네
가는 길 캄캄하고 괴로움 많으나
주께서 함께하며 내 짐을 지시네
그 은혜가 내게 족하네 그 은혜가 족하네
이 괴론 세상 나 지날 때 그 은혜가 족하네

민지는 이 찬송가가 어쩜 자신의 입장과 그리도 똑같은지 듣는 순간 눈물이 앞을 가렸다. 그녀는 눈물을 애써 참고 끝까지 찬송가를 따라 불렀다.

다음에는 교독문 9번 시편 23편의 합독이 있었다. 다음으로 하나님의 말씀은 요한복음 11장 32절에서 44절까지로 죽은 지 나흘이나 돼서 이미 시체 썩는 냄새가 진동하는 막달라 마리아와 마르다 자매의 오라비 나사로를 예수께서 살리신 내용이었는데 조경미 수녀가 이 부분을 읽었다. 박지현 신부는 간략한 강론을 했는데 요지는 우리 주님은 하나님이시고 죽은 자도 살리실 수 있는 권능을 가진 분이시니 그분의 십자가 보혈을 믿고 우리 모두가 중보기도에 힘쓰면 지형이가 의식을 회복할 것이라는 확신에 찬 내용이었다.

민지는 40절의 "예수께서 이르시되 내 말을 네가 믿으면 하나님의 영광을 보리라 하지 아니하였느냐 하시니" 이 부분을 읽을 때 가슴이 찡해짐을 느꼈다. 네가 믿으면 하나님의 영광을 보리라, 네가 믿으면 하나님의 영광을 보리라. 민지는 이 구절을 머릿속으로 외우고 또 외웠다. 그렇다, 이들은 모두 예수가 하나님이라는 것을 믿는다. 나도 그를 믿어야 한다. 그러나 나에게는 아직 예수가 하나님이고, 구세주라는 믿음이 없다. 민지는 이런 상념을 내내 하고 있었다.

박 신부의 강론 뒤에 신규희 - 조경미 - 박해경 - 김지혜 - 손민지 - 박지현의 순서로 지형의 회복을 위한 중보기도가 이어졌다. 박지현이 기도를 시작하자 민지는 울음이 왈칵 쏟아져 나와 부득이 화장실에 가서 잠시 있다가 곧 나왔다. 박 신부는 그녀에게 근심어린 표정으로 괜찮으냐고 물었고 민지가 고개를 끄덕이자 다시 중단한 기도를 처음부터 시작했다.

"살아서 언제나 우리 인생을 감찰하시고 우리의 죄와 허물을 사하시며, 당신의 양들을 위하여 언제나 천국의 값진 생명과 보화를 우리에게 주시어 당신을 찬양하게 하시고, 우리 인생들이 당신의 영광을 보게 하시는 하느님의 은혜에 언제나 감사와 찬송과 존귀와 영광을 아버지 하느님께 바칩니다. 주여, 죽은 지 나흘 된 나사로를 살리신 당신의 크신 권능의 팔을 오늘 펼치사 당신의 사랑하는 딸 손민지의 둘도 없는 아들 김지형을 살려주시옵소서. 그의 막힌 의식을 뚫어 눈을 뜨게 하시고, 그 눈이 주의 영광을 보게 하소서. 사랑하는 주님, 우리는 죄인이로소이다. 당신만이 우리를 거룩하게 하실 수 있으며, 당신만이 우리를 살리실 수가 있음을 믿습니다. 여기 모인 우리 막달레나 마리아 중보기도회는 당신과 모두 하나로 결합된 주의 신부들입니다. 우리는 믿습니다. 당신이 이 밤에 역사하사 저 어린 생명을 짓누르고 있는 사망과 병마와 온갖 고통의 세력으로부터 주의 백성들이 찬란하게 승리하는 영광의 그 순간을 저희에게 주실 것을 믿습니다. 주여, 하늘의 보좌에서 굽어 살피사 당신에게 간구하는 이 종들의 기도소리를 들으시고 치유의 광선을 비추어주옵소서. 저희는 이 아이가 치유될 때까지 주의 사랑과 권능을 간구하며 기도하겠사오니 주의 부족한 죄인들을 긍휼히 여기시어 여기 어린 생명을 당신의 거룩한 팔로 붙들어 일으켜주시옵소서. 우리를 구원하시고 우리를 보호하시며 우리를 위해 하늘 아버지께 중보기도로써 언제나 우리를 도와주시며 인도하시는 우리 구주 예수 그리스도의 이름으로 기도하옵나이다. 아멘."

민지는 박지현의 기도에서 자신에 대한 무한한 아가페적 사랑을 느낄 수 있었고 이 운명의 아이러니 앞에서 더욱 작아지는 자신을 느끼며 예수님에게 자신의 아들을 구원해 달라고 마음속으로 기도하고 있었다. 그러나 문제는 다음 차례의 안수기도였다. 안수기도는 환자를 앉히고 사제가 그의 머리에 먼저 손을 대고 모든 중보기도자들이 함께 손을 얹고 기도하는 것이기에 이 차례에서는 부득이 지형을 민지가 일으켜 자기 품에 기대고 모든 중보기도팀이 그에게 안수하고 기도하는 것이 원칙이었다.

민지는 그러나 여기에서 지형을 그들 앞에 노출을 안 시키면 더욱 이상하게 생각할 것이 뻔하므로 부득이 아이의 상반신을 일으켜 세우고 자신이 아이를 가슴에 안았다. 눈을 뜨고 멍하니 있는 지형의 얼굴은 창백하기가 백지장 같았는데 모두들 그 아이의 모습에서 충격을 받았다. 특히 박지현은 그 아이를 보는 순간 너무도 놀라 뒤로 자빠질 뻔하였다. 어렸을 때 자신의 모습과 빼닮았기 때문이었다. 그는 그 아이를 보는 순간 천륜이 강하게 당기는 것을 느끼고 민지가 왜 자신들에 대해 그리 달가운 표정을 짓지 않았는지를 알 것 같았다. 그러나 그는 그런 감정을 억누르고 아이의 머리에 자신의 듬직한 손을 얹었다. 민지를 포함한 나머지 4명도 아이의 머리에 손을 얹고 중보기도를 시작하였다. 박지현은 더욱 피를 토하는 심정이 되어 자기 아들일지도 모르는 지형이의 의식 회복을 위해 하느님께 빌고 또 빌었다.

이윽고 안수기도가 끝난 후 그들은 번갈아가며 아이를 위해 기도를 시작했는데 기도에 지친 사람이 쉬면 다음 사람이 이어받아 계속 기도를 이어갔다. 그들의 중보 릴레이 기도는 다음날 새벽 4시까지 이어졌는데 이제 헤어질 시간이 되었기에 그들은 또 만날 것을 기약하며 작별의 시간을 가졌다. 박지현은 민지와 악수를 하며 하느님께서 반드시 아이를 회복시켜 주실 것이니 힘내라고 격려하였다. 규희는 민지와 오늘 새벽기도회에 함께 갈 계획이라 남고 나머지 친구들은 민지와 눈물어린 포옹을 하고 계속 중보기도해 줄 것을 민지에게 약속한 후 자신들의 집과 거처로 떠났다.

그날 민지는 규희와 함께 또 아가페교회 새벽기도회에 출석하여 하나님께 지형의 의식 회복을 빌었다. 그리고 그날 오후 민형이 강화 마리산 참성단에서 3일 기도를 마치고 귀경하여 회사에 들러 대출금 1,500만 원을 민지에게 가져다주었다. 그동안 어디 가 있었느냐는 물음에 민형은 알 것 없다고 잘라 말하고 지형이 곁을 지킬 테니 집에 가서 좀 쉬라고 말하였다. 수술비는 마련되었으나 민지는 지형의 뇌수술 결과는 장담할 수 없다는 주치의의 말을 민형에게 했다. 그러자 그는 수술을 하면 안 된다고 우기기 시작했다. 죽을 수도 있는데 어떻게 수술을 하느냐는 것이다.

민지는 이러지도 못하고 저러지도 못하여 하루 종일 고민을 거듭하다가 다음날 오전 부득이 지형의 생부의 의견을 듣기 위하여 인천 도화동 성당의 박지현 신부에게 전화를 걸었다. 그러나 수녀는 박지현 신부가 어제 오전에 서거하셨다는 말을 전하며 손민지 씨에게 전해 줄 서신을 한 통 남겼으니 와서 직접 찾아가라는 말을 했다.

민지는 박지현이 죽었다는 수녀의 말에 졸도하였다. 분명 어제 새벽에 헤어진 사람이 죽었다니 이 무슨 청천벽력이라는 말인가?

민지는 충격을 받고 그 자리에서 쓰러져 당분간 의식을 회복하지 못했다. 민형이 긴급히 의사를 불러 응급조치를 했으니 말이지 민지도 졸지에 세상을 떠날 뻔했다. 진찰 중에 민지에게 신체의 이상이 발견되어 진단을 받은 결과 그녀에게서 갑상선염의 초기 증상이 발견되었다.

깨어난 민지는 민형에게 박지현의 사망 소식을 전했다. 그는 너무나 놀라 그게 사실이냐는 질문을 몇 차례나 던지더니 자신이 직접 인천 도화동 성당에 가서 확인을 해보아야 하겠다고 우겼다. 그러나 민지는 자신이 사제지간의 도리상 가보아야 하며 당신은 지형이와 지민이를 돌보고 있으라고 간신히 설득하였다.

그녀는 아픈 몸을 이끌고 계속 울음을 삼키며 인천 도화동 성당으로 떠났다. 성당 안은 아주 조용했다. 그가 사망했다는 흔적을 어디서도 찾을 수 없을 만큼 평온했으며 아무런 장례식 준비도 없었다.

민지는 자신이 수녀에게서 잘못 들었나 하는 생각이 들 정도였다. 주임신부를 모시던 늙은 수녀가 민지에게 박지현이 남긴 편지한 통을 전해 주었다. 민지가 박 신부님에게 마지막 작별 인사를 할 수 없겠느냐고 그녀에게 묻자 그녀는 박 신부님은 일체 장례식 없이 자신의 시신을 깨끗이 화장하고 그 유골은 갈아서 남한강 양수리 팔당댐 부근에다 뿌려달라는 유언을 남겼다고 했다.

그 늙은 수녀는 교구 고위층들이 교회법에 따라서는 자살한 신부를 처리할 방법이 없어 고민하며 또 이 나쁜 소식이 교회 밖으로 새어 나갈까봐 쉬쉬하다가 그의 유언을 받아들여 그의 시신을 화장하고 그의 유골은 강물에 뿌렸다는 소식을 전했다. 그녀는 그의 죽음에 충격을 받아 계속 머리가 산란하고 도무지 정신을 차릴 수 없었다.

그가 남긴 서신은 하얀 백지 위에 친필로 쓴 것으로, 다음과 같은 내용이었다.

영원한 나의 사랑 민지 보아라

—죄의 삯은 사망이요 하나님의 은사는 그리스도 예수 주 안에 있는 영생이니라(로마서 6:23)

민지야!

그간 네가 이 세상에 있어 행복했었다. 너를 위해 기도하고 네 남편을 위해 기도하고 네 아들과 딸을 위해 기도하면서 정말 행복하였다.

그러나 어제 저녁 지형이를 보았을 때 그 아이가 내 아들임을 한 눈에 알았다. 처음에 안절부절 못 하던 너의 모습이 이상하더니 네 아들을 보는 순간 나는 내 눈을 의심하였다. 나의 어린 시절의 모습이 그대로 지형이에게 있더구나.

오늘 새벽 사제관에 돌아와서 통곡으로 기도하며 하나님께 지형이의 치유를 빌었다. 그러나 그분은 사랑의 하느님이시만 동시에 공의의 하느님이시다. 그분은 내게 죄의 대가를 물으시더구나. 위에 있는 성경구절이 그분이 내게 주신 말씀이었다.

내가 죽어야 지형이가 산다. 지금 그 아이는 내 죄를 대신 짊어지고 있는 것이다. 하느님께서 나를 치시지 않고 내 아들을 치고 계신 것이다. 나는 그분에게 대들고 원망하고 떠졌지만 그분은 나의 죄값을 원하신 것이 분명하다.

너와 네 남편이 그리 힘들게 사는 것도 다 내 죄 탓이다. 내가 너를 더 보호하였더라면, 내가 사제로서 간음의 죄를 안 저질렀다면 우리는 더욱 행복했을 것이다.

하지만 사랑하는 민지야!

난 한평생 진정으로 사랑하는 사람과 마지막으로 진정한 사랑을 나누고 이 세상에 귀한 아들까지 남았으니 얼마나 행복한 인간이냐? 비록 사제로서는 실패하였지만 난 사람으로 행복하게 살다 이렇게 행복하게 죽는다. 이제 죽음 뒤에 비록 무간지옥의 고통이 뒤따르더라도 너를 진심으로 사랑했던 것을 후회하지 않는다.

이제 지형이를 하느님께 바쳐라. 그러면 그분이 반드시 살려주실 것이다.

지형이를 부탁한다. 네 남편과 둘이 정말 행복하게 살아라. 네가 먼저 예수님을 믿고 변화된 후 네 남편도 전도하여 꼭 하느님의 자녀들이 되어 영생의 기쁨을 누리거라.

안녕! 내 영원한 사랑 민지야!

2007년 7월 19일 오전
박지현 씀

편지를 읽으며 민지는 자신에 대한 박지현의 사랑을 뼛속 깊이,

아니 영혼 깊이 느꼈다. 그녀는 그가 왜 죽었는지 알 것 같았다. 자신이 죽어 지형이를 살리려는 것이다. 그는 하느님이 원하시는 바를 아주 잘 알고 있었던 것이다. 민지는 지하철 안에서 그 편지를 읽으면서 우우 오열하였는데 편지를 다 읽고 나서도 울음이 그치지를 않았다. 전동차 내의 사람들이 그녀를 보며 이상하게 생각했지만 그녀는 전혀 개의치 않고 끝없는 울음을 울었다.

그녀는 그 길로 병원으로 돌아가서는 민형에게 모든 사정을 말하고, 박지현이 남긴 마지막 서신도 보여주고 난 후 온 가족이 함께 양수리 팔당댐 근처 그의 뼛가루를 뿌린 그곳에 가서 기독교식으로 예배를 드릴 것을 요구하였다. 민형은 기꺼이 그녀의 제안을 따라 지형이를 데리고 지민이도 함께 자신의 차에 태워 온 가족이 오후 늦게 양수리 팔당댐 근처에 가서 죽은 박지현을 추모하는 가족 예배를 드렸다. 민지는 의식이 없는 지형이를 강물 쪽에 향하게 하여 죽은 박지현이 마지막이라도 자신의 아들을 볼 것을 염원했다.

다음날부터 민지는 더욱 열성적으로 규회와 함께 또는 자기 혼자 아가페교회 새벽기도회에 매일 참석하였다. 그런데 그 주 토요일날 그 교회에서는 교회가 생긴 사상 가장 희한한 일이 일어났다. 그것은 민지가 의식이 없는 지형을 들쳐업고 새벽기도회에 참석하였다가 예배 중 강현수 담임목사에게 지형이에 대한 안수기도를 부탁하는 사건이 일어났던 것이다. 그날 토요 새벽기도회 중 강현수 목사의 설교가 막 끝날 무렵 맨 앞자리에 앉아 있던 민지가 지형을 들쳐업고 강단으로 갑자기 뛰어올라갔다. 그녀는 의식이 아직 돌아오지 못해 죽은 듯이 가만히 있는 지형을 강 목사의 앞에 누이며 애절하게 말했다.

"목사님, 이 아이를 하나님께 바칩니다. 제발 이 아이를 살려주세요."

민지는 강단 앞에서 강 목사에게 무릎을 꿇고 간곡히 호소하였다.

강 목사는 깜짝 놀랐다. 30년 자신의 목회생활 중 처음 부딪친 이 희한한 경우에 대하여 강 목사는 잠시 혼란스러웠다. 하지만 그는 노련한 목회자답게 만면에 미소를 머금으며 그녀에게 부드럽게 물었다. 이 예배는 생중계되고 있었는데 본당과 부속실을 가득 메운 만여 명의 신자들도 숨을 죽이고 주목하였다.

"아이가 어디가 아픈가요?"

"며칠 전 오토바이에 부딪쳤는데 아직도 의식을 못 찾고 있습니다. 제발 이 아이를 살려주세요, 목사님. 낫게만 해주시면 이 아이를 하나님께 바치겠습니다."

그녀는 눈물을 뚝뚝 떨어뜨리며 그에게 간청하였다.

"우리 모두 겸허하게 무릎을 꿇고 하나님께 기도하면 치유의 은사를 주실 것을 믿습니다. 자, 우리 성도님들, 모두 다같이 합심하여 이 아이를 위해 기도합시다. 그런데 아이의 이름은 무엇이고 지금 몇 살입니까?"

민지는 후하고 한숨을 내쉬며 대답하였다.

"이름은 김지형, 지금 만 다섯 살입니다."

그러자 강 목사가 죽은 듯이 누워 있는 지형의 이마 위에 손을 얹고 기도를 시작하였고, 함께 참석한 1만여 성도도 하나님께 바쳐진 그 아이 김지형을 위하여 중보기도를 시작하였다.

"사랑이 충만하시고 기적에 능하신 하나님 아버지! 여기 당신 앞에 바쳐진 다섯 살 아이 김지형을 위하야 우리 모두 합심하여 기도합니다. 죽은 자도 살리시고 무슨 병이라도 고치시고 살리시는 아버지 하나님, 당신의 사랑하는 권속들이 지금 이 아이를 위하야 중보기도하오니 하늘의 보좌에서 전능하신 능력의 팔을 펴시어 이 아이의 의식을 회복시켜 주시옵소서. 저 나인 성 과부의 죽은 아들도 살리신 우리 주님, 당신이 하시고자 하면 이루지 못할 일이 어디 있겠습니까? 주여, 지금 이 어머니의 애통한 마음을 헤아리시고, 아이를 하나님 앞에 바친 그 놀라운 정성을 헤아리시어 이 아이를 벌떡 일으켜 세워 주시옵소서. 오, 주여, 주여, 기적을 베풀어 주소서. 현대 의학의 한계를 뛰어넘는 당신의 전능함을 여기 모인 우리들뿐만이 아닌 이 땅의 1,200만 성도들과 불신자들에게 보여주시옵소서. 나사렛 예수 그리스도의 이름으로 명한다. 모든 병마는 이 아이에게서 물러갈지어다. 또한 이 아이의 영혼을 꽉 잡고 있는 사탄 마귀는 주 예수의 이름으로 명하노니 물러갈지어다. 물러갈지어다!"

그는 온 몸에 구슬땀을 흘리며 지형의 이마를 계속 자신의 오른손으로 누르며 안수기도를 했다. 모든 성도들은 아멘 아멘 하면서 하나님의 기적이 이 자리에 임하시기를 간절히 기도했다. 그들 중에 신앙이 투철한 사람들은 하나님의 능하신 팔이 그 아이를 붙들고 그 아이의 코에 손을 대는 순간 그 아이의 의식이 회복되어 눈을 번쩍 뜨게 될 것을 믿어 의심하지 않았다. 또한 그들은 담임목사의 놀라운 영적 치유 능력을 굳건히 믿고 있었기 때문에 곧 아이가 의식이 돌아와 벌떡 일어나리라고 믿고 열광적으로 아멘 아멘 하면서 기도를 하였다.

그러나 끝내 지형은 일어나지 못했다. 담임목사는 하나님께 바쳐진 이 아이는 수일 내로 반드시 하나님께서 원하시는 시간에 원하시는 방법으로 일으키실 것이며, 우리 교회 중보기도팀들이 이 아이가 회복될 때까지 연속으로 릴레이 기도를 할 것이라고 선언했다. 그는 실망해서 울음을 터뜨리는 민지의 등을 토닥이며 하나님을 믿으면 반드시 아이는 일어날 것이라고 장담하며 그녀를 위로하고서는 강단을 내려갔다.

많은 신자들도 비록 지금은 하나님이 기적을 안 일으키셨지만 반드시 하나님께서 미리 정하신 시각에 정한 방법으로 당신의 권능의 팔을 드실 것이라고 확신하면서 자리에서 일어났다. 하지만 개중에는 이런 안수기도가 무슨 소용이 있으며 마치 무당들의 푸닥거리를 보는 것 같다고 궁시렁거리면서 교회를 빠져나가는 사람들도 상당히 많이 있었다.

제11장 죄와 벌

 죄와 벌

민지가 지형을 들쳐업고 병원 입원실로 들어오자 민형은 비아
냥거리며 민지를 힐난했다.

"병든 아이를 들쳐업고 새벽부터 난리치더니 그래, 죽은 예수가
기적을 일으켰습니까? 그런 등신 같은 짓을 하지 말라고 내가 몇
번이나 말렸는데 나 화장실 간 사이에 아이를 들쳐업고 내빼더니
꼬락서니하고는……."

민지는 엄청난 기적이 일어날 줄을 믿고 그 많은 사람들 앞에서
죽을 힘을 내어 강단에 뛰어올라갔던 것이 허망했다. 그 용하다는
강현수 목사와 그렇게 많은 사람들이 그렇게 열렬하게 기도했는데
도 아무 소용이 없다니. 내가 그동안 규희에게 속고 죽은 박지현에
게 속은 것이다. 이런 생각이 들자 민지는 남편의 비아냥거림을 하
릴없이 참고 있었다.

"여보, 우리 아이가 죽을 때 죽더라도 이제는 방법이 없으니 월

요일날 수술 잡읍시다. 그 길밖에는 없는 것 같아요."

민지는 이제 수술만이 마지막 남은 길이라고 자포자기의 심정으로 민형에게 말했다. 이 상황에서 무슨 길이 있단 말인가? 박지현이 자식을 살리기 위해 자결한 것도 아무런 대책이 되지는 못했다고 그녀는 생각했다.

박지현이 죽고 나자 민형은 가슴 한가운데가 뻥 뚫린 느낌이었다. 마치 자신의 영혼에서 정수가 빠져나가고 껍데기만 지금 살아가고 있는 느낌이었다. 그를 죽도록 증오하는 줄 알았는데 자신의 내면 깊은 곳에서는 그와 무엇인가로 긴밀하게 연결되어 있었다고 그는 생각하였다. 그도 사실은 박지현의 숭고한 자식 사랑 덕분에 지형이가 살아나기를 은근히 기대했기에 민지가 아이를 들쳐업고 몰래 입원실을 빠져 나갈 때 화장실에 앉아 모르는 척했었다. 그러나 이제 사느냐 죽느냐의 갈림길은 현대의학에 호소하는 길밖에 없었다.

민형은 삼국지에서 명의 화타가 조조의 편두통을 치료하기 위하여 머리를 빠개서 뇌에서 병근을 잘라낸다고 하였다가 의심 많은 조조에게 살해당한 것이 떠올랐다. 하지만 현대의학에서 뇌수술은 다반사로 있다는 것을 그는 떠올리고 그녀에게 지형의 뇌수술을 동의하였다. 그리하여 그들은 다음 주 월요일 오전 10시부터 5시간 일정으로 지형의 뇌수술을 하기로 주치의와 합의하였다.

그 주 일요일이 되자 규희에게서 또 전화가 와서 주일이니 온 식구가 함께 교회를 가는 게 어떠냐고 권유했다. 그녀는 몹시 기분이 상해 있었기에 교회 갈 생각이 없다고 잘라 말했다. 그리고 지형이 수술이 월요일 오전 10시에 잡혀 있어서 수술 끝날 때까지는 여기서 한 발자국도 움직이지 않을 예정이라고 힘주어 말했다.

규희는 지금이 신앙의 시련이 한참 많을 때이니 이럴 때일수록 더욱 주일을 성수하여야 하고 기도에 정성을 들여야 한다고 말했다. 그러나 민지가 전혀 말을 듣지 않으려고 하자 마지막으로 박지현 신부님의 죽음을 헛되이 하지 말라고 따끔하게 쏘아주고는 전화를 끊었다. 민지는 규희가 지형의 출생에 관한 비밀을 다 알고 있는 게 아닌가 하는 의심이 들었다.

민지는 지민이가 자꾸 밖으로 나가자고 칭얼대는 것을 달래면서 지형의 침대 곁에서 그를 지키고 있었다. 민형은 병원에서 아침을 간단히 먹고 나자 북한산 백운대나 등반하고 오겠다고 하며 휑하니 차를 몰고 병원을 나섰다. 그는 약 40분 뒤 북한산 국립공원의 북한산성 밑 주차장에 차를 세웠다. 그리고는 공원 근처 가게에서 일동 막걸리 두 병과 사과, 배 및 귤 몇 개와 김밥 두 줄, 그리고 안주로는 돼지 머리고기 한 근을 사서 배낭에 넣고 어깨에 메었다. 그리고는 해발 836.5미터의 백운대를 향하여 천천히 발걸음을 옮겼다.

며칠 전 강화도 마리산에 다녀올 때보다도 몸이 더욱 무거웠다. 박지현 신부가 죽고 난 뒤 그는 삶과 죽음의 문제가 너무나 허망하게 느껴져 때로는 자신이 살아 있다는 것이 아무런 의미가 없는 듯하였다.

자신의 아들 지형의 생부, 아내 민지를 영원히 사랑하고 죽어서도 사랑할 사람, 자신을 무자비한 폭력으로 짓밟은 사람을 물 속에서 구하고 아무런 바람도 없이 무조건적으로 자신과 가족들을 위해 기도해 온 사람, 자신의 죄를 죽음으로 속죄하고 사제의 길을 버리면서까지 자기 아들을 살리겠다고 조용히 자결한 사람. 그는 박지현에게 그간 정신적으로 당하고 살아왔는데 앞으로도 영원히 그에게 당하고 살 것 같은 느낌이었다. 그는 민지에 대한 사랑에 있어 과연 자신이 박지현을 당할 수 있을지 자신이 없었다.

싱거운 사람, 죽기는 왜 죽어.

민형은 머리와 가슴이 서서히 뜨거워짐을 느끼기 시작하며, 도선사 광장 - 하루재 - 인수대피소 - 백운대피소 - 위문 - 백운대로 가는 코스를 택하여 천천히 걸었다. 하지만 도선사 광장을 지나 하루재 근처에 오자 그는 온 몸이 불덩이 같아지고 있음을 느꼈다. 그는 요즘 술을 줄여 그런가 하고 막걸리 병을 열고 한 잔을 죽 들이키려고 하다가 산신령에게 제물을 안 바친 것이 갑자기 생각났다.

그는 산신령을 위하여 사과, 배 하나와 귤 세 개 그리고 돼지머리고기 조금을 종이 접시에 꺼내 바위 위에 올려놓고 막걸리를 바위 주변에 뿌렸다. 그리고는 마음속으로 산신령님, 제발 우리 지형이 좀 깨어나게 해주세요 하고 빌었다. 그리고 막걸리를 시원하게 들이켰다. 시원하다고 느끼며 그는 산의 아름다운 짙푸름 속에서 마음이 쇄락해짐을 느꼈다.

그는 연속으로 두세 번 더 막걸리를 마시고 돼지머리고기를 안주로 먹고 나서는 다시 발걸음을 백운대로 향했다. 일요일이라 산은 온통 사람들로 뒤덮인 것 같았다. 특히 백운대로 올라가는 행렬은 끝이 없었다.

그는 쉬며, 가며, 마시며, 먹으며 최선을 다해 걸었다. 술기운 때문인지 그는 그리 힘든 몸을 이끌고 약 3시간 만에 백운대 정상에 올라갔다. 정상에 서서 한 5분간 멀리 역삼동 방향을 바라보던 민형은 정상에서 좀 떨어진 그늘진 등산로 옆 숲에 가서 자리를 잡고 앉았다.

그리고는 사가지고 온 김밥을 점심으로 맛있게 먹고 또 과일과 술과 안주를 즐겼다. 먹으면서 그는 박지현의 둥글고 거무스레하며 인상 좋은 얼굴을 떠올리고, 지형이를 떠올리고, 민지를 떠올리고, 지민이를 떠올렸다. 민지가 그 중심에 있다는 생각이 들었다.

과연 민지는 지금 박지현을 어떻게 생각하고 있을까? 과연 그녀가 그를 잊을 수 있을까?

민형은 고개를 가로저었다. 또한 과연 지형이의 뇌수술이 성공할 수 있을까 생각해 보았다.

잘못되어 아이가 죽는다면? 아아, 끔찍하다. 제발 박지현의 죽음으로 지형이가 살아나야 할 텐데.

민형은 답답한 심정을 어찌할 수 없었다. 그는 서서히 가슴의 통증을 느끼며 잠을 청했다. 그러나 쉽사리 잠은 오지 않고 몸은 계속 천근만근이었다. 그는 자꾸 기침이 나서 자리에서 일어났는데 그러다가 갑자기 기침이 나고 검붉은 피를 토하였다.

민형은 깜짝 놀랐다. 자신이 혀를 잘못 깨물었나 생각했지만 혀는 멀쩡했다. 그는 뭐 별일이 있겠나 생각했지만 속으로는 자꾸 걱정이 앞섰다. 온 몸이 뜨거워짐을 느꼈다. 자꾸 기침이 났다. 그럴 때마다 검붉은 피가 솟구쳤다. 그는 이제 자신에게 무언가 큰 병이 났음을 짐작했다. 그간 너무나 술을 많이 마신 탓과 민지를 만난 이후 단 하루도 마음 편히 산 날이 없기에 큰 병이 났다고 생각했다.

그는 하산을 서둘렀다. 하지만 내려가는 길이 올라오는 길보다 더욱 힘들었다. 이제 그는 술도 다 떨어져 더욱 막막했다. 하지만 그는 살아야 한다고 자신에게 다짐하며 군대 시절 영하 20도의 혹한에도 자신을 추스르던 그 정신을 생각하며 걷고 또 걸었다. 하지만 서서히 의식이 아물아물해져갔다. 자신은 분명히 계속 걷는다고 생각하였는데 그는 백운대피소 근처에서 의식을 잃고 쓰러졌다.

그리고 그가 깨어난 곳은 오후 4시가 지난 시간에 서대문의 현저병원 응급실에서였다. 의식을 회복하고 난 그는 담당의사에게 자신이 어떻게 이곳에 왔느냐고 물었다. 그러자 그 의사는 백운대피소 근처에서 의식을 잃고 쓰러진 것을 등산객들이 관리사무소에 연락하여 119차로 이곳까지 오게 되었다는 것이다. 그는 병원에서 대리운전회사에 전화하여 자신의 차를 찾아오게 했다.

저녁 7시가 지났을 때 그는 병원비를 지불하고 퇴원하였다. 그리고 다시 대리운전자를 불러 자기 차를 운전하게 하여 역삼동 영동세브란스 병원으로 돌아왔다. 민지가 창백한 그의 얼굴이 심상치 않음을 보고 걱정을 하기 시작했다.

"당신 얼굴이 왜 그래요? 아무래도 몸이 몹시 좋지 않은가 본데 진찰받아야 하는 거 아녜요?"

그녀는 늦게 돌아온 그를 원망하기보다 몹시 근심스러운 표정을 지었다.

"아니, 별일 아닙니다. 몸이 좀……."

그는 갑자기 기침을 하더니 또 피를 쏟았다.

민지의 동공이 엄청나게 확대되었다.

"아니, 이 피? 안 되겠어요."

그녀는 전화로 간호사를 불렀다. 살이 좀 쪄서 뒤뚱거리는 간호사가 즉각 병실에 나타났다.

"이분 빨리 진찰 좀 해주세요. 지금 피를 토하고 있어요. 급한 것 같아요."

민지는 설상가상이라더니 이게 또 무슨 일이냐 걱정하면서, 그가 매일 술만 퍼먹더니 간이 잘못되었음에 틀림없다고 지레 짐작하며 간호사에게 사정을 했다. 그녀는 즉각 당직의사를 호출하여 민형을 응급실에 입원시키고 진찰을 하게 했다. 진료를 마친 당직의사는 자신은 내과 전문의인데 간이나 신장 또는 소화기 계통에서 나오는 피는 아닌 것 같고 아무래도 폐나 기관지 계통의 병 같으니 오늘은 일단 응급조치만 하고 내일 오전 일찍 흉부외과에 진료 신청을 하여 검진을 받으라고 권고하였다.

응급실에 누워 있는 민형은 참 집안꼴이 한심하였다. 아들놈은 의식이 없고, 마누라는 갑상선염인가 뭔가에 걸려 있고 자신은 피를 토하여 응급실에 누워 있으니 대체 이게 무슨 꼴이냐고 자조 섞인 한탄을 내뱉고 있었다. 민지는 민지대로 죽을 맛이었다. 자식 걱정으로 가뜩이나 심란해 죽겠는데 남편까지 피를 토하고 있으니 큰 병이 들어도 보통 큰 병이 든 게 아니라고 그녀는 근심걱정이 태산 같았다. 그녀는 지형이 옆에서 한숨을 폭폭 내쉬며 대체 이 사태를 어찌해야 할지 몰라 그저 망연자실하고 있었다.

그날 저녁부터 그녀는 응급실에 있는 남편을 돌보랴 지민이를 돌보랴 지형이를 돌보랴 왔다갔다하며 인생에서 가장 힘든 시간을 보내고 있었다.

그날 밤 자기 전에 민지는 규희에게 다음날 새벽기도 가자고 전화가 올까봐 전화기의 전원을 꺼버렸다. 그리고는 새벽부터 일찍 깨어 응급실에 있는 남편에게 다시 내려가봤다. 다행히 남편은 의

사가 지혈을 시킨 때문인지 기침을 하면 피가 나오던 것이 중단되어 편히 잠들어 있었다. 그녀가 막 응급실에서 나오려고 하는데 규희가 엘리베이터 앞에 서 있는 것을 보았다. 그녀는 규희를 피해 다시 응급실로 들어섰는데 벌써 규희가 민지를 발견하고 응급실 안으로 들어섰다. 그녀는 머쓱해하는 민지의 뒤에서 민형을 발견하고 놀라서 물었다.

"지형 아빠에게 무슨 일 있니? 아니, 왜 응급실에 있어?"

민지는 '기집애가 눈치도 빨라요' 하고 중얼거리면서 대답을 망설였다.

"무슨 일이냐니까? 너 정말 나에게 이렇게 대해도 되는 거니?"

규희는 제법 화가 난 듯 민지에게 따져 물었다.

민지는 꿀 먹은 벙어리처럼 말을 할 수가 없었다. 규희의 날카로운 목소리에 민형이 잠이 깨어 침상에서 상반신을 일으켰다.

"아, 규희 씨 오셨군요. 별거 아닙니다. 너무 걱정 마십시오."

그러나 규희는 한 눈에 민형에게 무슨 중병이 발생했음을 알아차렸다.

"민지야, 지금이라도 다시 새벽기도회에 가서 하나님께 빌어보자. 하나님은 사람의 중심을 보신단다. 네가 그제 일로 낙담한 것은 이해가 가지만 아직 실망하면 안 돼. 하나님은 당신만의 크고 놀라우신 일을 너희 가족에게 행하실 준비가 되어 있으실 거야. 네가 여기서 다시 교회를 안 나가면 박지현 신부……"

민지가 이 대목에서 버럭 소리를 질렀다.

"그만 해, 이 지지배야. 너 뻑하면 박 신부 타령할래?"

민지는 규희를 쳐다보지도 않고 내질렀다. 규희는 날카롭게 민지를 노려봤지만 곧 그리스도인의 사랑의 마음으로 참자 하면서 자신을 억눌렀다.

"미안하다. 난 뭐 별다른 뜻은 없었어. 네가 정 가기 싫으면 내가 네 몫까지 열심히 기도해 줄게. 민형 씨를 위해서도 기도할게요. 몸조리 잘하세요."

그녀는 만면에 미소를 머금으며 민형에게 악수를 한 후 민지에게도 악수를 청했으나 민지는 쌀쌀맞게 거절하였다. 머쓱해진 규희는 순간 얼굴이 어두워졌으나 곧 평상지심을 회복한 듯 밝은 얼굴로 민지의 어깨를 두드리며 오늘 지형이 수술이 잘되기를 기원한다고 인사를 한 후 응급실을 나섰다.

"당신 왜 그리 화를 내고 그래요? 친구가 좋자고 한 소리인데."

민형은 딱하다는 듯이 혀를 끌끌 찼다.

"당신은 어떻게 그리 철딱서니가 없어요. 한심한 사람……."

민지는 화가 나서 지형의 입원실로 올라가버렸다. 민형은 어이없어 하며 그녀가 좀 싸가지가 없다고 생각하였다.

그날 오전 9시 30분쯤 되어 민지가 지형이를 수술실로 옮길 준비를 하는데 다시 규희가 지형의 입원실에 나타났다. 이번에는 아가페교회 강현수 담임목사와 부목사 1명, 여선교회 회장, 중보기도회 회장과 역삼동 구역장 및 구역 신자 3명 등과 함께 지형의 병실에 나타났다. 민지는 깜짝 놀라 순간 당황하였으나 곧 평상심을 찾고 그들을 맞이했다.

"여러 가지로 바쁘실 텐데 어떻게 이곳까지 오셨는지요?"

"지형이와 손민지 씨 가족을 위해 하나님의 뜻을 전하러 왔습니다."

올해 61세가 된 강현수 목사는 중키에 단단한 몸매를 가진 학자풍의 목회자였다. 총신대 신학대학원에서 목사 과정을 끝내고 미국 풀러신학교에서 신약학으로 Ph.D.(철학박사) 학위를 받은 그는 강남역 뒤 한 상가 지하실에서 불신자 12명을 모아 성경 첫 장부터 끝 장까지를 철저히 가르쳐서 구원받은 신자들로 만들었다. 이후 그들을 토대로 제자훈련에 돌입하여 만 20년 만에 신자 수 6만 여 명에 이르는 대형교회를 일구었다. 그는 목회자였고, 신약학자였으며, 불 같은 설교가로서 또한 세계적인 부흥사로도 유명했다. 그 교회에 등록을 한 순간부터 제자훈련을 끝까지 받은 사람치고 주의 일을 크게 하지 않는 사람이 없을 정도였다.

민지는 그가 얼마나 훌륭한 목사인지는 잘 몰랐다. 다만 첫 만남에서부터 대단한 인물임을 느끼고 있었지만 지난 토요일 새벽기도회에서 아무런 기도의 응답이 없자 크게 실망하여 그 교회의 새벽기도를 벌써 이틀째 빠졌더니 그가 직접 이곳에 온 것이다. 한편으로 그녀는 그가 온 것이 너무 황송하고 감사했다. 그런데 그가 하나님의 말씀을 전하러 왔다니 몹시 궁금하고 긴장되었다.

그녀는 간호사실에서 접이의자를 빌려다 그들을 앉게 하고 얼른 자판기 커피를 뽑아다가 그들에게 돌렸다. 강 목사가 커피를 손에 들고 함께 기도를 하자고 말하여 모두가 손을 잡고 기도를 하였다. 그리고 커피를 들기 시작했는데 강 목사가 뜨거운 커피를 입으로 식히며 이렇게 말하였다.

"제가 오늘 지형이를 위하여 새벽기도를 하는데 하나님께서 이런 성경구절을 들려주시더군요.

······그것들에게 절하지 말며 그것들을 섬기지 말라 나 네 하나님

여호와는 질투하는 하나님인즉 나를 미워하는 자의 죄를 갚되 아버지
로부터 아들에게로 삼사 대까지 이르게 하거니와 나를 사랑하고 내
계명을 지키는 자에게는 천 대까지 은혜를 베푸느니라(신 5:9-10).

　　이 구절은 워낙 유명한 구절인데 부모가 불신자로서 하나님을
부정하며 미워하고 싫어하면 가문이 3, 4대까지 저주를 받는다는
무서운 말씀이지요. 그런데 손민지 씨의 부군은 어디 가셨는가요?
통 보이지 않는군요."
　　"지금 응급실에 입원해 있습니다."
　　민지는 모기소리만 하게 작은 목소리로 말했다. 그야말로 가문
의 저주를 받는 것 같다고 그녀는 느끼기 시작했다.
　　"응급실에요? 어디가 많이 편찮으신가요?"
　　그는 근심 섞인 목소리로 다정하게 물었다.
　　"어제부터 기침하면서 피를 토하고 있습니다."
　　"저런."
　　모두들 혀를 찼다.
　　가문의 저주인 게야.
　　대부분이 그렇게 생각하고 있었다. 규희는 더욱 민지에 대해 가
슴이 아팠다.
　　기집애, 내게 화를 낼 만도 하군.
　　"손민지 씨, 부군을 좀 오시라고 하시면 안 되겠습니까?"
　　강 목사가 부드럽지만 위엄 있게 말하자 민지는 얼른 응급실에
다녀오겠다고 말하고 입원실을 나섰다. 이때 지형을 데리러 온 원
무과 직원들이 민지와 마주쳤다. 민지는 그들에게 잠시만 기다리라

고 말하고 응급실에 가서 민형을 만났다. 민형은 간호사에게 주사를 맞고 있었다.

"당신 나하고 잠깐 지형이 입원실로 갑시다. 지금 아이가 수술대로 가기 직전인데 기도라도 해주어야 하겠어요."

민지가 다급하게 말하자 민형은 놀라는 표정이었다.

"무슨 일인데 그래요?"

"조금 전 아가페교회 강현수 목사님과 일행들이 와서 지형이 수술 들어가기 전 기도를 해주신다고 당신을 기다리고 있어요. 그러니 빨리 올라갑시다."

"기도는 무슨 얼어 죽을 기도. 그 목사 돌팔이라며? 지난 토요일에 그 난리치고 안 되었는데 또 왔어? 아주 당신을 예수쟁이 만들라고 공작이 시작되었구만. 난 안 갑니다. 당신이나 가서 빨리 보내요. 다 쓸데없는 짓들이야."

민형은 아예 자리에 누워버렸다.

"이것 봐요. 지금 아이가 살지 죽을지 모르는 대수술을 하려고 하는데 또 모두가 당신을 기다리고 있으니 제발 한 번만 올라가서 그저 눈감고 지형이를 위해 기도하는 시늉만 하세요. 알았죠?"

민지는 필사적으로 민형에게 매달리고 있었다.

"에이, 무슨 기도가 효험이 있다고…… 난 안 가요. 당신이나 가세요."

"여보, 지형이의 생사가 달렸는데 아버지가 돼 가지고 그 정도 부탁도 못 들어줘요? 다시는 이런 부탁 안 할 테니 제발 한 번만 가서 지형이를 위해 기도해 주세요. 제발 부탁이에요. 내가 이렇게 두 손 모아 빌게요, 네, 여보?"

민지가 정말 두 손을 잡고 사정하자 민형은 마지못해 자리에서 일어나며 그녀에게 말했다.

"좋아요. 그러나 만일 이번에도 지형이 회복되지 못하면 당신 앞으로 절대 교회 같은 데는 나가지 말아요. 알았어요?"

"알았어요. 빨리 갑시다."

민지가 민형을 부축해서 엘리베이터를 타고 지형의 입원실로 올라갔고 원무과 직원들은 입원실 밖에서 엉거주춤 대기하고 있었다. 민형이 들어가자 강 목사가 민형을 얼싸안을 듯이 반갑게 맞이하였다. 그가 민형의 두 손을 잡더니 얼마나 고생이 많으냐고 위로하자 그는 괜히 가슴이 찡해졌다. 속으로는 참 사교성이 좋은 목사라고 생각했다.

두 사람이 이동침대에 누운 지형의 오른편에 섰고 강 목사가 그 아이의 오른편 침대 앞에 서서 지형이의 머리에 손을 얹고 나머지 사람들은 그를 빙 둘러섰다. 이제 죽느냐 사느냐의 길에 들어서는 지형이의 수술 성공을 위하여 강 목사가 대표로 기도를 하려는 것이다.

"인생의 모든 길흉화복을 주관하시며 우리의 모든 삶의 필요와 부족함을 다 아시고 우리를 언제나 가장 좋은 때에 가장 좋은 것으로 채워주시는 하나님 아버지, 이제 당신께 바쳐진 아들 김지형 만 5세의 뇌수술을 앞두고 기도를 드립니다. 죽은 자도 살리시고 온갖 병자도 고치시며 의술과 약을 통해서도 우리를 살려주시는 하나님 아버지의 크신 능력으로 이 아이를 반드시 회복시켜 주시옵소서. 비록 부모가 아직도 당신을 모르고 불신자로서 살고 있지만 이들도 분명 당신의 자녀임이 분명하오니 이들을 긍휼히 여기사 회개하게 하시고 거룩한 당신의 백성이 되어 자식도 살리고 자신들의 온갖 질병도 치유받는 놀라운 기적을 체험하게 하야 주시옵소서. 부모의 죄악을 자식에게 갚지 마시고 구세주 예수님께서 십자가에서 흘리신 피의 공로를 의지하야 이들도 속히 회개하고 구원받는 은혜를 베풀어 주시옵소서. 믿습니다. 당신께 바쳐진 이 아이를 반드시 살려주실 것을 믿습니다. 천국의 영생 나무 대신 오신 우리 주 예수 그리스도의 거룩하신 십자가의 보혈을 의지하야 기도드리옵나이다. 아멘!'

민지는 계속 아멘 아멘 하였고 민형은 두 손을 잡은 채 눈만 감고 가만히 있었다. 기도가 끝나고 일행 모두가 지형의 머리에 차례차례 손을 얹고 간단히 기도한 후 아이를 수술실로 보냈다. 민지와 민형은 강 목사 일행과 급하게 입원실 앞에서 작별인사를 한 후 지형의 수술실로 향하였다. 이미 벽의 시계는 10시 15분이 지나고 있었다.

민지는 민형에게 흉부외과 과장 장기조에게 특진 신청을 하라고 권한 후 그를 내려 보내려고 하였으나 민형은 몸이 많이 좋아졌으니 자신도 지형이를 수술실 앞에서 기다리겠다고 말하였다. 수술실 앞에서 두 사람은 초조하게 수술이 끝나기를 기다렸다. 제발 무사히 수술이 끝나서 아이가 의식을 회복하고 방실방실 웃는 모습을 보고 싶었다. 하지만 수술이 잘못되어 죽을 수도 있다는데 그럴 경우는 어떻게 하나 하고 생각하다가는 그럴 리 없다고 고개를 절레절레 흔들었다.

시간은 그들의 심장에 거친 파찰음을 내며 사정없이 달려가고 있었다. 민지는 너무 긴장이 되어 초조해하다가 한숨 돌릴 양으로 아까 강 목사가 자신에게 한 이야기를 민형에게 했다.

"여보, 부모가 불신자로서 하나님을 멀리하고 미워하면 하나님이 그 후손들에게까지 죄를 3, 4대까지나 물으신대요. 그런데 당신이 믿는 그 종교가 좀 정체가 이상한데 그러다 우리 아이들과 후손들에게까지 저주가 미치는 거 아녜요? 게다가 당신이 이제 중병이 들고 아무래도 우리 본격적으로 예수를 믿어야 할까 봐요."

"이래서 예수교 신자들이 멍청하다니까. 이봐요, 하나님이 이처럼 세상을 사랑하사 독생자 예수 그리스도를 우리에게 보내셨다면서 아니 그렇게 사랑이 많은 하나님이라면 왜 죄도 없는 사람과 그 후손에게 3, 4대까지 저주를 한다는 겁니까? 말도 안 돼요. 다 목사들 돈 벌어먹고 살려는 수작이야."

민형은 한사코 기독교에 반대하는 입장이었다. 민지는 강 목사의 오늘 심방에서 참 기독교의 정신인 이웃사랑을 깊이 느꼈다. 게다가 강 목사가 민지에게 병원비에 보태 쓰라고 금일봉을 주었을 때 얼마나 가슴이 뭉클했는지 모른다. 이 어려운 형편에 일금 100만 원이라니. 그녀는 화장실에서 봉투를 열어보고 정말 감사해서 눈물이 찔끔 나왔다. 이 삭막한 세상에 이렇게 이웃을 위해 신자들이 모은 돈을 흔쾌히 줄 수 있는 종교가 과연 어디 있을까 생각하니 아가페교회뿐만이 아닌 모든 교회가 다 그렇게 훌륭한 곳 같았다. 민지는 더 이상 남편과 무의미한 논쟁을 중지하고 두 손을 잡고 하나님께 지형이의 회복을 간절히 빌고 있었다.

다섯 시간이 지나 주치의인 고형길이 피로에 지친 모습으로 안경을 두 손에 들고 나왔고 뒤를 이어 수술팀 5명이 수술실을 나왔다.

"박사님, 우리 지형이 회복되었나요?"

민지는 애절하게 물었다.

"에 또, 분명히 수술은 성공적입니다. 뇌 하부에 있는 모든 혈전을 다 제거했으니 머지않아 회복되리라고, 에 또 확신합니다."

고형길은 민지를 쳐다보지 않고 눈길을 안경에다 두고서는 자신있게 말하더니 그럼 이만 하고서는 얼른 자리를 떠나 버렸다.

민지는 다시 이동용 침대에 실려 입원실로 가는 지형을 바라보며 지형아! 엄마야, 엄마 하고 애절하게 불렀으나 그는 아직 아무 말도 없었다. 민형은 불안한 표정으로 그녀를 따라 지형의 입원실로 갔다. 그러나 한 시간 두 시간이 지나도 지형의 의식은 돌아오지 않았다. 그들은 초조하게 밤새 아이 곁을 지켰으나 아이는 결국 그 날 밤을 넘기지 못하고 숨을 거두고 말았다.

제12장 십자가의 길

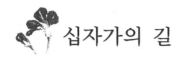

십자가의 길

아이가 죽으면 부모는 평생 그 아이를 가슴에 묻고 산다고 누군
가 말했던가? 두 사람도 그랬다. 두 사람은 그리도 사랑했던 지형이
가 온갖 기도와 노력에도 불구하고 그렇게 허망하게 죽자 자신들
의 영혼도 그와 함께 죽었다고 느끼게 되었다. 처음에 지형이 죽은
것을 안 순간 민지는 졸도하여 한참 동안을 일어나지 못했으며 민
형은 휘청거리며 쓰러져 다시 응급실로 실려갔다.

어떻게 알았는지 규희와 아가페교회 신자들이 대거 몰려와서
아이 장례식 때까지 모든 절차를 함께 진행하였다. 강 목사는 죽은
아이 김지형을 위한 교회 차원의 장례식과 모든 지원을 아끼지 않
았다. 장례식에서 민지는 그저 멍하니 아이의 관을 만지며 계속 눈
물을 흘리고 있었고, 민형은 메말라가는 고목 같은 상태가 되어 죽
은 아이와 작별하고 있었다. 지형의 시신도 자신의 생부처럼 화장
된 후 그 유골은 양수리 팔당댐 근처 강물에 뿌려졌다. 그날은 하늘

도 슬퍼하는지 하루 종일 비가 부슬부슬 내렸다.

이후 두 사람은 모든 삶의 의욕을 잃었다. 민형은 바로 수술하자는 흉부외과 과장 장기조의 권유를 묵살하고 통원치료를 받기로 하고 바로 퇴원하였다. 그는 아픈 몸을 이끌고 다시 회사로 나가기 시작했고, 민지는 연극을 그만두고 집안에서 평범한 주부로 살기 시작했다. 지형의 밀린 병원비와 수술비 그리고 민형의 병원비 등은 민형이 회사에서 대출받아 온 돈과 아가페교회의 지원금 그리고 여기저기서 장례식 때 들어온 조의금을 합하여 다 지불하였는데 그러고도 약간의 돈이 남았다.

날이 갈수록 민지는 삶의 의욕을 잃고 모든 것이 힘들어졌다. 가면 갈수록 삶이 나아지기는 고사하고 더욱더 수렁 속으로 빠져들고 있다고 그녀는 생각했다. 그녀는 지형의 죽음 이후 죽은 박지현이 더욱 그리워졌다. 지형이 살아 있을 때는 그의 생각을 별로 안했는데 아이가 죽고 나자 왜 그리 박지현이 그리워지는지 도무지 갈피를 잡지 못했다.

그녀는 툭하면 그들의 유골이 뿌려진 남한강 양수리에 가서 하루 종일 넋을 잃고 하릴없이 강물을 쳐다보다가 집으로 돌아왔다. 그녀의 요즘 의식 속에는 박지현과 지형이의 생각만으로 가득 차 있었다. 그녀는 박지현을 만났을 때부터 그와 헤어지던 마지막 밤까지의 모든 추억을 다시 회상하면서 그가 그리워 가슴이 저렸다. 또한 갓난아이 시절부터 자라서 방실방실 웃던 아이의 모습과 뛰어다닐 만큼 커서 안기에도 힘들었던 지형의 모습을 회상하며 오열했다.

그녀의 일상이 유령처럼 침묵 속으로 빠져들어 가고 있을 때 민형은 회사에서 병마와 싸우며 힘들게 일하고 있었다. 그는 자신의 맡은 업무를 위해 진통제를 먹어가며 최선을 다했지만 틈만 나면 자기 방에서 아픈 몸을 눕히고 고통에 신음해야 했다. 병원은 일주일에 한 번씩 가서 진찰을 받고 약을 타오고 있었는데 그 약을 먹기가 너무도 힘들어 때로는 포기할까 하다가 살기 위해 억지로 약을 먹어야 했다. 그는 민지와 거의 등을 돌리고 살았다. 두 사람이 서로 열렬하게 사랑한 적이 있었느냐고 누군가가 묻는다면 그저 민형의 일방적 사랑이었다고 말했을 것이다. 하지만 그래도 명색이 부부였던 그들의 관계는 지형의 죽음으로 인해 심한 균열을 일으키고 있었다. 방도 각각 쓰고, 잠도 각각 자고, 먹는 것도 각각 먹고 거의 얼굴을 마주보지 않고 살았다.

시간은 상대성이라고 아인슈타인이 말했다. 삶의 의욕을 이미 잃어버린 그들은 하루하루 산다는 것이 지옥 속에서 사는 것 같았다. 이미 그들은 사랑도 잃고 건강도 잃고 돈도 잃고 영광도 잃었다. 이제 그들에게 남은 것은 그저 동물적인 본능에 의한 억지춘향식 삶이었다.

지형이가 죽고 약 6개월이 지났을 때 삶에 찌들 대로 찌들어 인생에 아무런 소망도 없던 민지에게 아가페교회 전도부의 강순옥 전도사가 규희의 소개로 본격적인 전도를 시작했다.

강 전도사는 나이가 44세 된 여성 사역자로서 여성에게 목사 안수를 안 해주는 대한예수교장로회 합동 교단의 전통에 의해 직분은 전도사였지만 남자 목사들보다 나으면 나았지 못한 게 없었다. 그녀는 그야말로 모든 영성과 신학적인 깊이 및 사역에 있어 타의 추종을 불허하는 사람이었다. 특히 그녀는 여성 전도에 탁월한 능력을 발휘하였는데 그녀가 찍어서 전도를 한 여성들 중 교회를 안 나온 사람이 거의 없다고 소문이 날 정도였다.

그녀는 불신자들의 고통을 우선 함께했다. 그녀는 그들과 같이 울고 웃고 삶에 찌든 그들을 예수의 사랑으로 감싸안았다. 그리고 그저 만나서 그들의 고통과 애환과 소망을 들어주고 다독거렸다. 때로는 그들과 함께 식사를 하며 또한 생일날에는 그들에게 작지만 의미 있는 선물과 진심어린 생일카드를 준비하여 전도대상자들을 감격시켰다.

그들은 강순옥 전도사에게서 그저 이웃사랑을 느꼈고 그녀의 언행으로부터 예수님의 복음이 바로 사랑이라는 메시지를 자연스럽게 받아들였다.

강순옥은 민지를 진심으로 이해하고 사랑하면서 이 세상 삶에 지친 그녀의 영혼을 달래주었다. 첫 만남에서 민지는 그녀에게서 큰언니 같은 깊은 사랑을 느꼈고, 그녀는 민지에게서 어린 동생을 만나는 느낌을 받았다. 민지가 그녀의 전도를 받아들인 것은 그들이 처음 만나고 다섯 번이 지났을 때였다.

그날은 민지가 너무도 힘이 들어 아무도 만나기 싫어 집안에 틀어박혀 있었다. 강순옥이 맛있는 녹두빈대떡과 동치미 그리고 인절미를 좀 준비하고 아름다운 국화꽃 다발을 들고 혼자서 그녀의 집으로 왔다. 민지는 세수도 못한 상태에서 그녀를 맞았는데 둘이서 이런저런 세상 사는 이야기를 하던 중 강순옥이 비로소 자신의 지나온 인생 역정을 간증하였다.

강순옥도 역시 불신자의 집에서 태어나 초등학교 시절부터 동네 교회를 다녔다. 그녀는 주일학교 교사에게서 예수님에 관한 이야기를 듣자마자 감격하여 바로 신자가 되었다. 그리고는 계속 교회를 다녔는데 그후 교회 다닌다고 부모에게 부지깽이로 숱하게 얻어맞았다. 무속적인 부모는 집안에 일만 생기면 순옥이 교회를 다녀서 귀신들이 노했다고 하면서 순옥을 들들 볶았다. 그래도 그녀는 열심히 교회를 다녔다. 결국 부모도 나중에는 독실한 신자가 되었다. 하지만 그녀는 청소년 시절 연애를 시작해서 첫 남자에게 버림받고 세상을 비관하여 수면제를 50알이나 먹고 자살을 기도하였으나 실패하였다. 그후 대학생 시절 자신을 죽자살자 쫓아다니던 남자를 만나 마지못해 결혼하였는데 집안이 불신자 집안이라 집안사람들 모두가 그녀를 미워하고 싫어하였다. 남편도 하도 자신이 교회 다니는 것을 구박하여 할 수 없이 그녀는 신앙생활을 중단하였다.

설상가상으로 시부모들이 치매에 걸려 똥오줌을 온 집안에 다묻히고 돌아다녔는데 그녀는 그 두 사람을 돌보느라고 꽃다운 20대 후반과 30대 초를 다 보내었다. 군청 공무원이었던 남편은 술과 도박과 계집질에 집안을 돌보지 않아 자신이 3남매를 시장에 나가 장사를 하며 길렀는데 큰아이가 뇌수막염으로 사망하였다. 그래도 남편은 조금도 나아지지 않고 더욱 품행이 나빠져 갔다.

결국 삶에 지친 그녀는 죽으려고 두 어린 남매를 안고 달리는 철도에 뛰어들려고 했는데 그 순간 갑자기 달려오는 열차 저 너머로 교회 십자가가 보여서 그만 자살을 포기하고 말았다. 이후 순옥은 다시 교회에 출석하기 시작했고, 새벽기도를 3년간 하루도 빠지지 않고 다녔다. 이후 모든 교회 행사와 성경 공부에 열성적으로 참여하며 인생을 하나님께 다 맡겼더니 남편이 집으로 돌아왔다. 물론 중풍이 생겨 반신불수로 돌아왔지만.

그래도 자신은 그가 돌아온 것이 감사하여 그를 원망하지 않고 하나님께서 그도 치료해 주실 것을 믿고 그를 위해 전국의 기도원을 돌아다니며 목사님들에게 남편을 위해 안수기도를 부탁하였다. 강원도 춘천의 어느 기도원에서 초청목사의 설교를 듣고 난 후 남편이 진심으로 회개하고 예수님을 구세주로 받아들이자 중풍이 치유되는 놀라운 기적을 경험하였다. 이에 남편도 참 신자가 되어 하나님의 일을 하겠다고 교회 화장실을 몰래 청소하는 사람이 되어 3년을 봉사하였다.

결국 그는 교회 집사가 되었는데 아내를 신학교로 보내 공부를 시켜 강순옥은 나이 35세에 신학생이 되었다. 그리고 40세에 신학대학원을 졸업하고 주의 종이 되어 교회를 섬기고 있다. 남편의 개종 후 하나님의 은혜로 부부지간에 금슬이 회복되어 서로 떨어질래야 떨어질 수도 없는 사랑하는 사이가 되었다. 자식들은 다 잘 되어 아들은 신학대학원을 들어갔고, 딸은 의대에 진학하여 가정도 남부럽지 않게 잘살게 되었다.

민지는 그녀의 그 사랑과 넉넉한 인품에 반한데다가 그녀가 전해주는 간증 메시지가 자신의 폐부를 찔러대서 마음속으로 자신도 예수의 제자가 되겠다고 결심하게 되었다. 그녀는 매주 지민이와 함께 그 교회의 예배에 출석하기 시작했고 나름대로 하나님의 은혜를 받기 시작했다. 워낙 순수하고 명민했던 그녀이기에 그녀는 교회의 새신자반을 5주간 잘 수료하고 성경공부도 시작하게 되었다. 그녀는 점차 교회생활에 친숙해져 갔고, 교회 구역 모임에도 열성적으로 참가하게 되었다.

하지만 그녀의 남편 김민형은 병에 조금 차도가 있자 다시 술을 마시기 시작했고 포르노를 보면서 자위를 즐기는 생활에 빠져 들어갔다. 피를 토하는 상태는 벗어났지만 그는 항상 건강이 안 좋아 회사 생활을 몹시 힘들어했다. 그런 상태에서 그해 11월 미국에 사는 누나로부터 전화가 와서 자신이 지금 췌장암에 걸려 얼마 못 살 것 같다고 울면서 말하였다. 그녀는 자신이 죽기 전 유일한 동생인 민형을 만났으면 좋겠다고 사정하였다. 민형은 민지와 상의도 없이 3일 안에 떠나는 비행기표를 끊었다. 그리고 회사에 2주일간 휴가를 내고는 훌쩍 미국 뉴저지 포트리의 한 병원에 입원해 있는 누이를 찾아갔다.

두 남매는 눈물의 상봉을 했다. 그녀는 민형의 몰골을 보고 그가 한눈에 중병이 들었음을 알고 그에게 건강을 지킬 수 있는 여러 가지 길을 제시해 주었다. 두 사람은 서로의 처지를 이해하고 동정하면서 인생의 마지막 해후가 될지도 모르는 만남 속에서 지나온 이야기들을 허심탄회하게 했다.

누나 김소이는 민형에게 특히 지형의 죽음 건에 대해 그를 위로하였다. 그녀는 자신이 민형의 유전자 검사를 통해 친생자 관계가 아닌 것을 밝힌 것은 가문을 지키려는 행위였다고 힘주어 말했다. 그러나 민지와 딸 지민이는 버리지 말고 사랑으로 잘 돌보아주라고 신신당부하였다. 그녀는 몹시도 힘들어하면서 간신히 말을 했는데 그가 미국에 온 지 일주일이 못되어 병원에서 운명을 하였다.

운명 직전 그녀는 민형에게 자신은 얼마 전 포트리 한인장로교회에서 세례를 받고 기독교 신자가 되었으며 예수님이 구세주이고 자신은 죽어도 천당을 간다는 구원의 확신을 말하였다. 그리고는 이제 민형도 집안의 종교를 기독교로 바꾸고 자신처럼 구원을 받으라고 유언을 남기고 편안한 상태로 눈을 감았다.

그는 포트리 한인장로교회의 이종형 담임목사로부터 그녀가 예수를 믿은 후 달라진 삶과 교회와 이웃들에게 바친 말년의 고결한 삶에 대해 들었다. 그리고 그녀가 자신의 유산 350만 달러 중 반은 이웃에게 쓰고, 반은 민형에게 유산으로 남겼다는 말을 들었다. 그녀의 변호사가 작성한 유언장에 의하면, 그는 175만 달러를 상속하게 되어 있었다. 그는 하나밖에 없는 누이가 죽자 너무도 애통하여 식음을 전폐하고 삼 일간을 그녀를 애도하며 보냈다.

그후 그는 그곳에서 유산상속이 정리되는 동안 교회 사택에 머물며 이종형 담임목사의 인도로 기독교에 대한 전반적인 기초 교리를 들었다. 그는 죽음을 앞둔 박지현과 누이 김소이가 자신에게 왜 그리도 기독교인이 되라고 권유했는지 이해하기 위해 무언가 노력을 하기로 했다.

일주일 뒤 유산을 상속받고 법정 세금을 다 청산하고 난 후 그는 뉴욕 JFK 공항에서 한국으로 돌아오는 아시아나 비행기에 몸을 실었다. 그는 비행기 안에서 장차 어떻게 살아야 할지 고민하였다. 누이가 남긴 유산으로 무엇을 할까 하고 많은 생각을 했지만 그는 별로 아이디어가 떠오르지 않았다. 그는 아내인 민지와 상의하리라 생각하고 담요를 덮은 채 잠을 청했지만 정신이 말똥말똥했다. 그가 14시간의 비행일정을 마치고 토요일 저녁 7시 30분이 넘어 집으로 돌아왔을 때 민지는 어디에 나갔는지 없었으며 지민이는 예전 보모와 놀고 있었다. 그 보모는 민지가 연극을 그만두고 나서 집안이 더욱 어려워지자 부득이 해고하였었다. 아이는 그를 보고도 아는 척도 하지 않았다. 그는 집을 비우고 예전 보모에게 아이를 맡겨 놓은 민지에게 울화가 치밀었다. 보모가 사모님은 잠깐 나가셨는데 곧 돌아올 것이므로 자신은 이제 돌아가겠다고 일방적으로 민형에게 말하고는 가버렸다.

"지민아, 잘 있었어? 엄마는 어디 갔니?"

그는 지민에게 다정히 말을 걸었다. 그러자 지민은 아빠를 쳐다보지도 않았다. 민형은 이제 아이도 자기를 싫어하는가 생각하고 마음이 무거웠다. 그는 다시 지하실 서재로 내려가 숨겨놓은 술을 찾으려고 했으나 이미 지하 서재는 물론 온 집안에서 술이 모두 사라져버렸다. 그는 동네 슈퍼로 나가 소주 5병을 사고 오징어와 땅콩, 캔참치 등 안주를 푸짐히 사가지고 집으로 돌아와 다시 잔을 기울이기 시작했다.

한편 그는 눈으로는 컴퓨터의 포르노물을 찾아 인터넷 웹사이트로 접속을 시도했다. 하지만 이미 컴퓨터에는 음란물접속 차단 프로그램이 깔려 있어 도저히 접속이 불가능했다. 그는 화가 나서 민지에게 욕을 퍼붓고는 술잔을 한 잔 두 잔 기울이고 있었다.

밤 9시가 넘어가고 있었다. 그때 갑자기 지민이 지하 서재로 내려와서는 방문을 열고 그를 뚫어지게 바라봤다. 만 세 살이 된 아이에게서 민형은 지형의 그림자를 보고 놀라서 눈을 크게 떴다.

"지민아, 왜 아빠에게 할 말이 있어? 이리로 와 봐, 아빠가 안아줄게."

"아빠는 싫어. 맨날 맨날 술만 먹고. 난 아빠 정말 싫어."

아이는 이렇게 쏘아붙이더니 문을 쾅 닫고는 자기 방으로 가버렸다. 그는 아이가 참 영악해졌다고 생각했다. 민지는 10시 30분이

다 되어서 귀가했다. 그녀는 밝은 표정으로 민형에게 물었다.

"언제 왔어요? 누님은 잘 계시나요?"

그는 오랜만에 보는 민지의 밝은 표정을 보자 웬일인지 역정이 났다. 그는 그녀에게 짜증난 듯이 쏘아붙였다.

"아이를 혼자 놔두고 이 야밤에 어딜 쏘다니는 겁니까?"

"교회 좀 갔다왔어요."

웬일인지 그녀가 부드럽게 그의 말을 받았다. 예전 같았으면 더 심하게 톡 쏘아주었을 텐데 참 별일이라고 생각했다.

죽은 누이처럼 이 여편네도 예수쟁이가 돼가는 건가?

"교회는 무엇 하러 다닙니까? 아무 득 되는 일도 없는데……."

그는 퉁명스럽게 말하며 다시 술잔을 들이켰다.

"여보, 나 하나님께 은혜 받은 것 같아요. 당신 미국 간 다음 날 새벽기도회 때 눈물을 흘리며 한 시간 정도 회개 기도를 하고 난 후 몸이 날아갈 듯이 편안해졌고 정말 행복해서 몸이 붕붕 떠다니는 것 같았어요. 지형이를 생각하면 아직 가슴이 아프지만 그 아이는 하늘나라에 가서 잘 있을 거라는 확신이 들었어요. 이제 나는 매사가 다 편안하고 행복하며 세상사 근심 걱정이 다 사라졌어요. 교회에서 목사님 설교를 들으면 행복하고 머리에 쏙쏙 들어와요. 사람들이 다 사랑스럽고 불쌍한 사람들을 보면 가슴이 너무 아파요. 당신을 생각하면 너무도 가슴이 아파 혼자서 당신을 생각하며 많이 울고 기도했어요. 내가 그동안 당신에게 너무나 많은 죄를 지으며 살았어요. 여보, 난 이제 당신을 영원히 사랑할 수 있어요. 당신과 지민이를 한없이 사랑하며 살겠어요. 전 이제 하나님의 구원받은 백성이고 천국 시민권자가 되었어요. 전 이제 교회와 이웃을 위해

내 한 몸을 바치며 봉사하는 사람으로 살기로 했어요. 그러니 당신
도 이제 교회에 나가 하나님께 회개하고 구원을 받아 그분의 자녀
가 되세요. 그리고 천국에서 주는 영생의 선물을 받으세요. 우리 주
예수님은 천국의 영생나무 대신 오신 분이고 그분이 바로 우리의
영생을 위한 생명의 떡이고 생명의 피랍니다. 난 이 복음의 진리를
깨닫고 이제 모든 슬픔과 고통에서 다 해방되었어요. 여보, 우리 이
제 함께 예수님께로 갑시다."

"이거 정말 완전히 예수쟁이가 다 되었군. 아이구, 이런 멍청한
여편네가 이제는 완전히 교회 사람들에게 세뇌되었네. 어쩜 그렇게
죽은 누나와 똑같은 소리를 하는지, 내참. 그건 그렇고 누나가 내게
175만 달러나 되는 유산을 물려주었는데 이 돈을 어떻게 썼으면 좋
겠는지 말해 봐요."

민형은 혀를 끌끌 차면서도 그녀가 누이처럼 구원받았다니 놀
라웠다. 그런데 두 사람이 말하는 내용이 거의 일치하고 있었다. 즉
회개와 속죄 - 신앙 고백 - 구원 - 정화된 생활-교회와 이웃에 대한
봉사-행복하고 평안한 생활-영생의 길, 주로 이런 내용이었다. 여하
튼 부드러워진 민지를 보니 얼굴에 빛이 나는 듯 환해졌는데 사랑
과 기쁨이 차고 넘치는 것 같았다.

민지는 김소이가 죽었다는 말에 깜짝 놀라더니 그녀가 어떻게
사망했는지를 물어보았다. 민형이 거짓말을 할 수 없어 누이가 죽
기 전에 한 말을 그대로 들려주었더니 그럼 누님은 천국에 가셨으
니 슬퍼할 필요가 없다고 하며 되레 죽은 김소이를 축복하였다. 민
지는 민형이 받은 유산으로 지형 어린이 복지재단을 만들어 가난
하고 병든 불쌍한 아이들을 치료해 주자고 제의하였다. 민형은 일

리가 있다고 말하면서도 좀더 생각해 보자고 하면서 확답을 피했다. 그는 마음속으로 그런 목적으로 누이 유산을 쓰는 것이 보람은 있는 일이지만 뭔가 아쉽다고 생각하였다.

민지는 이제 민형이 술 중독과 포르노 중독에서 해방되려면 예수님을 믿고 그 십자가의 보혈로 영육에 남겨진 상처를 깨끗이 씻어야 한다고 주장하였다. 그리고는 내일 오전부터 함께 새벽기도회를 나가자고 제안하였다.

민형은 일언지하에 거절하고 자기 방으로 돌아가서 침대에 누워 죽은 누이가 남긴 돈을 어떻게 쓸 것인지 궁리하였다. 그는 막상 상당한 돈이 생기자 마음이 불편해졌다. 평소에는 자신이 가난하게 사는 사람이라고 생각하여 세상 사람들과 자신이 똑같다고 생각하였는데 우리 돈으로 10억 원이 넘는 거금이 생기자 갑자기 어깨에 힘이 들어가는 것 같았다. 민형은 이참에 고급 술집에 가서 예쁜 호스티스들을 끼고 실컷 술이나 한 번 때려먹을까 하는 생각이 들었다. 게다가 한 번 멋있게 그녀들과 오입이나 즐겨볼까 하는 음탕한 생각이 들었다.

그가 한참 동안 서재의 침대에 누워 이것저것 잡스러운 생각을 하고 있는데 민지가 야한 화장을 하고 아름다운 속옷을 입고서 그의 지하 서재로 왔다. 민지의 밝고 명랑한 모습을 보니 민형은 신혼 전보다 그녀가 더 아름답다고 생각했다. 그때는 무엇인가 살짝 그늘 같은 것이 드리워져 있었는데 이제는 얼굴에서 밝은 빛이 나는 듯하였고 건강미와 함께 섹시미가 넘쳐나고 있었다.

그는 속으로 침을 꿀꺽 삼켰다. 민지가 민형의 침대 밑으로 다가와 그의 머리를 가슴에 안았다. 그리고는 그에게 달콤하게 키스를 하였다. 민지는 약간 비음 섞인 목소리로 말했다.

"여보, 우리 오늘 밤 멋지게 사랑을 나누어요."

민형은 가슴에 불이 붙었다. 그날 밤 그는 오랜만에 그녀와 부부애를 나누었다. 하지만 그의 가슴속에는 아직도 채워지지 않는 서늘한 무엇인가가 남아 있었다. 그러나 그는 그게 무엇인지를 잘 몰랐다.

민형은 다음날 민지를 따라서 아가페교회 주일예배에 처음 참석했다. 그는 입구에서 상냥하게 미소를 짓고 있는 안내위원들을 보며 그들의 미소는 참 마음에서 우러나오는 진실한 미소라고 생각했다. 그는 그날 예배에서 찬양이 참 아름답다고 생각했다.

하지만 설교시간에 강현수 목사가 오병이어의 기적을 강론하면서 예수님의 기적은 그가 하나님의 아들, 즉 하나님과 똑같은 신분이기 때문에 가능했던 것이며 그에게는 능치 못할 일이 없으니 우리 모두가 그를 믿기만 하면 새로운 삶이 열릴 것이다. 그러니 우리 성도들은 교회 생활 특히 십일조를 열심히 하나님께 바쳐야 한다고 말라기 3장 10절을 인용하여 강조하였다. 민형은 돈 이야기를 하는 강 목사에게서 무언가 구린내가 나는 것 같았다.

민지가 교회를 나오며 민형에게 어땠느냐고 묻자 그는 무슨 설교가 그러냐며 강하게 강 목사를 힐난했다. 목사가 돈타령이나 한다고 그는 몹시 그를 천시했다. 그는 그녀가 교회에서 오늘은 지역의 어려운 이웃들에게 봉사를 나간다고 같이 가자고 하자 벌컥 화를 냈다.

"일요일날 좀 집에서 쉬어야지 무슨 얼어 죽을 이웃 봉삽니까? 하지도 않던 짓을 하고 꼭 예수쟁이 티를 낸다니까. 먼저 가족부터 챙겨요."

그는 뒤도 돌아보지 않고 지민이를 데리고는 집으로 돌아왔다.

그때부터 민형은 더욱 민지를 멀리하기 시작했으며 그녀를 소 닭 보듯이 피했다. 그리고는 자신만의 음주 및 포르노를 즐기고 더 나아가서는 누이에게서 받은 유산으로 안마시술소와 고급 술집을 드나들기 시작했다. 그는 그런 곳에서 육체를 자극하는 온갖 쾌락에 길들여져 갔다. 너무도 관능적이고 퇴폐적이며 말초신경만을 자극하는 그녀들이 성적 기교의 극치를 그에게 선사하자 그는 더욱 새롭고 음란한 관능에 눈을 떠갔다. 그는 민지와의 잠자리를 계속 피했으며 그녀에게는 그저 생활비만을 던져주고 새로운 향락의 세계를 향해 그렇게 부나비처럼 자신을 불사르고 있었다.

하지만 그는 민지가 구원을 받은 날로부터 정확하게 8개월 만에 다시 피를 토하며 쓰러졌다. 그리고 영육의 온갖 고통 속에서 하루하루 무너져갔다. 그는 결국 12년을 잘 다니던 직장에서 잘리게 되었고, 이제는 돈은 좀 있지만 아무것도 할 수 없는 저주받은 백수 신세가 되었다.

2008년 3월 17일 새벽에 그는 가슴을 쥐어짜며 고통을 도저히 견딜 수 없게 되자 아내에게 자신 좀 살려 달라고 울면서 간청하였다. 그녀는 그를 차에 싣고 능숙한 운전 솜씨로 경기도 청평에 위치한 강남금식기도원으로 데리고 갔다. 이미 그녀는 수개월 전에 운전면허를 취득하였었다.

그곳에서 그는 만 7일간을 보리차 물만 마시고 금식하며 지내게 되었는데 만 5일째 되는 날 입과 항문으로 시퍼런 물을 토해 내었다. 그리고 마지막 7일째 되는 날 오후 예배 시간에 최선중 목사의 천국으로 가는 길과 자기 통제(딛 2:11-15)라는 설교를 들었다. 그 말씀은 이렇다.

11 모든 사람에게 구원을 주시는 하나님의 은혜가 나타나
12 우리를 양육하시되 경건하지 않은 것과 이 세상 정욕을 다
   버리고 신중함과 의로움과 경건함으로 이 세상에 살고
13 복스러운 소망과 우리의 크신 하나님 구주 예수 그리스도
   의 영광이 나타나심을 기다리게 하셨으니
14 그가 우리를 대신하여 자신을 주심은 모든 불법에서 우리
   를 속량하시고 우리를 깨끗하게 하사 선한 일을 열심히 하는 자기
   백성이 되게 하려 하심이니라
15 너는 이것을 말하고 권면하며 모든 권위로 책망하여 누구
   에게든지 업신여김을 받지 말라

최 목사의 설교 핵심은 인간은 모두 다 죄인이기에 예수를 안 믿고서는 평생 그 죄성에서 해방되는 것이 불가능하다는 것이었다. 즉 인간은 누구나 섹스와 음주와 흡연, 포르노, 컴퓨터 게임, 마약 등 중독성이 있는 습관들이 자신에게 아주 나쁘다는 것을 알면서도 혼자 힘으로나 가족이나 의료진이나 또는 약물 등의 방법으로 도무지 치료를 받지 못한다. 주변을 보라, 얼마나 많은 사람들이 이런 못된 습관으로 인해 타락하고 죄를 짓고 멸망의 길로 가고 있는가를. 죄는 사단의 세력에 붙잡혀 있는 것이기에 자꾸 죄를 지으면 지을수록 하나님으로부터 멀어진다. 그렇다면 이런 죄성을 치유할 수 있는 길은 무엇인가? 그것은 바로 우리를 구원하시는 하나님의

은혜가 나타나야 한다. 그렇게 되면 성령님께서 우리와 함께 계시면서 죄 많은 우리를 죄와 사망에서 건지시어 우리를 깨끗하게 하심으로써 우리가 모든 불경건과 정욕으로부터 해방된다.

그리하여 항상 성령님을 모시고 근신함과 의로움과 경건함으로 이 세상에 살면서 우리 주 예수 그리스도가 주신 영생의 소망을 따라 선한 일을 열심히 하는 하나님의 자녀이자 하나님의 귀한 백성 또한 천국의 상속자가 되는 것이다.

나도 너도 우리도 모두 다 죄와 허물과 과실로 인해 심판받고 지옥불에 빠져 영원히 고통당하여야 할 중죄인들이다. 하지만 우리 주님 예수 그리스도께서 십자가에서 맞고, 찢기고, 찔리고, 침뱉음과 온갖 모독을 당하시면서도 죽기까지 하나님 아버지께 순종하여 당신의 귀하디 귀한 몸을 우리 인생들을 위하여 속죄양으로 대신 주신 그 망극한 은혜 때문에 우리는 구원받았고, 영생을 선물로 받았으며, 죽어도 천국에서 영원히 사는 천국 시민권자가 된 것이다.

여러분 중 죄 없는 자가 있습니까? 여러분 중 지금 질병으로, 불화로, 가난으로 고통당하고 있는 분이 계십니까? 자신을 돌아보고 회개하십시오. 자신의 내부에 숨어 있는 온갖 더러운 것들을 다 이 자리에 계신 성령님 앞에 내려놓고 진심으로 회개하십시오. 그러면 당신은 놀라운 하나님의 은혜를 체험할 것이며, 질병이 치유되고, 불행이 행복으로 바뀌는 놀라운 체험을 바로 이 자리에서 하게 될 것입니다.

자, 함께 통성으로 주여! 삼창을 하고 모든 죄를 다 토해 내는 참된 회개기도를 합시다. 죽으면 살고 살면 죽으리라, 주여, 주여, 주여!

민형은 그의 설교가 너무도 자신의 폐부를 찔러댄다고 느꼈다. 자신은 죽어 마땅한 죄인이라는 생각이 들었다. 살고 싶었다. 이 처참한 고통에서 해방되어 참된 삶을 살고 싶었다. 그리하여 그는 통성기도 시간에 자신의 지나온 35년의 생애를 회고하며 기억이 나는 온갖 죄들을 다 불기 시작하였다.

어려서 친구의 돈 300원을 떼먹은 것에서부터 시작하여 고교시절 동네 여고생을 페팅했던 일, 그리고 군대 가기 전 창녀들과 놀았던 일, 대학생활 중 자신을 쫓아다니던 여자 동창을 모욕하여 그녀가 자살 시도를 하게 만든 일, 학교 리포트를 표절하고 시험 때 가끔 커닝으로 좋은 점수를 땄던 일, 사회생활을 하면서 상사들의 비위를 맞추느라고 회사의 갖은 불법을 솔선해서 저지른 일, 음주 흡연과 포르노 감상, 민지를 유혹한답시고 불법으로 그녀의 휴대폰을 몰래 복제하여 일거수일투족을 감시한 일, 그리고는 결혼 후에 고소정과 눈이 맞아 정신적으로 연애한 일, 그리고 그녀와 간음을 범한 일, 박지현 신부를 죽도록 두들겨 팬 일과 미신에 빠져 하나님을 욕하고 기독교인들을 험담하고 중상한 일, 게다가 아내 민지를 성적으로 괴롭히고 멀리한 일, 누나의 유산을 가지고 온갖 음행과 쾌락에 빠져 아내와 자식을 내팽개친 일 등 한 번 회개가 시작되자 자기가 어찌 이리도 많은 죄를 지었는지 놀라 자빠질 지경이었는데 회개기도에 약 2시간 가량이 걸렸다.

그는 눈물 콧물을 다 흘리며 무릎을 꿇고 하나님께 진심으로 회개를 하였다. 회개 기도가 끝나갈 무렵 그는 자신이 하나님께 구원받았음을 느꼈다. 그것은 온 몸을 괴롭히던 지독한 통증이 깨끗이 사라지고 몸과 마음이 새털처럼 가벼워졌기 때문이며 영혼이 평안해지고 예수님을 생각하면 눈물이 줄줄 흘렀다. 그는 그때서야 '하나님은 사랑이시라' 하는 말이 무슨 말인지 분명히 깨달았다. 그리고 그가 강화도 마리산에서 지형의 회복을 위해 단식기도를 할 때 십자가에서 피가 줄줄 흐르는 환상을 본 이유를 알았다.

그는 자신의 무거운 죄를 예수님의 십자가에 내려놓았다. 그리고 십자가를 지고 하나님의 말씀에 순종하며, 이웃을 사랑하여 그들에게 자신의 몸까지 내어주던 그분의 사랑을 받아 자신이 구원을 받았다고 뼈저리게 느꼈다.

그가 머리를 드는 순간 대성전 한가운데의 대형 십자가 위에서 박지현 신부와 아들 지형이 그리고 죽은 누이 김소이가 자신을 향해 환하게 미소 짓는 것을 보았다.

그는 사랑하는 아내 민지의 손을 살포시 잡았다. 민지가 사랑이 그득한 표정으로 그를 바라보았고 두 사람은 말없이 십자가를 향해 고개를 숙였다. 찬송가 288장(통일 204장) '예수로 나의 구주 삼고'가 은혜롭게 울려 퍼지고 있었다.

판 권
소 유

한상륜 장편소설

상 처

2022년 1월 27일 인쇄

2022년 2월 1일 발행

지은이 ｜ 한상륜

발행처 ｜ (주)함께통일로가는길

주소 ｜ 서울 은평구 통일로 71길 2-1, 4층 44호(대조빌딩)

Tel ｜ 02-2226-0548, 010-3349-2895

신고번호 ｜ 제 2021-000091호

정가 13,000원

ISBN 979-11-977500-0-7 03810